GÜNTER VON LONSKI

Beas Büdchen

EWICH GIBBET NICH Alles geht im Duisburger Viertel am Dellplatz seinen unspektakulären Gang, bis eine Leiche in der Zeitungsbox von »Beas Büdchen« auftaucht. Die Polizei erscheint, doch die Leiche ist weg und damit auch deren Aufklärungsinteresse. Also stürzen sich Büdchenbetreiberin Bea Busch und ihre Freundin Meta Kowalewska in die Ermittlungen. Ein willkommener Vorwand, um ihre »allgemeinen Beobachtungen, Erkundungen und Befragungen« zu intensivieren. Als hilfreich erweist sich dabei Beas Opernfreund Kriminalkommissar Schymanczek. Im Laufe ihrer Recherchen kommen sie unlauteren Geschäften von Metas Untermieter auf die Spur, im nahen Zoo Duisburg dreht sich alles um Liebe, Eifersucht, böse Blicke, giftspritzende Zähne und messerscharfe Raubtierkrallen. Und der ehemalige Stahlarbeiter Sobotta entdeckt nicht nur seine Liebe zu Bea, sondern auch das Geheimnis von Duisburg auf einem alten Stadtplan, und macht damit »Beas Büdchen« zum Mittelpunkt des Universums.

Günter von Lonski, geboren 1943 in Duisburg, lebt in der Region Hannover. Er verbindet den Humor des Ruhrgebiets mit der Treffsicherheit des Nordens. Der Autor hat das Gymnasium durchlitten, Schriftsetzer gelernt, an der Universität der Künste Berlin studiert, war Texter sowie freier Werbeberater für Großunternehmen. Seit 1983 ist er freiberuflicher Schriftsteller, 2007 gründete er eine Theatergruppe mit Uraufführung eigener Stücke. Im Jahr 2010 erhielt er einen Literaturpreis für seine Kriminalgeschichten. Günter von Lonski schreibt Romane, Krimis, Theaterstücke, Musicals, Anthologien, Kinderbücher, Jugendbücher, Hörspiele, Satiren, Glossen und Schulbuchbeiträge.
Mehr Informationen zum Autor unter: www.vonlonski.net

GÜNTER VON LONSKI

Beas Büdchen

RUHRPOTT-KRIMI

GMEINER

Personen und Handlung sind frei erfunden.
Ähnlichkeiten mit lebenden oder toten Personen
sind rein zufällig und nicht beabsichtigt.

Immer informiert

Spannung pur – mit unserem Newsletter informieren wir Sie
regelmäßig über Wissenswertes aus unserer Bücherwelt.

Gefällt mir!

Facebook: @Gmeiner.Verlag
Instagram: @gmeinerverlag
Twitter: @GmeinerVerlag

MIX
Papier | Fördert gute Waldnutzung
FSC® C083411

Besuchen Sie uns im Internet:
www.gmeiner-verlag.de

Im Ehnried 5, 88605 Meßkirch
Telefon 07575/2095-0
info@gmeiner-verlag.de

1. Auflage 2022

Lektorat: Christine Braun
Herstellung: Mirjam Hecht
Umschlaggestaltung: U.O.R.G. Lutz Eberle, Stuttgart
unter Verwendung eines Fotos von: © mauritius images / Werner Otto
Druck: CPI books GmbH, Leck
Printed in Germany
ISBN 978-3-8392-0234-0

Im Juni 2021 wurden die Trinkhallen des Ruhrgebiets (auch »Bude« oder »Büdchen« genannt) als immaterielles Kulturerbe Nordrhein-Westfalens ausgewiesen.

Dat soll Kultur sein? – Und dat, dat, dat is'.

PERSONEN

Bea Busch
62 Jahre; betreibt »Beas Büdchen« am Dellplatz; scharfe Augen, feine Ohren und ein supergutes Gedächtnis; seit sieben Jahren geschieden; liebt das Leben und die Liebe

Meta Kowalewska
57 Jahre; liebt die Liebe und das Leben; Beas Rivalin um die Deutungshoheit auf und am Dellplatz; hat Obergeschoss und Keller ihres stattlichen Einfamilienhauses an Joop van Houten vermietet; teilt mit ihm den Internetanschluss, wäscht seine Wäsche und erfüllt ihm gelegentlich, aber nicht ungern seine etwas außergewöhnlichen Wünsche

Paul Sobotta
61 Jahre; einer für alle und alles; ehemaliger Stahlarbeiter bei Thyssen; pflegt als Ein-Euro-Mann die Grünanlagen rund um den Dellplatz; verbringt seine freie Zeit bei Bier und Kümmerling unter dem Vordach von Beas Büdchen; nachdem seine letzte Taube verschwunden ist, schafft er sich eine Drohne an

Nico
Wird 17, aufgeweckt, selbstbewusst, kreativ; Mercator-Gymnasium, obere Mittelstufe; hat eine Leidenschaft für Fake News

Joop van Houten
52 Jahre; ehemaliger Bankmanager; nach betrieblichen Unregelmäßigkeiten Rausschmiss und freier Fall; gibt sich trickreich als Zooinsider aus, um seine asiatischen Exportgeschäfte zu begünstigen

Andreas Schymanczek
58 Jahre; glückloser Kripobeamter; Außenseiter; mit seinem Namen gestraft fürs Leben; wird gern bei unspektakulären Fällen eingesetzt; verehrt Bea; gemeinsame Opernbesuche

Aiden Ch. Jackson
38 Jahre; Sonnyboy im Delfinarium; hat ein feines Händchen für Delfine und Damen

Melissa Maywald
28 Jahre; naiv cholerisch; Tierpflegerin im australischen Bereich bei Sumpfwallabys, Bürstenschwanz-Rattenkängurus und besonders bei den niedlichen Koalas – außerdem bei Wombats, Beutelteufeln, Kurzschnabeligeln und Emus

Ramona Pundenz
29 Jahre; Ausübende der Gothic-Kultur; gelernte Tierpflegerin; wäre gern Delfintrainerin, auch um Aiden nahe zu sein; Hemmnis: Sie kann nicht schwimmen

Willy Wohlgemuth
Rentner; Rosenliebhaber und Koi-Züchter; Ehefrau Evelina; Böningerstraße; Nachbarn: Rauhut, Wilsemann, Frau Lutz

Ghazanfar Yavuz
besitzt eine Änderungsschneiderei; kultiviert; drei Töchter, die älteste heißt Hürrem, die mittlere Emine; versucht mit dezenten Schritten, Bea für sich zu gewinnen

EINS

Ein klatschnasser Morgen. Dellplatz – das grüne Hexagon im Herzen Duisburgs, wie Dr. Harnischfeger vom nahen Gymnasium bei offiziellen Reden häufig einfließen lässt. Manchmal sagt er auch: das grüne Herz im Hexagon Duisburgs. Bea Busch nennt es »mein Reich«. Ihr Büdchen auf grauem Grund im Schatten von Silberahornbäumen – wenn denn mal die Sonne scheint.

Bea stellt ihr Fahrrad in den Fahrradständer und nimmt ihre Tasche aus dem Gepäckträgerkorb. Ihr liegt der »falsche Hase« von gestern Abend noch schwer im Magen. Obwohl sie ihm ein, zwei Flaschen Bier mit auf seinen einsamen Weg gegeben hat.

Bea Busch, jenseits der Lebensmitte, ist eine Frau in den besten Jahren. Propper beisammen, findet nicht nur sie. Im Kopf klar, Körper mit originalen und originellen Rundungen, alle Lustzonen noch voll einsatzfähig, wenn der Passende käme. Mit selbstbewusstem, solidem Schick: modisch achtbare Schnürschuhe, eine schmale Hose, darüber ein knielanger Kaftan – in Lila, das hebt.

Sie will die überdimensionierte Zeitungskiste aufschließen, die seitlich am Büdchen angebaut ist, kommt aber nicht gleich klar. Dann der Schreck: Das Schloss wurde aufgebrochen! Sie hebt den Deckel an. In der Kiste liegt etwas, das da nicht hingehört: ein länglicher Gegenstand in Plastikfolie, zweimal geknickt. Bestimmt keine Liebesgabe, sieht eher nach verpacktem Müll aus. Tapetenreste, Teppichboden oder eine tote Ziege. Gab's auch schon. Ekelhaft, kann man schlecht mit dem Fahrrad nach Hochfeld zum Recyclinghof bringen.

Sie will so schnell wie möglich ins Trockene, zieht an dem Paket, dreht es nach rechts und links, hebt es ruckartig an. Die dunkelgraue Folie platzt auf, eine verkrampfte Hand winkt ihr zu.

Ein Schrei, ein Fluch – im Schatten von St. Joseph besonders unangemessen. Bea stützt sich am Büdchen ab, atmet tief ein und stoßweise aus. In schwierigen Situationen wird sie ganz ruhig, um sich nach Überwindung des ersten Schocks einen ausgeprägten Schluckauf zu leisten.

Vielleicht ist es eine Halloweenfigur oder eine ausrangierte Schaufensterpuppe? Alles Ausreden. Bea packt das Paket am unteren Ende, zieht kräftig, bis die Verpackung auf ganzer Länge aufreißt.

Da liegt das Elend schutzlos vor ihr. Ein Mann. Nackt, noch nicht alt, vermutlich tot, aber durchaus ansehnlich, was Bea mit einem zwanghaft gelenkten Blick feststellt.

Endlich kann sie ihren Blick von dem adretten Körper trennen. Sie schließt ihr Büdchen auf, zwängt sich durch den Spalt – weiter lässt sich die Tür nicht öffnen, weil im Inneren alles zugestellt ist – seitwärts hinein. Tür zumachen, zum Handy greifen, Notruf wählen. Eine Begriffsstutzige am Telefon fragt zu viel und tut zu wenig. Bei Bea meldet sich der Schluckauf. Sie solle nichts anfassen, eine Polizeistreife mache sich sofort auf den Weg.

Bea kann den Schluckauf unterdrücken, denkt an den Nackten in der Kiste. Sie wird ein Heidschnuckenfell opfern, um ihn zu bedecken. Sonderangebot, im Verkauf unter der Ladentheke ohne Quittung 62 Euro, Einkauf: 28,40.

Sie öffnet die Tür, hebt widerstrebend den Deckel der Kiste an. Bin ich denn meschugge? Der Tote ist abgehauen, einfach weg, verschwunden!

Schon will Bea den Notruf abblasen, besinnt sich aber und sagt sich: Lass die Jungs ruhig kommen. Vielleicht ist was Knackiges dabei.

Nach einer Weile erscheint die Polizei in Form zweier Beamter. Unaufgeregt, missmutig. Kein Toter, kein Schaden, ein paar Zeilen fürs Protokoll:

Duisburg-Mitte – Um 7.29 Uhr wird ein Vorfall am Dellplatz gemeldet. Eine leblose männliche Person sei in der seitlich an »Beas Büdchen« angebauten Zeitungskiste aufgefunden worden. Die eintreffenden Kräfte des Streifendienstes Duisburg-Mitte konnten weder in der Zeitungskiste noch im näheren Umfeld des Kiosks eine leblose Person ausfindig machen. Verdächtige Spuren wurden ebenfalls nicht entdeckt. Der Einsatz wurde um 8.31 Uhr beendet.

Die beiden Polizisten verabschieden sich mit einem nachsichtigen Lächeln.

Bea kommt aus ihrem Schluckauf nicht mehr heraus. Sie gönnt sich ein Schlückchen Mariacron, schön kalt aus dem Kühlschrank, setzt sich dazu auf den Hocker in ihrem Büdchen. Als von außen gegen das kleine Fensterchen geklopft wird, das umrandet ist von Zeitschriftentiteln, »Bild«-Aufreißern und der Eiskarte, schreckt sie zusammen.

Meta, die Kowalewska. »Die ›Gala‹, bitte.«

Ist etwa schon wieder Donnerstag? Wieder eine Woche rum. Keine »Tina«, keine »Lisa«, keine »Bella«, keine »Bild der Frau« – die »Gala« muss es sein. »Wegen der Rezepte«, sagt Meta.

Bea schiebt das Fensterchen zur Seite.

»Bist du krank?«, fragt Meta, die in der Nachbarschaft von »Beas Büdchen« ein stattliches Einfamilienhaus besitzt.

»Ne, nur fix und fertig.«

Die Nachbarin steckt ihre Nase schnuppernd ins Büdchen: »Hast du getrunken?«

»Das fragst gerade du?«

»Die Beine?«, will Meta Kowalewska mitfühlend wissen.

»Mir platzt der Kopf.«

»Dann nimm dein Stirnband«, rät Meta abwesend. Sie überfliegt die aufgefächerten Auslagen und die angeklebten Werbeposter. »Streiken die bei der ›Gala‹?«

»Nicht dass ich wüsste.« Bea schielt nach der Flasche Mariacron. Außer Reichweite. »Bin heute Morgen noch nicht zum Auspacken gekommen. Kannst du mir mal die Zeitungspakete aus der Kiste geben? Die Kiste ist offen.«

»Wie heißt das Zauberwort?«

»›Gala‹-Entzug.«

»Na schön, aber das kriegst du zurück!« Metas Gesicht verschwindet aus dem Fensterchen.

Bea greift sich den Mariacron, hat keine Zeit für Feinheiten, nimmt einen Schluck direkt aus der Flasche.

Plötzlich ein hohes C mit Purzelbäumen und Überschlägen, ausdrucksstärker als von der Callas. Bea ist nicht sonderlich alarmiert, Meta hasst Ratten. Sie gönnt sich noch einen kleinen Schluck und will die Flasche gerade wieder absetzen, da erscheint Metas entsetzter Gesichtsausdruck im Fensterausschnitt. Schreckgeweiteter Mund, aufgerissene Augen, Sprache verschlagen.

»Nun beruhige dich erst einmal«, sagt Bea. »Willst du auch ein Schlückchen?«

Meta findet ihre Sprache wieder. »Mit Schnaps ist niemandem geholfen. In der Zeitungskiste liegt ein Toter!«

»Das glaubt mir keiner«, zischt Bea. Schon zwängt sie sich zur Tür hinaus, steht neben Meta an der Zeitungskiste mit der abgestützten Klappe und starrt hinein. »Das ist er!«

»Wer?«

»Der Kerl von heute Morgen.«

Unter der Plastikfolie, die dieses Mal nur achtlos auf den Toten geworfen wurde, ragen zwei stramme Waden und zwei gepflegte Füße heraus.

»Du hast gewusst, dass ein toter Kerl in der Kiste liegt? Ich sollte mich wohl mit Herzinfarkt gleich danebenlegen.«

»Das war so: Ich habe ihn heute Morgen entdeckt und sofort die Polizei angerufen. Aber als die gekommen ist, war der Kerl verschwunden.«

»Verschwunden?«

»Wenn ich's dir doch sage.«

»Wie kann denn ein Toter –«

»Kannst du glauben oder es lassen!« Bea geht zurück ins Büdchen, holt das Heidschnuckenfell und legt es über den Toten. Dann nimmt sie ihr Handy aus der Jackentasche, wählt den Notruf.

Die Vermittlung meldet sich. Bea glaubt, die Stimme vom letzten Anruf zu erkennen. »Hier spricht Bea Busch von ›Beas Büdchen‹ am Dellplatz. Um es kurz zu machen: Der Tote ist wieder da.«

»Welcher Tote?«

»Den ich Ihren Kollegen vor nicht mal zwei Stunden zeigen wollte, der aber bei ihrem Eintreffen verschwunden war.«

»Aha.«

»Jetzt ist er wieder da und liegt genau an dem Ort, von dem er sich zwischenzeitlich verdrückt hatte.«

»Moment, damit ich es richtig verstehe …«, doch die Vermittlung scheint nichts zu verstehen, »… oder besser, ich vermittle Sie an das zuständige Fachkommissariat. Bleiben Sie bitte in der Leitung.«

Ein Klacken, nichts, Klacken, nichts … »Moment noch, bitte.« Klacken, nichts, Klacken, nichts … »Moment.« Klacken, nichts … »Ich kann Sie leider nicht direkt verbinden, die Kollegen sind alle –«

»Kriminalkommissariat 11 – Todesermittlungen, Brand … nuschelnuschel … Kriminalkommissar … nuschelnuschel …«

»Hier ist Bea von ›Beas Büdchen‹ am Dellplatz. Der Tote ist wiederaufgetaucht.«

»Da sind Sie leider bei mir an der falschen Adresse. Ich verbinde Sie direkt …« Abgedecktes Mikrofon, undefinierbare Gesprächsfetzen. »Kollege Schymanczek übernimmt.«

»Schymanczek.«

»Hier ist Bea von ›Beas Büdchen‹ am Dellplatz.«

»Wer?« Schymanczek scheint zu kauen.

»Herr Schymanczek, wir kennen uns!«

»Sind Sie Opfer, Beschuldigte oder Zeugin?«

Er muss von einer Brotstulle abbeißen, ein frisches Brötchen würde sich krosser anhören. Bea hatte mal ein Angebot an Belegten, aber die Studimosis essen heute nicht mehr von der Hand, sondern im Bistro. »Wir kennen uns aus der Oper.«

»Sind Sie Sängerin?«

»Nein, Abonnentin.«

»Und der Name?«

»Sie Domingo, ich Pavarotti.«

»Wenn das wieder ein Juxanruf sein soll, liebe Kollegin, ich kann auch anders!«

»Sie haben doch ein Opernabonnement wie ich und sitzen zwei Reihen vor mir, und in den Pausen –«

»Ach, Sie sind das! Entschuldigen Sie bitte, dass ich Sie nicht an Ihrem prägnanten Mezzosopran erkannt habe. Was kann ich für Sie tun?«

»Sie müssen mich von einem Toten befreien, der sich in meine Zeitungskiste verirrt hat. Kommen Sie so schnell wie möglich, ich halte das nervlich nicht mehr lange durch.«

Meta schüttelt den Kopf, ist mit Beas spaßiger Situationsschilderung keineswegs einverstanden.

»Wenn er schon tot ist, brauchen wir uns doch nicht so zu beeilen.«

Meta hat die Antwort des Kommissars gehört, dreht die Handflächen gen Himmel, schickt ihren Blick hinterher und seufzt vernehmlich. Das hast du nun davon, soll ihr gestischer Kommentar ausdrücken.

»Jetzt mal Spaß beiseite«, sagt Bea. »Wenn man ganz genau hinsieht, könnte man meinen, dass seine Augen unter den Lidern gelegentlich zucken.«

»Dann ist also noch Leben drin?«

»Das ist kein Scherz, Herr Kommissar!«

»Ich habe verstanden. Wir kommen sofort. Mit Blaulicht!«

Bea beendet das Gespräch. »Mit Blaulicht«, sagt sie zu Meta.

Meta schließt den Deckel der Kiste. »Nun könnte ich doch einen Mariacron vertragen.«

Bea nimmt sie mit ins Büdchen, sie schließen von innen ab. Wer mit den Augen rollt, kann vielleicht auch noch die Füße bewegen.

Bea fischt mit zwei Fingern die Pinnekes hinter dem Dosenbier hervor, schenkt randhoch ein und prostet Meta zu. »Auf ex!«

»Auf deinen oder meinen?« Meta kippt den Schnaps.

»Auf keinen, die haben es nicht verdient!« Bea lässt sich nicht lumpen und gießt nach.

Meta Kowalewska, weißblondes Haar, trägt besonders gern Lack und Leder in Schwarz oder einem sehr dunklen Rot. Sie setzt auf ihr verjüngendes Lachen, dekolletierte Oberteile und ihr Kobra-Tattoo zwischen den appetitlichen Hügeln. Bea nennt das Kunstwerk bei guter Laune Luftschlange, bei schlechter Hundehaufen.

Meta eilt stets mit hoch erhobenem Kopf und dezent hüpfendem Busen durch die Gegend, sieht alles, hört alles, kennt jeden und trägt mit Eifer zum Grundrauschen des Dellviertels bei. Nachdem ihr Mann sie wegen eines Torbens verlassen hat, hat sie sich einen angesehenen Scheidungsanwalt genommen, die Türschlösser in dem stattlichen Einfamilienhaus austauschen lassen und sich einen Untermieter gesucht. Der umtriebige Joop van Houten scheint Beziehungen zum Zoo Duisburg zu haben, läuft zumindest ständig mit einem Zoo-Cap herum, mäht Metas Rasen, wechselt die Glühbirnen und ist insgesamt sehr aufmerksam – in Ehren, alles in Ehren.

Die Polizei kündigt sich mit vollem Besteck an. Wenn schon, denn schon. Ein unspektakulärer Mann kurz vor dem Pensionsalter steigt müde aus dem anthrazitfarbenen BMW. Männer in seinem Alter ähneln sich alle, sind nur am Haar- und Bauchansatz zu unterscheiden.

Bea begrüßt ihn mit einem bedrückt freundlichen Lächeln. »Herr Schymanczek, wie schön …«

Der Name hat ihm die ganze Karriere vermasselt. Herausforderung für jeden Spaßvogel, sich mit einem Späßchen zu profilieren.

»Wo liegt er denn, der Halbtote?« Schymanczeks Joke kommt gut an, bei ihm. Er knarzt wie der Lachende Hans im Zoo. Er spricht mit Bea, doch sein irritierter Blick wird immer wieder magisch von der Kobra auf den prallen Sonnenhügeln angezogen.

Bea verzögert die Antwort, sie mag sich nicht mit seiner geteilten Aufmerksamkeit zufriedengeben. »Ich denke, die Zeit drängt?«

Jetzt hat Bea Schymanczeks volles Interesse.

»Direkt zu Ihren Füßen, Herr Kommissar!«

Schymanczek schaut sich um, kann kein Opfer einer Straftat ausmachen. Bea deutet mit dem Kopf auf die Zeitungskiste. Schymanczek erweist sich als Mann der Tat: Ohne lange zu fackeln, hebt er den Deckel, stützt ihn mit einem innen liegenden Besenstiel ab und sagt: »Aha!«

In der Kiste liegt ein Schaffell, aus dem zwei Füße hervorragen.

»Ich habe ihn zugedeckt«, sagt Bea ungefragt, »ich konnte nicht mehr hinschauen, er lag da so zerzaust und nackt.« Das »nackt« hat sie bewusst in Richtung Meta abgeschossen.

Schymanczek fotografiert mit seinem Handy. »Er hat also noch gelebt, als Sie ihn entdeckt haben?« Diese Frage gilt ausschließlich Bea.

Die belohnt die volle Aufmerksamkeit mit einer zügigen Antwort: »Dann wäre er wohl aufgestanden, als ich den Deckel aufgeklappt habe.«

»Oh«, sagt Meta, das ganze Durcheinander hemmt ihr morgendliches Denkvermögen.

»Am Telefon haben Sie behauptet, seine Lider würden gelegentlich noch zucken.«

»Das soll ich gesagt haben?«

»Alle Telefongespräche werden in der Zentrale mitgeschnitten.«

»Dann scheint der Datenschutz in Ihrer Zentrale noch nicht angekommen zu sein.«

Schymanczek sucht nach Worten.

»Wenn ich es mir genau überlege, hat nichts mehr gezuckt«, sagt Bea.

Meta gluckst. »Man steckt ja nicht drin, Herr Kommissar, aber der Mann ist mir bekannt, und es ist sehr, sehr schade um ihn. Er ist einer der Delfintrainer aus dem Zoo, wenn nicht sogar der Leader. Er wird allen fehlen.«

»Also kennen Sie ihn?«, fragt Schymanczek.

»Nein«, sagt Meta Kowalewska, »ich weiß nur, wer er ist.«

Schymanczek funkelt sie böse an, solche Haarspaltereien mag er gar nicht.

Zu Metas etabliertem Freizeitprogramm gehören gemeinsame Ausflüge in den Zoo mit ihrem Untermieter Joop van Houten, der sich in vertrauter Runde als Privatbeauftragter des Zoos bezeichnet und sich mit einem privilegierten Zugang zum Zoo brüstet.

»Der Delfintrainer verbreitete eine Aura von Freiheit und Freizügigkeit um sich, die alle … Es ist so traurig …« Verstohlen wirft sie dem Verblichenen ein Kusshändchen zu.

Bea verdreht die Augen und schüttelt den Kopf, Schymanczek seufzt, dreht sich um, tippt auf sein Handy und fordert Unterstützung von der Gerichtsmedizin und der Kriminaltechnik an. Mit dem Fall könnte ihm endlich eine Beförderung winken, zumindest ein neues Namensschild für den Schreibtisch: »Andreas Sch.« Dann würde das blöde Grinsen der Vorgeladenen endlich aufhören. Er zieht sich in den Dienstwagen zurück, muss später die angeforderte Unterstützung einweisen. Warum sie sich bei ihm bloß immer so viel Zeit lässt?

»Ich muss mich ein wenig hinlegen«, sagt Meta Kowalewska, »das ist einfach zu viel für mein empfindliches Nervenkostüm. Meine Kopfschmerzen machen sich wieder bemerkbar.«

»Erhol dich gut.« Da war doch noch etwas ... »Und die ›Gala‹?«, versucht Bea, die Enteilende aufzuhalten, aber die hat sich bereits anderen Dimensionen zugewandt. »Ich leg sie dir zurück!« Obwohl ... so groß ist die Nachfrage nun auch nicht.

ZWEI

Am nächsten Tag. Bea widmet sich einem Kreuzworträtsel, aber nur mit Bleistift und die Buchstaben aufs Papier gehaucht, schließlich muss sie die Zeitschrift noch verkaufen. Dabei ist sie wählerisch: Sie löst nur Kreuzworträtsel, bei denen es etwas zu gewinnen gibt. Man muss sehen, wo man bleibt.

Ein harter Fingerknöchel klopft gegen das Schiebefenster. Bea schreckt zusammen. Kundschaft! Die verspricht Abwechslung.

Bea nimmt eben gerne am Leben teil. Sie hat es zur Überbrückung der kundschaftslosen Zeiten schon mit einem Mini-Fernseher im Büdchen versucht, aber darauf waren die Menschen kleiner als ein Kirschlutscher, und so hat Bea ihr Fernsehgerät Frau Adomschik geschenkt. Frau Adomschik ist Spätaussiedlerin, hat Brustkrebs und kann sich keine Perücke leisten – erst recht keinen Fernseher.

»Ah, der Herr Sobotta, alles wieder in Ordnung gebracht?«

»Nun ja …«

»Ohne Sie würde es hier aussehen wie bei Hempels unterm Sofa.«

»Wenn den Müll keiner wegräumen würde, würden ihn die Leute vielleicht nicht einfach liegenlassen. In Düren wurden Abfallkörbe einkassiert, weil zu häufig Hausmüll darin entsorgt wurde. Na ja, den Ratten wird's recht sein.«

Für Herrn Sobotta gilt die Logik von Ursache und Wirkung: Schmeißt du Chrom und Nickel in die Schmelze, kommt rostfreier Stahl raus. Löwenzahn ist da keine Lösung.

Paul Sobotta, 61, ehemals Stahlarbeiter bei Thyssen, heute Hartz IV, pflegt als Ein-Euro-Mann die städtischen Grünanlagen rund um den Dellplatz. Seine großzügig bemessenen Pausen verbringt er gern unter dem Vordach von Beas Büdchen.

»Machste mir mal ein KöPi und nen Kümmerling?«

»Verkauft ein Büdchen Flaschenbier, welches in unmittelbarem Umfeld konsumiert wird, so handelt es sich um einen erlaubnispflichtigen Ausschank.«

»Wer sich erwischen lässt, ist selber schuld.« Erst nach Kümmerling und zwei Schluck Bier setzt Sobotta die Konversation fort. »War gestern wohl einiges los bei dir?«

»Bitte …« In das Thema möchte Bea nicht einsteigen. Die Ereignisse treiben ihr immer wieder Tränen in die Augen. Alles noch zu frisch, morgen vielleicht oder übermorgen. Aber bis dahin …

»Dann eben einen Kümmerling für beide.« Sein rechter Zeigefinger macht eine kreisende Bewegung, um Bea in den Umtrunk einzubeziehen. »Prost!«

»Prost!«

»Ahhh … tut gut.«

Bea greift zur angebrochenen Tüte Salzlakritz – extra stark und würzig.

Nun folgt Sobottas Bericht aus dem Viertel. Vorher noch einen Schluck aus der Bierflasche, Mund mit dem Handrücken abgeputzt. »Wenn das so weitergeht, bekommt der Wohlgemuth in kürzester Zeit einen Herzinfarkt.«

»Wie alt ist er jetzt?«

»Bah, wie fies du sein kannst!«

»Bestell ihm schöne Grüße und gute Besserung«, sagt Bea. Das wird wohl nichts mehr mit einem locker flockigen Plausch. »Bis die Tage dann.« Sie will das Fensterchen schließen.

Sobotta hält von außen dagegen. »Wir brauchen deinen fundierten Rat.«

Bea nimmt die Hand vom Fenster, greift nach der offenen Tüte, steckt sich ein Lakritz in den Mund und hält Sobotta die Tüte hin.

»Danke.« Sobotta entschuldigt sich mit der Bierflasche im Anschlag. Bea zieht die Tüte zurück, Sobotta schenkt ihr ein Lächeln. »Du hast vielleicht gesehen, dass Wohlgemuths erst vor ein paar Wochen die Giebelwand neu verputzt und gestrichen haben. Seit gestern ist alles ruiniert.«

»An der falschen Stelle gespart? Sie hätten eben einen Profi beauftragen sollen.«

»›Mein Willy ist Profi genug‹, sagt Wohlgemuths Frau Evelina.« Sobotta schaut über seine Schulter, fühlt ein Unbehagen, und hinter ihm steht wirklich einer. Mehr ein halber, Nico heißt er und besucht die Oberstufe im Mercator-Gymnasium, weiß Bea.

»Eine Bunte Tüte ohne Veilchenpastillen.«

»Du bist aber ein Feinschmecker!« Bea zieht unter der Theke eine spitze weiße Tüte hervor und beschriftet sie mit einem kecken Schriftzug: »Du meine Güte – ne BUNTE TÜTE!«

»Ist für meine kleine Schwester, nicht für mich!« Nico lacht, findet seinen Einfall super, sein Grinsen sprengt die Gesichtszüge.

Bea kann ihm nicht böse sein. Sie macht die Tüte besonders voll – Lakritzschnecken, Colaflaschen, Halbmonde,

Schnuller, drei versteckte Veilchenpastillen, Riesenerdbeeren – und kassiert einen Euro.

Der Junge kramt schon im Weggehen mit einer Hand in der Tüte.

»Ein Büdchen ohne Bunte Tüte«, sinniert Sobotta, »ist wie das Steigerlied ohne Arschleder.«

»Du wartest wohl auf meinen Protest wegen deiner unflätigen Ausdrucksweise, doch wo du recht hast, hast du recht.«

»Wie auch immer.« Sobotta scheint enttäuscht, er liebt die kleinen Kabbeleien mit Bea. »Kehren wir zurück zum Ernst des Lebens: Bei Wohlgemuths hat ein verkommenes Subjekt ...«

»Du stehst kurz vor einer Gelben Karte!«

»Warte doch erst mal ab. Bei Wohlgemuths wurde also ein riesiges Schriftzeichen an die Wand gesprüht, in Pink und Rot. Sie wissen nicht, was es heißen soll. Vielleicht ist es eine Schweinerei oder sogar eine Drohung.«

»Pink und Rot sind die Modefarben der Saison.« Bea selbst trägt ein ausdrucksstarkes Mausgrau.

Sobotta holt ein Papiertaschentuch aus der Tasche und putzt sich die Nase. »Rauhuts Südseite ist auch versaut und Wilsemanns Carport und der Müllcontainer von Frau Lutz.«

»Da muss die Polizei ran.«

»Polizei, Polizei«, Sobotta schnieft noch einmal kräftig aus. »Die setzen ein Protokoll auf, und damit ist die Sache erledigt.«

»Aber irgendetwas muss doch geschehen!«

»Du hast doch so ein feines Näschen.« Sobotta schnäuzt ein letztes Mal und wirft das Papiertaschentuch in den Abfalleimer vor dem Büdchen. »Die betroffenen Anwohner haben eine Belohnung für die Ergreifung des Täters ausgesetzt.«

Eine Geldzuwendung käme Bea gerade recht. Im nächsten Monat haben zwei ihrer Nichten Geburtstag. »Ich nehme für meine kleinen Gefälligkeiten kein Geld, das wissen alle«, sagt Bea. »Wie viel steht denn zur Debatte?«

»Sie haben an drei, vielleicht auch vier gedacht.«

»Tausend?«

»Willy ist doch kein Krösus!« Sobotta lacht. »Er will die Rosen in seinem Garten umsetzen, dabei könnte er einige der Stöcke teilen.«

»Ach so.« Bea beschäftigt sich und ihre Kunden seit geraumer Zeit mit ihren Gedanken zur Verschönerung des Büdchens. Ein gefälligeres Ambiente könnte ihre Umsatzzahlen sprunghaft steigen lassen, hat sie in einer Gastronomie-Zeitschrift gelesen. Sie will auf der Rückseite ihres Büdchens die grauen Betonplatten vom schmalen Weg zwischen Hintertür und Parkplatz entfernen, den Boden umgraben und mit robusten Pflanzen aus dem toom-Baumarkt bestücken lassen. Rosen würden sich auch gut machen. »Ich kann mir die Rosen aussuchen?«

»Da müsste ich fragen.« Sobotta stellt die leere Bierflasche zurück ins Büdchen.

Wenn er bloß nicht immer eine solche Knoblauchfahne mit sich herumtragen würde, denkt Bea, doch sie lächelt und will das Fensterchen zuschieben.

»Ich überlege, mir …«

Das lässt Bea nicht Gutes ahnen.

»… eine Drohne anzuschaffen. Natürlich in Tarnfarbe. Es geht schließlich um Leben und Tod. Der Habicht hat sich meine letzte Taube geholt, und nun ist er dran – oder ich.«

»Du hast bloß den Bogen mit den Tauben nicht raus. Tauben gehören eben zu Bergleuten, nicht zu Stahlwerkern.«

»Dat könnte auch dieser Pupser von gegenüber gewesen sein, der mit seinem Luftgewehr aus dem Dachfenster ballert. Ne, was sind das bloß für Zeiten«, sagt Sobotta und zieht von dannen.

Von St. Joseph läuten die Glocken. Es ist 12 Uhr. Der Vormittag ist schneller vergangen, als ein Huhn picken kann. Herr Yavuz schließt seine Änderungsschneiderei, wirft Bea wie jeden Mittag eine Kusshand zu und begibt sich an seinen Familientisch zum Mittagessen. Seine Frau ist vor Jahren an einer verschleppten Lungenentzündung gestorben. So hat Herr Yavuz seine drei Töchter allein durch die schwierige Jugend in Deutschland leiten müssen. Er achtet penibel auf Sauberkeit und Akkuratesse. Seine älteste Tochter Hürrem führt unter widerwilliger Mithilfe ihrer Schwestern den Vierpersonenhaushalt.

Bea zieht ein Schild unter dem Fensterbrett hervor und hängt es von innen an die Scheibe. »Bin gleich zurück. Achtung: Videoüberwachung!« Es ist ihr zu umständlich, vor der Mittagspause alle Zeitschriften in das Büdchen zu holen und sie nach der Mittagspause wieder auszulegen. Sie verlässt das Büdchen durch den Hintereingang, schließt zweimal ab und geht zu ihrem Fahrrad. Es ist ein schönes Fahrrad mit stabilem Rahmen und tiefem Einstieg.

Bea fährt entgegen der Einbahnstraßenregelung die Wallstraße hinauf. Weil sie tief in Gedanken versunken ist, verpasst sie beinah die Böningerstraße, besinnt sich im letzten Augenblick, biegt abrupt ein und holpert über die Bordsteinkante.

Sie kann Wohlgemuths und ihre Mitstreiter gut verstehen, der Graffitikünstler hat wirklich großflächig zugeschlagen, aber am schlimmsten ist es auf der Giebelseite von Wohlgemuths zweigeschossigem Eigenheim. Die schmückt ein großer verschlungener Schriftzug. »Tags« nennt man solche Zeichen, das hat Bea in einem »Spiegel«-Artikel gelesen. Vergeblich versucht sie, die Buchstaben zu entziffern. Es könnten ein E und ein D sein, vielleicht ein F und ein O, am wahrscheinlichsten aber ein B und ein D. Doch zu keiner der Buchstabenkombinationen fällt ihr etwas Sinnvolles ein. Unten rechts ist ein Hut ohne Krempe abgebildet. Oder ist es ein stilisiertes Atomkraftwerk?

Bea nimmt ein Notizbuch aus ihrer Tasche und zeichnet das Graffiti möglichst genau ab. Natürlich in verkleinertem Maßstab. Oder ist es ein größerer Maßstab, wenn man etwas kleiner abbildet, als es in Wirklichkeit ist? Bea klingelt noch kurz bei Wohlgemuths an, um mit ihnen über die Rosen zu sprechen, aber Wohlgemuths sind nicht zu Hause.

Sie fährt zurück zum Büdchen, verkauft Panini-Bilder, mehrere Flaschen Cola, Bier, Zigaretten und Zeitschriften und bearbeitet zwischendurch ein weiteres Kreuzworträtsel – ein tolles Duftset ist zu gewinnen. Fehlt nur noch »übrig gebliebene Geldsumme am Monatsende« mit zehn Buchstaben. Restgeld? Kleingeld? Woher soll sie das wissen? Monatsende und Geld vertragen sich nicht.

*

Bea hat eine unruhige Nacht. Sie träumt von Skeletten, die ihr mit knochigen Fingern gegen die Stirn klopfen, mit braunen Zähnen Lakritze kauen und sich aus leeren Nasenhöhlen schnäuzen.

Bea weiß, dass sie träumt, und zwingt sich aufzuwachen. Sie schaut auf den Wecker, hat erst knapp drei Stunden geschlafen, ist aber hellwach. So kann sie nicht wieder einschlafen. Sie geht in die Küche, um ein Glas Wasser zu trinken, verspürt einen kleinen Appetit und öffnet die Kühlschranktür. Bloß keinen Käse, der liegt zu schwer im Magen, Wurst in der Nacht ist ungesund. Die Schachtel mit den Schokoküssen lacht sie so einladend an. Ein Mini-Schokokuss hat nur 28 Kalorien. Nur 28! Bea streckt die Hand aus, und wie ein verspäteter Blitz aus ihren Träumen erscheint ihr plötzlich das Bild von dem Graffiti an Wohlgemuths Giebelwand vor dem inneren Auge. Ganz deutlich sieht sie die Schriftzeichen vor sich. Aber da war noch etwas, kein Schriftzeichen, sondern …

Bea holt ihr Notizbuch und setzt sich an den Küchentisch. Drei Schokoküsse sind auch erst 84 Kalorien, die baut man bei schweren Träumen schnell wieder ab.

Unten rechts in der Ecke hat der Schmierer keinen Buchstaben, sondern eine kleine Zeichnung hinterlassen. Das ist kein Hut und auch kein Atomkraftwerk, das ist ein … Nur noch ein einziger Schokokuss, dann ist Schluss! Richtig, das könnte ein … Ihr fällt nur Schokokuss ein. Schokokuss gleich Dickmann. Aber sie kennt keinen B. Dickmann. Keinen Bernd, Benno oder … Halt, na klar, Diekmayer, nicht Dickmann. Diekmayer gibt's hier im Viertel. Der Sohn, Nico, kauft sich bei ihr ab und zu eine Bunte Tüte. Er hat im letzten Jahr den großen Malwettbewerb im Mercator-Gymnasium gewonnen, als ein neues Logo für die Schülerzeitung gesucht wurde. Der Dellplatz-Kurier hat ausführlich darüber berichtet. Jetzt erkennt sie es deutlich: Der erste Buchstabe ist kein B, sondern ein verschnörkeltes N, dessen Mitte der obere Ansatz des D-Bogens kreuzt. Sie wird sich diesen Nico Diekmayer mal zur Brust nehmen, sich ihn vorknöpfen. Das ist immer noch liebevoll, besser als durch Pfahlhängen oder Daumenschrauben ein Geständnis zu erzielen. Bea lächelt, legt sich wieder ins Bett und schließt die Augen.

*

Ungeduldig hält Bea am nächsten Morgen Ausschau nach Nico Diekmayer, doch der lässt sich erst kurz nach eins blicken. Mit wiegendem Schritt geht er am Büdchen vorbei, hört nicht auf Beas Rufe. Sie muss eine leere Plastikflasche nach ihm werfen, damit er die Stöpsel aus seinen Ohren zieht und aufmerksam wird.

Nico kommt näher und reicht Bea die Flasche durchs Fensterchen. »Hier, einmal Flasche zurück.«

»Danke.«

»Macht 25 Cent Flaschenpfand.«

»Lass den Quatsch! Ich muss mit dir reden.«

»Gern – wenn Sie einen Job für mich haben. Ich brauche dringend Geld.«

»Ein Job ist dir sicher, allerdings ohne Bezahlung. In drei Tagen sind alle Graffitis verschwunden, die du in der Böningerstraße an die Wände der Häuser gesprüht hast.«

»Ich komme nie durch die Böningerstraße, und von Graffitis weiß ich nichts.«

Bea zieht ihr Notizbuch unter dem Fensterbrett hervor und tippt auf den Schriftzug. »ND, oder etwa nicht?«

Nico geht einen Schritt zurück, legt den Kopf auf die Seite und grinst. »Wie wollen Sie das denn beweisen?«

»Schon mal was von Infrarotkameras gehört?« Bea hofft inständig, dass Infrarot und nicht Ultraschall die richtige Bezeichnung ist.

»Und ich bin zu erkennen?«

»Wer sonst?«

»Mist!«

»Hättest du dir vorher überlegen sollen.«

»Wie soll ich das ohne Aufsehen in drei Tagen schaffen?«

»Trommel ein paar Freunde zusammen und melde dich bei den Geschädigten. Sag, ihr wollt die Wände renovieren.«

»Tolle Idee. Da kann ich mir gleich ein Schild um den Hals hängen: ›Ich bin ein Obertrottel‹.«

»Gebt euch als ökologische Arbeitsgruppe der Schule aus, das kommt immer gut an.«

»Und wenn nicht?«

»Die Geschädigten waren schon bei der Polizei«, schönt Bea ein wenig die Wahrheit.

Nico überlegt. »Sie verpfeifen mich nicht?«

»Ich kann überhaupt nicht pfeifen – keinen Ton!«

*

Dienstag unter Metas Dach. Familientag. Sie strippt für Joop, er bügelt Wäschestücke, ein gerechter Ausgleich, finden beide.

Meta präsentiert sich auf einem gläsernen Couchtisch, rotes Mieder, schwarze Netzstrümpfe, dazu ein schwarzer Minirock und ein stützender BH – beides aus Leder –, lange schwarze Handschuhe und ein gleichfarbiges Lederhalsband, alles gepflegt und appetitlich. Wenn da nicht die roten Plateauschuhe wären mit der rechts leicht abgeschabten Ausbuchtung am großen Zeh. Hallux valgus –

auch Ballenzeh, schiefer Zeh oder Ballengroßzeh genannt. Ein kleiner Schönheitsfehler im ansonsten verlockenden Erscheinungsbild.

Meta feuchtet ihren rechten Zeigefinger an, führt ihn langsam, sehr langsam über das Kinn hinab zu ihren kaum bedeckten Honigmelonen.

Für Joop eine Übung an Selbstbeherrschung wie für einen Trinker das Spülen von Schnaps- und Biergläsern.

Meta tippt der Tattoo-Kobra zwischen die Augen, leckt sich verführerisch über die Lippen, lässt eine Hand hinunter zum Rock gleiten. Plötzlich bricht sie ab, steigt vom Couchtisch, greift sich ins Dekolleté und wirft Joop einen kleinen weißen Knochen auf das Bügelbrett. »Was zu viel ist, ist zu viel!«

Joop will den Knochen an sich nehmen, verbrennt sich die Finger, stellt das Bügeleisen hastig aus und schiebt es in die Halterung.

»Ich habe nichts gegen deine kleinen Freudenspender zur Stimulierung von G-Punkt und/oder Vagina in den perfekten Größen von 19 bis 27 Zentimetern, naturfarben oder in modischem Kolorit. Aber mit einem echten Knochen zu verkehren, das hebe ich mir für den Friedhof auf.«

»Mauseschnäuzchen, das war keine böse Absicht.« Joop pustet sich auf die Hand, wagt es nicht, das Bügelbrett zu verlassen und die Hand unter kaltem Wasser abzukühlen. »Es ist ganz anders, als du denkst.«

»Und wie?«

»Der Knochen war nicht für unsere kleinen Spielchen gedacht. Ich kann mir ehrlich nicht erklären, wie er in deine Wäsche geraten ist.«

»In meine Wäsche? Den hab ich zufällig in einer deiner Jackentaschen gefunden.«

»Du durchsuchst meine Klamotten?«

»Lenk jetzt nicht ab! Oder hast du eine andere? Etwa eine von den Zoomiezen?«

»Lass es mich erklären …«

»Lass dir etwas einfallen, aber sofort, sonst …«

»Bitte …« Joop tastet Meta mit einem Blick von oben bis unten ab. »Bei dem Anblick kann ich mich einfach nicht konzentrieren.«

»Vorher ist nichts mit Entspannung.«

»Zieh dir bitte etwas über, ich koch uns eine Tasse Kaffee, und dann setzen wir uns zusammen.«

Meta kommentiert mit einem erhabenen »Pöh!«, wirft den Knochen in den Aschenbecher, einen Wal aus Metall mit weit geöffnetem Maul, und geht ins Schlafzimmer.

Joop legt sich eine Strategie zurecht, wie er Meta wieder auf den Couchtisch bringen kann. Nachbars Mülleimer scheint ihm am plausibelsten. Doch als Meta zurückkommt, sieht Joop, dass sie geweint hat. Eine bessere Erklärung muss her.

»Setz dich zu mir«, sagt Joop. Meta hat sich Jeans und Sweatshirt übergezogen, sie kann also ruhig näher rücken. »Bei uns in Holland heißt es: De een z'n dood is een ander z'n brood. So viel wie: Des einen Tod ist des anderen Brot. Der Knochen soll ein kleiner Glücksbringer für unsere Liebe sein. Das ist mir spontan eingefallen, als ich bei Buck die Wildschweinsülze gekauft habe. Hendrik Buck hat gelacht, als ich nach einem sauberen Knochen gefragt habe, um ihn dir als Talisman zu schenken. Ich glaube, der ist vom Hasen oder Reh. Entschuldige, war nicht böse gemeint. Mit einer anderen Frau hat das Teil wirklich nichts zu tun.«

Meta sieht ihn prüfend an, eine ganze Weile. Joop lässt sich nicht verunsichern, zeigt unverwandt sein gewinnendes Lächeln. Meta fischt ein Papiertaschentuch aus der Hosentasche, putzt sich die Nase. »Na schön …« Sie steht auf, greift zum Gürtel ihrer Jeans. »Weiter geht's. Gleich hier!«

*

Es nieselt, Bea schließt das Büdchen, stellt die grünen Blenden vor die Fenster, sichert sie, prüft noch einmal Tür und Zeitungsbox, ob sie auch wirklich verschlossen sind, überquert die Straße und betritt Herrn Yavuz' Änderungsschneiderei. Herr Yavuz knipst sofort das Licht an seiner Nähmaschine aus, steht auf und küsst Bea zur Begrüßung die Hand.

An jedem ersten Mittwochabend im Monat spielen Bea und Herr Yavuz Dame. Auf dem Samowar steht das Kännchen mit starkem türkischem Tee. Das Damebrett hat Herr Yavuz auf dem kleinen Tisch zwischen den beiden Kleiderständern aufgebaut. Bea setzt sich, Herr Yavuz serviert den Tee in kleinen Gläsern und nimmt aus einem Regal einen mit Alufolie abgedeckten Teller. Er entfernt die Folie und stellt die honigsüßen Leckereien auf den Tisch.

Bea schüttelt den Kopf. »Ich glaube nicht, dass ich etwas davon nehmen kann.«

»Madame«, sagt Herr Yavuz, »es ist alles von meinen Töchtern mit Liebe zubereitet.«

»Ich muss ein wenig auf meine Figur achten.«

Herr Yavuz lächelt verschmitzt und setzt sich. Bea nimmt sich ein Profiterol und schiebt sich das Windbeutelchen zwischen ihre gespitzten Lippen. Sie kennt schon einige der süßen Verführungen mit Namen.

Bald steht es acht zu eins für Bea, mit den letzten Wochen gerechnet insgesamt 67 zu 88 für Herr Yavuz.

»Sie haben eine leichte Skepsis im Blick«, sagt Herr Yavuz. »Liegt Ihnen etwas auf der Seele?«

»Herr Yavuz, Sie sind ein Menschenkenner!«

»Zuviel des Lobes!«

Und Beas Herz und Mund gehen auf. Ein leichter Seufzer, dann: »Eine gute Bekannte, man kann fast sagen eine gute Freundin, hat mir heute Morgen eine kuriose Geschichte von einem Knochen als Liebesgabe berichtet. Angeblich ein holländischer Brauch, der – wie soll ich sagen – ihr Liebesleben in Schwung halten soll.« Wenn sich Herr Yavuz jetzt ablenken lässt, kann Bea mit drei Zügen zu einer Zwickmühle kommen. »Haben Sie schon mal etwas von einem solchen Brauch gehört? Vielleicht hat das etwas mit Voodoo zu tun, erst letzte Woche habe ich davon in der ›Freizeit-Revue‹ gelesen.«

»Sie meinen Frau Kowalewska und ihren holländischen Freund?«

»Ich will nichts gesagt haben.«

»Genaues ist mir auch nicht bekannt.« Herr Yavuz schiebt den Teller mit den Süßigkeiten in Beas Richtung. Er mag Frauen mit richtigen Rundungen. Seine Töchter sind alle spindeldürr, und an seine Frau kann er sich kaum noch erinnern.

»Und was wäre das Ungenaue?«, fragt Bea. Noch ein Zug, und er sitzt in der Falle.

»Man munkelt, der holländische Freund mache Geschäfte mit TCM.«

Bea lacht auf. »Von TCM habe ich einen Wecker, der geht sekundengenau. Meinen Sie, Joop van Houten macht in Tchibo-Weckern?«

»Liebe Frau Busch, TCM bedeutet auch Traditionelle Chinesische Medizin.«

»Ach so, chinesisch ist das? Ich verkaufe im Büdchen nämlich Kräutermedizin von ihm. Ansonsten habe ich nur Heidschnuckenfelle im Angebot, aber keiner will sie haben.« Bea schlägt die Knie übereinander, berührt dabei Herrn Yavuz' Bein, er zuckt nicht zurück.

»Hier an Rhein und Ruhr gibt es doch genug eingeborene Schafe«, sagt Herr Yavuz.

Bea lacht, Herr Yavuz schiebt einen Stein.

»Die Traditionelle Chinesische Medizin soll in Verbindung mit biologischen Naturheilverfahren und schulmedizinischen Methoden durchaus vorzeigbare Erfolge haben, hat mir ein Masseur im Hamam in der Düsseldorfer Birkenstraße berichtet.«

Jetzt will Bea ihr Werk vollenden, sie schiebt ihren Stein und … sitzt selber in der Zwickmühle. »Mist!«, flucht sie.

»Madame?« Sanft wie ein verschmustes Kätzchen senkt sich Herrn Yavuz' Schuhspitze auf ihren Schnürschuh.

»Ach nichts, ich habe bloß mal wieder verloren.« Bea richtet sich auf und streckt ihren Rücken. Unbewusst greifen ihre Finger nach einer Baklava. »Also alles im grünen Bereich?«

»Wenn Sie unter ›grünem Bereich‹ die chinesische Kräutermedizin meinen, gehe ich durchaus mit Ihnen d'accord. Doch sie hat auch ihre Schattenseiten. Für viele Rezepturen werden noch immer Wildtiere verwertet und damit Nashorn, Tiger, Kragenbären und viele andere Arten an den Rand der Ausrottung gebracht.«

»Ach«, sagt Bea überrascht. »Joop van Houten ist in solche Geschäfte verwickelt? Das kann ich gar nicht glauben! Meine Freundin –«

»Entschuldigen Sie, dass ich Sie unterbreche. Ihre Freundin braucht nichts davon zu wissen. Das Argument mit dem Knochen als Glücksbringer klingt doch überzeugend.«

»Und sie soll von den Geschäften nichts gemerkt haben?«

»Vermutlich nicht. Der Handel ist wohl ausgesprochen lohnenswert, da werden kleinste Mengen zu horrenden Preisen auf dunklen Kanälen von West nach Ost auf die Reise geschickt.«

»Das ist doch kriminell! Und meine Freundin …«

»Womit wir eine feine gedankliche Brücke zu Ihren Heidschnuckenfellen schlagen könnten.«

»Woher haben Sie Ihre Informationen über Herrn van Houten?«

»Ich lese viel, höre so einiges, und das Internet hat auch seine informativen Seiten.«

Bea unterdrückt ein Gähnen. »Darüber muss ich erst einmal eine Nacht schlafen, bevor ich meine Gedanken ordnen kann. So gesehen, könnte es auch ein Tigerknochen oder ein Zeh von der Beutelratte im Kleiderschrank meiner Freundin …«

»Machen Sie sich keine Sorgen, es wird sich bestimmt alles aufklären.« Herr Yavuz will sich der Aufklärung und Bea nicht in den Weg stellen. »Entschuldigen Sie meine Unaufmerksamkeit. Es war wieder ein wunderschöner Abend mit Ihnen, Sie waren so geduldig mit mir altem Mann.« Herr Yavuz packt die restlichen Süßigkeiten in eine kleine Plastiktüte. »Für den Heimweg.« Er verabschiedet sich von Bea mit einem Handkuss und zaubert damit ein Lächeln auf ihr besorgtes Gesicht.

Sofort bekommt Herrn Yavuz' Miene einen melancholischen Ausdruck. »Bedrücken Sie die Vorgänge um die Zeitungsbox an Ihrer Trinkhalle noch sehr?«

»Ich erschrecke mich schon zu Tode, wenn ein Vogel auffliegt oder eine Bäckertüte über den Platz weht. Was, glauben Sie, hat da dieser Tote erst bei mir ausgelöst?«

»Es ist sicher nicht leicht für Sie.«

»Ein Mörder kehrt doch angeblich immer an den Ort seiner Tat zurück.«

»Ich mache Ihnen einen Vorschlag: Ich hole mein Fahrrad und begleite Sie nach Hause. Das können wir jeden Abend so handhaben, mein Hausarzt hat mir sowieso mehr Bewegung verordnet.«

»Das würden Sie für mich tun? Das ist lieb! Muss auch nicht jeden Abend sein, bloß wenn ich ein beängstigendes Gefühl habe. Das geht hoffentlich in ein paar Wochen vorbei.«

»In dieser Woche begleite ich Sie, und dann sehen wir weiter. Nur einen Moment, ich hole rasch mein Fahrrad und schließe die Werkstatt ab.«

Herr Yavuz bewertet den Ausgang des Gesprächs als Erfolg. Er ist Frau Busch um einige Schritte nähergekommen. Seine Tochter Hürrem hat ihn schon mehrmals aufgefordert, er solle sich etwas mehr um sie bemühen.

Sie gehen gemeinsam hinüber zu Beas Büdchen. Bea schließt das robuste Fahrradschloss auf, da fliegt eine Taube auf und noch eine, die aus ihrer Nachtruhe aufgeschreckt wurden. Bea lässt Schloss und Schlüssel fallen. In einer spontanen Bewegung sucht sie Schutz an Herrn Yavuz' Brust, der verdutzt einen Arm um sie legt und sie fest an sich drückt. Doch die Umarmung währt nur kurz. Verlegen macht sich Bea los und murmelt eine Entschuldigung. Herr Yavuz hebt Fahrradschloss und Schlüssel auf. Sie schieben ihre Räder nebeneinanderher und wissen schon nicht mehr, in welcher Straße sie sich befinden.

Bea grübelt vor sich hin. Herr Yavuz überlegt konzentriert, wie er ein paar Zusatzpunkte für sich gewinnen könnte, und hat eine Idee.

»Würde es Ihre Arbeit erleichtern und Sie beruhigen, wenn ich Ihnen morgens die Zeitungen aus der Kiste anreiche?«

Bea bleibt verwirrt stehen. »Vielen Dank, aber«, sie stellt ihr Fahrrad auf den Klappständer, »das kann ich nicht annehmen.«

»Sie können nicht, Sie müssen! Ich bin Frühaufsteher und sehe jeden Morgen, wenn Sie eintreffen. Bevor Sie Ihre Trinkhalle aufgeschlossen haben, steh ich neben Ihnen, um Ihnen zur Hand zu gehen. Für mich gibt es keine schönere Möglichkeit, den Tag zu beginnen.«

»Ach, Herr Yavuz, das ist sehr nett von Ihnen. Ich komme bei Gelegenheit gerne auf Ihr Angebot zurück.« So sehr Bea Herrn Yavuz mag, so sehr mag sie die wenigen Minuten, die sie morgens allein in ihrem Büdchen hat. »Sie tun schon so viel für mich, indem Sie mich abends nach Hause begleiten.« Sie macht zwei Schritte auf ihn zu und gibt ihm einen Kuss mitten auf den Mund.

Ein Junge fährt auf seinem BMX vorbei, dreht eine Pirouette auf dem Hinterrad und ruft ihnen zu: »Je oller, je doller!«

DREI

Mittagszeit, der Dellplatz schläft. Nur einer nicht: Andreas Schymanczek. Unauffällig nähert er sich Beas Büdchen. Unauffällig, doch nicht ungesehen.

Bea schiebt das Kreuzworträtsel aus einer überfälligen Zeitschrift zur Seite, richtet ihr Haar, leckt sich über die Lippen, bis sie glänzen, und öffnet abrupt das Fensterchen zur Außenwelt. »Na, Herr Kommissar, mal wieder eifrig unsere Sicherheit am Schützen?«

Der Herr Kommissar ist nicht empfindlich und schmunzelt. »An Ihrer Ausdrucksweise sollten Sie noch ein wenig feilen. Schließlich gehören Sie seit Kurzem zum immateriellen Kulturerbe.«

»Der Ruhm gehört den Trinkhallen im Ruhrgebiet. Ich habe nicht einmal einen Gutschein fürs städtische Freibad bekommen, geschweige denn eine kleine Steuerermäßigung.«

»So ist sie, die Bürokratie.« Er sieht sich kurz nach Mithörern um und singt dann mit leiser Stimme aus Lortzings Komischer Oper »Zar und Zimmermann«:

O sancta Justitia! Ich möchte rasen,
Von früh bis spät lauf ich herum;
Ich bin von Amtspflicht ganz aufgeblasen,
Das Wohl der Stadt bringt mich noch um …

So kennt ihn Bea. Aber heute liegt eine gewisse Überheblichkeit in seinen sonst wenig raffinierten Gesichtszügen. »Sind Sie in dienstlicher oder privater Mission unterwegs?«

»Wie man's nimmt.«

»Nehmen Sie's, wie es kommt.«

»Es gibt Neues von der Opernbühne. Könnte Sie vielleicht interessieren.«

Bea erkennt ein vieldeutiges Glimmen in den Pupillen des Kriminalkommissars. Er wird bestimmt nicht aus seinem bequemen Auto ausgestiegen sein, um ihr zu berichten, was sie selbst schon im Magazin »Oper!« gelesen hat.

Doch Kriminalkommissar Schymanczek schreckt vor nichts zurück. »Berlin wäre mal eine Reise wert.« Er zwinkert ihr zu, verunglückt zu einer Karikatur. »Wie die Zeitungen schreiben, wird Figaro dort ganz neu interpretiert. Bei seiner Bravour-Arie setzt man ihn unter eine trutschige Trockenhaube. Die Oper emanzipiert sich mit einem Augenzwinkern. Während sich Figaro mit Küchenschürze und Suppenkelle zur Witzfigur macht, betätigt sich seine Verlobte als Domina. Daraufhin bewirft Marcellina ihren Mann tollkühn mit Lockenwicklern und steckt sich im Triumph ein Zigarettchen in den ...«

»Rosina!«

»Wie bitte?«

»Rosina, die Gräfin – Marcellina ist die Hausangestellte.«

»Selbstverständlich! Habe nichts anderes behauptet.«

»Wie dem auch sei. Genießen Sie Ihren freien Tag!«

»Schön wär's. Ich bin im Dienst. Übrigens ... Sie erinnern sich an den Toten in der Kiste?«

Ein verstolperter Übergang. Als ob Bea die Leiche in ihrer Zeitungsbox jemals vergessen könnte. Sie wirft dem Kommissar einen bösen Blick zu.

»Ähm, ja, natürlich erinnern Sie sich.«

»Ich muss ihn auch schon mal im Zoo gesehen haben, aber daran erinnert sich Meta Kowalewska besser als ich. Sie hat ganz begeistert von seinen Vorführungen im Delfinarium berichtet. Soll ich Meta kurz anrufen?«, bietet sich Bea an. »Ich hab ihre Telefonnummer unter ›Favoriten‹ gespeichert.«

»Ich wende mich gleich persönlich an sie, würde aber vorher gern mit Ihnen meine Tathypothese besprechen. Sie ist recht heikel, und deshalb wäre mir Ihre bekanntermaßen bodenständige Meinung wichtig.«

»Dann schießen Sie los!«

»Ha, haha, Sie haben Humor! – Wie auch immer. Der Fall scheint weit über die offensichtlichen Dimensionen hinauszugehen, weshalb ich Sie zur absoluten Verschwiegenheit verpflichten muss.«

»Sie können sich auf mich verlassen!«

»Die KT hat – ich möchte nochmals auf Ihre Verschwiegenheitspflicht hinweisen – am Fundort einen Zeitungsausschnitt entdeckt. Den muss der Delfintrainer bei sich gehabt haben.«

Bea ahnt, dass das Teil vermutlich mit dem Schaffell in die Kiste gekommen ist. Das könnte Unannehmlichkeiten bringen. »Haben Sie die Todesursache herausgefunden?«

»Unsere Gerichtsmediziner sind noch mit anderen ungeklärten Todesfällen beschäftigt. Unterbrechen Sie mich bitte nicht. Das bedruckte Fragment konnte in einen größeren Zusammenhang eingefügt werden. Es handelt sich um einen Zeitungsartikel über den hinlänglich bekannten Sturm auf das Kapitol in Washington. Einer der Putschisten bemächtigte sich des Rednerpults mit dem

Siegel von Nancy Pelosi, der Sprecherin des Repräsentantenhauses. Der Dieb wurde als Adam Christian Johnson identifiziert, sein Aufenthaltsort ist unbekannt. Und jetzt sind Sie dran.«

Bea bekommt den Mund nicht zu, hofft auf Kunden, die dem Gehirnkarussell ein Ende machen könnten. Der neue »Stern« ist da, der seine festen Käufer hat, aber niemand lässt sich blicken.

»Sie verstehen?«

Bea schüttelt den Kopf.

Kriminalkommissar Schymanczek seufzt. »In seiner Heimat Adam Christian Johnson«, er weist mit dem Kopf in Richtung Zeitungskiste, »bei uns Aiden Ch. Jackson. Hier der Delfintrainer, dort der Putschist.«

»O mein Gott!« Passend zum Stundenschlag von St. Joseph.

»Das können Sie laut sagen!« Der Kriminalkommissar wiegt den Kopf. »Das ist ein Fall, der alle Dimensionen sprengen könnte, da kommen FBI, CIA, CID, Washington Post, The Times, NBC, CBS, ABC und FOX ins Spiel.«

»Haben Sie schon im Zoo nachgefragt, ob der Delfintrainer zur fraglichen Zeit seinen Dienst versehen hat?«

»Nein, aber er hat eine Tante in Arlington, keine 20 Kilometer von Washington entfernt.«

»Die Namen klingen zwar ähnlich, sind aber nicht dieselben. Mit welchem Namen weist er sich denn aus?«

»Sehr pragmatisch gedacht! Unter uns lebt er mit der gefälschten Identität als Aiden Ch. Jackson – einen gefälschten Reisepass gibt es in den USA für Peanuts.«

»Das Verbrechen lauert überall. Für mich wäre es wohl besser gewesen, an besagtem Tag gar nicht aufzustehen.«

»Nehmen Sie sich auf jeden Fall in Acht! Ich werde in unserer nächsten Konferenz Polizeischutz für Sie beantragen.«

Bea erschrickt, doch dann überfliegt ein kleines Lächeln ihr Gesicht. Was Herr Yavuz wohl macht, wenn ihr ein fremder Mann auf Schritt und Tritt folgt? »Bitte setzen Sie sich dafür ein, dass ich von einer Frau geschützt werde.« Am besten von einer mitteilsamen, denkt sie, sagt es aber nicht.

»Versprechen kann ich nichts. Wir haben Personalmangel, besonders unter den weiblichen Personenschützern.« Der Kriminalkommissar ermahnt Bea, sich als Geheimnisträgerin ihrer Verantwortung bewusst zu sein, und verabschiedet sich mit einem Tippen an die nicht vorhandene Mütze.

Er ist noch nicht außer Sichtweite, da schiebt Bea ihr kleines Fenster zu und greift zum Telefon. Sie ruft Meta an. »Der Kommissar kommt gleich bei dir vorbei. Widersprich ihm nicht, er ist ein wenig von der Rolle.«

*

Paul Sobotta ist wieder da. »Einmal das ›Drohnenmagazin‹, bitte.«

»Das Drohnenmagazin … Was soll das denn sein?«

Paul Sobotta legt den Kopf leicht schräg, hebt die linke Augenbraue, seufzt: »Wo lebst du eigentlich? Das ›Drohnenmagazin‹ ist das führende Fachjournal für unbemannte Flugsysteme.«

»Und was ist mit ›Die Brieftaube‹?«

»Meinst du, das ist richtiges Deutsch? Meine Enkelin dürfte so etwas nicht im Aufsatz schreiben! Und in Mathe sind sie jetzt bei Schnittmengen. ›Wurst, Gras oder Teppichfransen?‹, hat sie die Lehrerin gefragt.«

»Ich meine die Taubenzeitschrift, die ich jede Woche extra für dich besorge.«

»Eigentlich geht es mir nicht um Zeitschriften. Ich brauche deine Hilfe.«

»Ich organisiere keine Demos, schmiere keine Brote und wasche keine fremde Wäsche.«

»Ich bin total durcheinander.«

»Na schön, ich versuche, das ›Drohnenmagazin‹ für nächsten Samstag zu bestellen. Ich schreibe es mir sogar auf.« Bea verschwindet für einen Augenblick aus dem Fensterausschnitt.

»Ist nicht so dringend, im Gegensatz zu etwas anderem. Ich war gestern beim Wohlgemuth.«

»Was machen die Schmierereien an seiner Hauswand?« Bea richtet beiläufig Zahlteller, Bonbonspender und wischt das Barometer von Vivil mit der Handkante ab.

»Schmierereien?« Noch so ein Einwand und Paul Sobotta verliert den Faden. »Gut, alles gut. Die Schmierereien werden in den nächsten Tagen beseitigt. Eine Arbeitsgemeinschaft aus dem Gymnasium hat sich gemeldet, die sich sozial und umweltfreundlich für ihre Mitbürger einsetzen will.« Paul Sobotta kriecht fast in den Fensterausschnitt des Büdchens. »Der Willy hat im Garten die Rosen ausgebuddelt, weil du ihm helfen wolltest. Als ich zu ihm kam, stand ein Spaten gelangweilt herum, da habe ich ihm beim Graben geholfen. Und kaltes KöPi hatte er auch. Wir haben also gebuddelt und getrunken – oder umgekehrt –, und plötzlich stieß Willy einen angeekelten Ton aus und schmiss mir einen Erdklumpen, so groß wie einen Kinderkopf, auf die Schuhe. Ich hatte bloß meine Halbschuhe an, weil ich nur …«

»Paaaul!«

»Jedenfalls brach der Erdklumpen auseinander, und auf meinem Halbschuh lag eine Knochenhand, als wollte sie meinen Schuh putzen.« Sobotta schluckt trocken und schüttelt sich. »Furchtbar! Willy hat geflucht und sich fast übergeben.«

»Eine Knochenhand?«

»Eine Hand. Aber nur aus Knochen.«

»Eine richtige Hand?«

»Eigentlich nur kleine Knochen. Willy hat an ein totes Tier gedacht und von einem Kaninchen geredet. Von einer Taube waren sie jedenfalls nicht. Wir haben den Spaten sauber gemacht und die Teile auf dem Spaten geordnet, bis wir uns zu 99 Prozent sicher waren: Die müssen von einer menschlichen Hand stammen.«

»Ihr seht Gespenster!«

»Wir haben uns den auseinandergebrochenen Erdklumpen noch einmal angesehen und ihn fast gleichzeitig entdeckt …« Paul Sobotta nimmt seine Frühstücksdose aus der Aktentasche, holt etwas heraus und umschließt es mit seiner Hand. Er schiebt Bea seine Hand ins Fensterchen und öffnet sie. Ein goldener Ring mit einem winzigen roten Stein kommt zum Vorschein. »Er ist sogar graviert«, sagt er.

Bea setzt sich die Lesebrille auf, nimmt den Ring widerwillig zwischen Daumen und Zeigefinger, besieht ihn sich von allen Seiten und entdeckt die Gravur: GOTT. »Wie schrecklich! Wir müssen sofort die Polizei einschalten.«

»Das habe ich auch zu Willy gesagt. Aber dann musste ich kurz aufs Klo. Willy hat in der Zwischenzeit den Garten abgesucht, doch keine weiteren Knochen gefunden. Ich weiß ja nicht, wie sorgfältig er gesucht hat. Auf jeden

Fall wollte er die Polizei nicht benachrichtigen. Er hat gemeint, ich solle mir vorstellen, was passiert, wenn sich der Knochenfund herumspricht. Dann wär hier die Kacke am Dampfen. ›Westdeutsche Allgemeine‹, ›Neue Ruhr Zeitung‹, ›Bild‹, ›WDR fünf‹, ›WDR Fernsehen Lokalzeit‹. Alle würden sie kommen und ihm den Garten plattmachen.«

»Für die Wirtschaft im Dellviertel wäre es belebend. Ich könnte Frikadellen und Soleier ins Angebot nehmen und hintenheraus zwei, drei Tische aufstellen, wenn das Ordnungsamt zustimmt. Sogar der Tote in meiner Zeitungsbox bringt mir neue Kundschaft – auch wenn es Polizisten sind.«

Paul Sobotta nimmt Bea den Ring aus der Hand und schüttelt den Kopf. »Eigentlich soll ich dir von Willy Wohlgemuth nur bestellen, dass es vorerst nichts wird mit den Rosen für dein Büdchen.«

VIER

Bea starrt versonnen in die Trostlosigkeit. Regen. Wenn Blasen auf den Pfützen segeln, dann regnet es den ganzen Tag. Sieht irgendwie romantisch aus. Bea wickelt die Decke fest um ihre Beine.

Quer über den Dellplatz hoppelt ein Regenschirm. Ein Dach über vier Beinen, Mutter mit Kind, schätzt Bea. Könnte Kundschaft sein, oder sie wollen in St. Joseph ein Licht als Fürbitte für die anstehende Mathematikarbeit des Sprösslings entzünden. Oder mehrere, je nachdem, ob er geübt hat.

Es ist Kundschaft! Eine junge, groß gewachsene Frau mit einem Regenmantel in Blumenwiesenoptik, passend zum Bienenmotiv des Sonnenschirms. Der Junge in schwarzen Gummistiefeln, eine Brille mit prägendem schwarzem Gestell, das ihn wissender aussehen lässt als seine Lehrer*innen.

Bea schiebt das Fensterchen zur Seite, lächelt, hofft auf den Verkauf von viel Lesestoff bei diesem Indoor-Wetter. Der Kleine studiert die Eiskarte, entscheidet sich für ein Cornetto, seine Mutter kauft ihm ein Jolly für 40 Cent – er hätte eben doch mehr für die Klassenarbeit üben sollen. Aber Belohnung muss sein, sagen die modernen Erziehungsmethoden.

Bea schließt das Fensterchen. Ein lähmender Tag. Sie hebt die heruntergefallene Decke auf und legt sie wieder über die Beine. Die fröhlichen Akzente von Regenschirm und Regenmantel der Frau mit ihrem Kind sind wieder verschwunden. Tristesse, Niedergeschlagenheit, leichte Kopfschmerzen und segelnde Regenblasen.

Ein flüchtiges Lächeln kämpft sich auf ihre Gesichtszüge. »Regen ist der Sonnenschein der Melancholie«, hat Herr Yavuz einmal gesagt. Die Blasen segeln und segeln. Ach, Herr Yavuz …

Bea, sei vernünftig! Sei vernünftig, sei vernünftig. Der Leitsatz ihres Lebens und zugleich ihre Fußfessel. Als Schulkind kickte sie mit den Jungs auf der Straße. Sie war gut, wollte in einen Verein, bekam jedoch das Superstar-Nageldesign-Set mit Crazy Chic Style. Ihr erster Freund hieß Enam und kam aus Ghana. Kontaktverbot, Hausarrest, Taschengeldentzug. Studieren und Tierärztin werden? Sei vernünftig, willst du deinen Eltern ewig auf der Tasche liegen? Mit 30 wurde es langsam eng mit dem Heiraten. Sie liebte Hanno, er konnte Klavier spielen, man drängte sie aber in Horsts Arme. Sei vernünftig, der wird es in der Stadtverwaltung weit bringen! Horst ging fremd, Beate wollte sich scheiden lassen. Sei vernünftig, was sollen die Leute denken? Sie hielt noch 15 Jahre durch, dann stieß sie Horst in einer hitzigen Auseinandersetzung die Kellertreppe hinunter. Endlich eine vernünftige Entscheidung! Horst berappelte sich mit Unterstützung von Gips und Streckverbänden nach Wochen wieder und stimmte der Scheidung ohne weitere Gegenwehr zu. Von da an ging's bergauf.

Statt Kälte und Frust landen jetzt gelegentlich Abrafo, Mohammed oder Benedikt in ihren Armen und tun ihr gut. Dazu ab und an ein edles Schlückchen zum Wohl ihrer inzwischen verstorbenen – und antialkoholischen – Eltern.

Beas Handy meldet sich. Die Nummer sagt ihr nichts. Um den Anrufer zu ignorieren, ist sie jedoch viel zu neugierig und viel zu gelangweilt, schließlich regnet es noch immer.

»Hallo, hier spricht Kriminalkommissar Schymanczek. Regnet es bei Ihnen auch so heftig?«

»Hallo, Herr Kommissar. Moment, ich halte mal eben die Hand raus. – Ja, Herr Kommissar! Es regnet bewiesenermaßen. Was macht die kriminalistische Kunst? Sind Ihre Ermittlungen vorangekommen, haben sich Ihre Verdachtsmomente bestätigt?«

»Wir ermitteln gewissenhaft in alle Richtungen, das braucht seine Zeit.«

»Und was sagen die Gerichtsmediziner?« Bea will ein bisschen Tempo in die Unterhaltung bringen.

»Noch nichts, die haben momentan einfach zu viele Leichen auf den Tischen.«

»Vielen Dank trotzdem, dass Sie mich angerufen haben.«

»Ich wollte Ihnen noch etwas anderes mitteilen: Der Delfintrainer kann zum Zeitpunkt des Sturms auf das Kapitol in Washington nicht in den USA gewesen sein, da er als ›anwesend‹ im Zoo gemeldet war. Wir gehen aktuell davon aus, dass es sich bei Aiden Ch. Jackson und Adam Christian Johnson um zwei unterschiedliche Personen handelt. Es könnte auch eine gewollte Irreführung sein. So oder so ist meine Hypothese damit hinfällig.«

Bea lehnt sich auf ihrem Stuhl zurück und beginnt, die Regentropfen an der Glasscheibe vor den Süßigkeiten zu zählen. Meine Güte, ist dieser Mann ein Umstandskrämer! Wenn der einen Kriminalfall löst, muss der Täter ganz schön mitgeholfen haben. Doch er spendiert jedes Mal den Sekt in der Opernpause.

»Natürlich ist der Fall damit nicht gelöst. Jede verworfene Hypothese gebiert eine neue, bis das Ziel erreicht ist. So ist es zumindest bei erfahrenen Ermittlern mit dem richtigen Spürnäschen. Und jetzt kommen Sie ins Spiel. Ich möchte Ihre Ortskenntnis und Lebenserfahrung nutzen, um eine neue Tathypothese abzugleichen. Ich stelle mir das folgendermaßen vor ...«

263, 264, 265, 266, 267 ...

»Unser Charmeur vergnügt sich nächtens mit einer seiner Eroberungen im nahen Kantpark. Plötzlich taucht ein Nebenbuhler auf, körperlich dem Delfintrainer weit überlegen. Unser Intimus bekommt es mit der Angst zu tun, lässt Liebesakt Liebesakt sein und flieht panisch ohne Hemd und Hose. Am Dellplatz geht ihm die Puste aus, am Büdchen entdeckt er die Zeitungskiste. Er öffnet den Deckel ...«

»Die Zeitungsbox wird verschlossen, wenn Zeitungen und anderes Liefermaterial darin verstaut wurden.«

»Eben!«, sagt Kriminalkommissar Schymanczek. »Der nackte Flüchtling glaubt, den Verfolger bereits zu hören, springt in die Kiste, will den Deckel schließen, greift nach der Klappe, rutscht aus, fällt vornüber ...«

»Die wenigen Zeitungen von diesem Tag waren schon geliefert, lagen also unter dem Toten, und das Schloss der Kiste war aufgebrochen. Außerdem war der Tote in einem Plastiksack verstaut!«

»Die Details müssen wir noch recherchieren. – Warum ich überhaupt anrufe: Die ›Süddeutsche‹ schreibt euphorisch über Dmitri Tcherniakovs Neuinszenierung des ›Freischütz‹ in München. Er spüre in allen Stücken das bestimmende Motiv auf, behaupte damit aber nichts, sondern stelle eine Frage. Im ›Freischütz‹ laute diese Frage, ich zitiere, ›ob unsere Welt … auf Menschenopfern basiert, ob ein Mord nicht die entscheidende Voraussetzung zur Initiation ins Erwachsenen-, Geldverdiener- und Eheleben ist.‹ Der ICE braucht von Duisburg bis München etwas mehr als fünf Stunden. Was meinen Sie, sollen wir …«

»Ich kann Sie kaum noch verstehen, mein Handyakku gibt jede Sekun–« Das wäre überstanden.

Jetzt ist Bea mit dem Zählen der Regentropfen durcheinandergekommen und muss noch einmal von vorn beginnen.

Die Zeit vergeht. Auf Regen folgt Sonne. Bald kann Bea ihre verheißungsvollen Blusen mit kurzem Arm und leicht sperrender Knopfleiste gegen die warmen Pullunder und Pullover im Kleiderschrank austauschen. Die Zeit ist reif, die Amseln singen, die Meisen halten dagegen, und schließlich werden auch die Spatzen wieder munter.

Neue Kunden tauchen vor Beas Fensterchen auf, Studenten, Besucher des weithin bekannten Filmforums, Gleisbauarbeiter von der Düsseldorfer Straße mit einem ehrlichen Lächeln, schon jetzt in ärmellosen T-Shirts, die den Rahmen für ihre appetitlichen Muskeln geben.

Irgendwann taucht eine junge Person auf, die Bea kennt, die jedoch schon länger nicht mehr hier war. Spontan kommt sie nicht auf den Namen. Die Person ist weiblich, noch keine 30, doch bei ihrer dekorativen Aufmachung kann man das Alter schwer schätzen.

Die Person sieht traurig und irgendwie unterirdisch aus. Gruftis sieht Bea am Dellplatz nur noch ganz selten. Ihr Stil – toupierte Haare, Piercings, Rosenkranz und astrologisches Symbol auf der Stirn – ist wohl überlebt.

»Hallo«, sagt die Frau in Schwarz.

Ramona Pundenz. Mit Stimme fällt Bea der Name der Zoomitarbeiterin wieder ein. Sie taucht normalerweise alle

14 Tage auf, da kann man die Uhr nach stellen, wie Paul Sobotta sagen würde. Doch die letzten beiden Termine hat sie nicht wahrgenommen. Bea kennt ihren Namen, weil sie längere Zeit für Ramona die Post angenommen hat, als deren Wohnung in der Neuen Marktstraße renoviert wurde.

Bea lässt ihr Zeit, richtet die Zeitschriften auf der Ablage sorgfältig aus. Ramona Pundenz arbeitet als Tierpflegerin im Zoo, erinnert sie sich. Ob sie den Delfintrainer kannte? Schaut sie deshalb so traurig? Sie fragt nach.

Da sprudelt es aus Ramona heraus. Früher habe sie sich um Strauße, Lamas und Kleinantilopen gekümmert, dann sei sie zu den Robben und Pinguinen gewechselt wegen Aiden, um sich ihm elementar verbunden zu fühlen. Sie hätte alles dafür getan, um sich zur Delfintrainerin ausbilden zu lassen. Voraussetzung für die Ausbildung sei jedoch der Nachweis des Deutschen Schwimmabzeichens in Gold. Sie habe aber nur das Seepferdchen und könne nicht gut schwimmen. Doch Aiden habe ihr geholfen und nach Feierabend Schwimmunterricht im Bertasee angeboten. »Und jetzt ist er tot!«, sagt Ramona Pundenz betrübt.

Bea weiß nicht, womit sie Ramona trösten könnte. Sie kann ihr schlecht die Kiste zeigen, in der er gelegen hat. Vielleicht das Heidschnuckenfell, mit dem sie ihn bedeckt hat?

Jetzt fällt es ihr ein, die Tierpflegerin kommt wegen der Salbe. Sie hat Schwierigkeiten mit der Haut, seit sie in den feuchten Stiefeln herumläuft. Die Haut quillt auf, es bilden sich Blasen. Bea hat ihr eines Tages die Kräuter-Balsamsalbe aus dem Fundus von Metas Liebhaber angeboten.

Bea steht auf, orientiert sich in den rückwärtigen Regionen des Büdchens, greift hinter die Notrationen an Reis,

Nudeln und Dosensuppen und holt ein rotes Tiegelchen ans Licht. Erst jetzt bemerkt sie die chinesischen Schriftzeichen neben dem blauen Auge am Rand des Gefäßes. Die unergründlichen Schriftzeichen und Herrn Yavuz' Warnung vor dem Vertrieb dubioser Heilmittel haben Bea dazu gebracht, den Karton mit den 64 Dosen aus dem Verkehr zu ziehen. Zurückgeben will sie das Exklusivangebot nicht, und da sie nicht weiß, welche Ingredienzien das Heilmittel beinhaltet, kann sie es auch nicht vorschriftsmäßig entsorgen. Wäre es Sondermüll, Restmüll, Schadstoffmüll?

Vielleicht kann sie den Vorrat durch Ramona Pundenz' regelmäßige Käufe abbauen. Grob überschlagen dauert das noch fast zwei Jahre. Den Verkaufspreis wird sie an die DLRG spenden, beschließt Bea.

Sie schiebt das Tiegelchen durchs Verkaufsfenster.

»Noch einmal werde ich die Salbe nicht brauchen«, sagt Ramona Pundenz. »Sie verstehen sicher, dass es für mich nicht länger Sinn macht, mich mit feuchten Stiefeln rumzuplagen. Ich möchte wieder trockenen Boden unter die Füße bekommen und werde mich zu den Lemuren mit den Kattas und Mohrenmakis versetzen lassen. Da komme ich bestimmt auf andere Gedanken.«

Mist, wird also nichts mit der Entsorgung der chinesischen Salbe. »Lassen Sie sich bloß nicht unterkriegen«, muntert Bea die Tierpflegerin trotzdem auf. »Hängen Sie Ihre Regenwolke einfach zum Trocknen in die Sonne.«

»Schön gesagt.« Ramona Pundenz' todtraurige, gruftige Gesichtszüge verziehen sich zu einem vorsichtigen Lächeln. Sie legt Bea fünf Euro aufs Fensterbrett, winkt ihr zu, dreht sich abrupt um und schwingt sich aufs Fahrrad.

»Kommen Sie trotzdem mal wieder«, ruft ihr Bea hinterher, oder schicken Sie einen anderen Fußkranken! Der letzte Teil des Satzes war bloß gedacht und wurde wohl nur vom heiligen Joseph wahrgenommen.

*

Am nächsten Tag zaghafte Sonne, Nico lungert vor dem Zeitschriftenaushang herum. Bea lässt ihn eine Weile, dann schiebt sie das Fenster zur Seite. »Ich hab schon gehört: Auftrag zur vollen Zufriedenheit erledigt.«

»Hm«, brummt Nico. Er scheint einen anderen Gesprächsansatz zu suchen.

»Du spekulierst hoffentlich nicht auf eine Belohnung?«

»Nee, nee, da bin ich nicht verwöhnt.«

»Kann ich sonst irgendetwas für dich tun?« Bea reicht ihm eine kleine Tüte mit fünf oder sechs Minigummibärchen.

»Ich weiß nicht.« Nico tritt von einem Fuß auf den anderen, zieht die Nase hoch, atmet tief ein. »Sie haben mich nicht verpetzt, deshalb …« Er saugt die Luft erneut tief ein. »Auf Sie kann man sich verlassen, oder?«

»Ja, natürlich. Danke für das Kompliment.«

»Also, es ist so: Meine Mutter gibt mir immer Brot und Gurke für die große Pause in der Schule mit, da kann ich sagen, was ich will. Ich bekomm nie Geld, um mir hier was zu kaufen.«

»Sehr löblich!«

»Die anderen können sich in der Pause am Büdchen anstellen, nur ich nicht.«

»Verstehe. Und jetzt willst du, dass ich mit deiner Mutter rede?«

»Hä? Nein, auf gar keinen Fall! Ich will Ihnen was erzählen. Weil ich keine Gurken und erst recht keine Möhren mag, stecke ich die Stullen vor der großen Pause heimlich in mein Schulschließfach.« Nico reißt die kleine Tüte auf, er kann nicht länger widerstehen, und schüttet sich alle Gummibärchen auf einmal in den Mund. »Irgendwann ist das Schließfach voll und müffelt. Dann packe ich alles in meinen Rucksack und entsorge die alten Brote auf dem Heimweg in irgendeiner Mülltonne. Wie vorgestern. Ich klappe also den Deckel der Mülltonne auf, kippe den Inhalt des Rucksacks hinein, da fällt mir mein Handy in die Tonne und rutscht tief unter all den Müll. Ich hänge mich über den Tonnenrand, wühle in dem Mist, kriege das Handy zu fassen und kotze beinahe in die Tonne, als ich gesehen habe, was da alles drinliegt. Etwas davon habe ich eingepackt und mitgenommen. Wollen Sie mal sehen?«

Gern würde Bea Nein sagen, aber sie kann sich vor dem Jüngling keine Blöße geben. »Wozu?«, sagt Bea möglichst gleichgültig.

»Weil Sie Rätsel lieben. Ob Sie es lösen können?« Nico zwinkert Bea zu, bückt sich zu seinem Rucksack und verschwindet kurz aus Beas Fensterblick. Als er wieder auftaucht, legt er eine Plastiktüte mit undefinierbarem Inhalt auf den Zahlteller.

Bea ahnt Einzelheiten, setzt ihre Lesebrille auf die Nase und entdeckt Augen in dem Gemenge. Fünf bis acht Augen starren in alle Richtungen, zwei davon Bea direkt ins Gesicht.

Bea, mach jetzt nicht schlapp, nicht vor dem Jungen, und lass den Mariacron, wo er ist! »Wenn das ein Streich sein soll, finde ich ihn nicht sehr überzeugend.« Bea schluckt trocken, doch dann siegt der Verstand über das Entsetzen. Schlagartig fällt ihr ein Erlebnis ein. Vor vielen, vielen Jahren war sie auf der Expo in Hannover, noch mit Ehemann, aber der interessierte sich mehr für die überdimensionierten Rundungen der Nanas von Niki de Saint Phalle.

»Ich muss los«, sagt Nico, »sonst gibt es zu Hause wieder endlose Verhöre.« Er streckt die Hand nach der Tüte aus.

»Du bleibst!«, sagt Bea. »So viel Zeit muss sein!« Auf der Expo gab es einen Park der Sinne, in dem ein überdimensionales Fliegenauge aufgebaut war. Da konnte man hineingehen und durch die geschliffenen Facetten des Auges wie eine Fliege die Welt betrachten. Ob die Augen in der Tüte von Insekten stammen? Das müssten dann aber Rieseninsekten gewesen sein. Außerdem haben Insektenaugen keine Pupille, oder? »Wo stand die Abfalltonne? Straße, Hausnummer, Name der Hausbewohner?«

»Finden Sie's raus. Ein kleiner Tipp: Es war bei einem Geschäft, das mit ›B‹ anfängt. Ich kann Ihnen die Tüte auch hierlassen. Sie haben doch sicher einen Kühlschrank?«

»Du nimmst die Augen mit, sonst, sonst, sonst ...«

Nico tritt zurück, wendet sein Fahrrad. »Zu Ihnen kommen doch jede Menge Checker. Vielleicht ist jemand dabei, der sich mit Glubschaugen auskennt, zum Beispiel ein Optiker oder ein Augenarzt. Oder ein Metzger ... Ich muss los!« Ein Sprung aufs Rad und schon ist er weg. Mit den Augen.

Bea greift zum Mariacron. Ihr Blick streift über eine Zeitschrift. »Hochzeit auf Märchenschloss Moyland« lautet der Aufmacher. Dafür lohnt die Lesebrille kaum. Sie setzt sie trotzdem auf und nimmt die nächste Zeitschrift. »Fünf Kilo in zehn Tagen«, klingt interessant. Nach wenigen Zeilen seufzt Bea auf und legt die Zeitschrift zurück. Sie holt Aluminiumbrotdose und Thermoskanne. Vielleicht wird sie in den nächsten Tagen von Misch- auf Knäckebrot umsteigen. Bea schaut gelangweilt aus ihrem Fensterchen.

»Ich hab Ihnen etwas mitgebracht!« Willy Wohlgemuth, Besitzer der Handknochen inklusive goldenem Ring. Hoffentlich folgt nicht das restliche Skelett, denkt Bea. Sie kennt ihn natürlich nicht erst seit der Graffitiaktion.

Er legt einen Gegenstand, eingewickelt in verschmutztes Zeitungspapier, auf die Ablage vor Beas Ausblick.

Der Größe nach zu urteilen müssten an den Fingern, falls sie es sind, die restliche Hand und der ganze Unterarm hängen.

»Die kleine Aufmerksamkeit braucht ein Loch von etwa zweifacher Größe, damit die Wurzel genügend Platz zum Anwachsen hat.«

Gedanken schießen Bea ungeordnet durch den Kopf: Wurzel? Handwurzel? Anwachsen? Muss gegossen werden? Sie will das Teil nicht in ihrer Nähe haben!

»Alexandra Princesse de Luxembourg …«

Bea überfliegt die Titelbilder ihrer Zeitschriften. Eine Prinzessin mit nur einem Arm? Nun ja, der britische König Georg VI. hatte auch eine Einschränkung. Er hat gestottert, die Verfilmung seines Lebens trotzdem vier Oscars gewonnen.

»Nach dem Pflanzen müssen Sie nur gießen, wenn der Boden trocken ist. Sie können auch düngen, sobald …«

Düngen? Mit Handcreme? »Das ist ja grässlich! Nehmen Sie sofort das Ding da weg!«

»Schade. Ich habe extra die Schönste und Stärkste für sie ausgesucht. Schauen Sie doch wenigstens mal rein.«

Bea greift nach einer »Bild«-Zeitung, wickelt sie zu einer

Rolle und stößt das Päckchen damit von ihrer Außenablage. Herr Wohlgemuth fängt es auf, schreit und lässt es fallen. Das Zeitungspapier platzt auf und gibt den Blick frei auf eine Pflanze, kurz geschnitten mit nackter Wurzel.

Die versprochene Rose! Bea schlägt sich die Hand an die Stirn. »Wie undankbar von mir!«, sagt sie. »Wenn es keine Umstände macht …« Bea streckt ihre Hände, so weit es geht, aus der Fensteraussparung.

Herr Wohlgemuth schüttelt den Kopf, bückt sich, umwickelt die Pflanze vorsichtig mit den Papierfragmenten und gibt sie Bea.

»Danke! Und entschuldigen Sie meine unpassende Reaktion!«

Herr Wohlgemuth grinst. »Schon vergessen. Vermutlich hat Ihnen Sobotta von den Handknochen in meinem Garten erzählt, richtig? Vergessen Sie's, das hat sich inzwischen geklärt. Mein Nachbar steckt dahinter, mit dem ich im Dauerclinch liege. Es waren keine echten Knochen. Soll ich Ihnen beim Pflanzen helfen oder …«

»Vielen Dank, aber selbst ist die Frau!« Bea greift geistesgegenwärtig zur »Garten-Praxis«, setzt ihr feinstes Lächeln auf und reicht Herrn Wohlgemuth die Zeitschrift über den Rosenstock hinaus.

»Das ist doch nicht nötig.«

»Höflichkeit ist aller Laster Anfang!«

Beide lachen, das Eis ist gebrochen. Bea richtet die Zeitschriften auf der Ablage aus, zieht die »Praline« unter dem »Focus« hervor, stupst sie in Herrn Wohlgemuths Blickfeld und hofft auf 4,50.

Willy Wohlgemuth wirft nur einen kurzen Blick auf die prallen Rundungen der Titelschönen. »Ich hab ein anderes Problem.«

»Blaue Pillen führe ich leider nicht …« Bea lächelt entschuldigend.

»Mein Tancho ist weg.«

»Ach.«

»Tancho ist mein Liebling, mein Prunkstück, mein Ein und Alles.«

»Moment …« Bea sucht unter der Theke, taucht wieder im Fensterausschnitt auf. »Hier hätte ich eine ›Box‹ für aufgeschlossene Gaypeople.«

Herr Wohlgemuth schaut sehr pikiert. »Tancho ist ein Karpfen, mein schönster und wertvollster Koi-Karpfen.«

»Interessant.«

»Wenn sie klein sind, kosten sie fast nichts. Aber ein ausgewachsener Koi kann so viel wert sein wie ein Großbildfernseher. Und jetzt ist er weg, einfach weg!«

»Vielleicht hat er sich verlaufen, oder sagt man: verschwommen?«

»Ach, Blödsinn! Tancho kennt jede Ecke des Teichs zu jeder Tages- und Nachtzeit.«

»Hat er sich eventuell versteckt?«

»Ich hab doch alles abgesucht. Der nette Nico hat mir sogar dabei geholfen.«

»Suchet, so werdet ihr finden.«

»Amen«, sagt Willy Wohlgemuth. »Ich weiß, wer ihn geklaut hat. Ich kann es nur nicht beweisen.«

»Vermuten kann man viel.« Bea will das Gespräch auf Allgemeinplätze ableiten und dann locker ausklingen lassen. Die Rose ist schön und gut, aber Wohlgemuth zeigt keinerlei Interesse an ihrem umfangreichen Angebot. Und ohne Moos ist eben nichts los.

»Für den Diebstahl kommt nur der Polloch infrage. Er war sauer wegen meiner Fahne bei der Fußballeuropameisterschaft, die zwei Meter über seiner flatterte. Da hat er eines Nachts meinen Fahnenmast abgesägt.« Ganz nah tritt Wohlgemuth vors Fensterchen, und Bea muss seine ungefilterte Knoblauchfahne voll ertragen. »Schön, schön, seine brennende Abfalltonne daraufhin ist auch nicht vom Himmel gefallen. Aber dann hat er seine Säge an mein Mandelbäumchen gelegt.«

Bea tastet das Regal unter der Ablage ab, findet eine halb volle Fisherman's-Packung und schiebt sie in Wohlgemuths Richtung. Wohlgemuth nimmt die Packung, wirft sich die restlichen Fisherman's erst in die Hand, dann in den Hals und haucht Bea anschließend seinen würzigen Knoblauchduft mit Pfefferminznote ins Gesicht.

»Sicher, ich bin auch kein Kind von Traurigkeit. Und eines Tages«, Willy Wohlgemuth kichert, »eines Tages hat seine Gartenfontäne Pferdepisse in den blauen Himmel über unserer Gartenkolonie gespuckt.«

»Das sind ja raue Sitten in der Kolonie.«

»Aber das mit Tancho«, Willy Wohlgemuth hält sich an der Ablage fest, »das ist zu viel, das geht an die Substanz!«

»Einmal ›Bild der Frau‹, bitte«, ruft Frau Zillyelis über Willys Schulter, der das Verkaufsfenster blockiert.

Bea wickelt den Kaufvorgang über Herrn Wohlgemuths Kopf hinweg ab, der keinen Schritt zur Seite weicht, und wendet sich anschließend wieder notgedrungen seinem würzigen Knoblauchatem zu.

»Wenn ich Ihnen einen ›Spiegel‹ abkaufe, können wir uns dann ungestörter meinem Fall widmen?«

»Herr Wohlgemuth, es muss doch nicht gleich der ›Spiegel‹ zu 5,80 sein, der ›Focus‹ zu 4,70 würde es für den Anfang auch tun.«

»Von mir aus auch zwei ... Focüsse. Oder heißt das Focusse?«

»Hier haben Sie einen ›Focus‹ und einen ›Spiegel‹ zur Wahl. Was haben Sie denn noch auf dem Herzen?«

»Ich brauche Ihre Hilfe.«

»Ich bin doch nicht Dr. Sommer!«

»Wer?«

»Egal, berichten Sie weiter, ich bin ganz Ohr.«

»Wir wissen alle, wer den Graffitifall aufgeklärt hat. Sie, liebe Bea! Könnten Sie nach Feierabend eventuell einen kleinen Abstecher in unsere Gartenkolonie an der Lotharstraße machen und dieses Arschloch, 'tschuldigung, Polloch des Diebstahls überführen?«

»Ich hab es im Kreuz.«

»Ich könnte Sie mit der Schubkarre abholen.« Willy Wohlgemuth kichert.

»Herr Wohlgemuth, noch so einen Scherz und Beas Büdchen ist für Sie tabu!«

»Regen Sie sich bitte nicht auf. Ich hole Sie mit dem Auto ab, meine Frau macht eine schöne Erdbeerbowle, und ich lege ein paar Würstchen auf den Grill.«

Bea überlegt.

»Ein Erfolgshonorar zahle ich natürlich auch.«

Bea wiegt den Kopf. »Sie bringen mich auch wieder nach Hause?«

»Versprochen!«

»Dann parken Sie das Auto um sieben neben der Büdchentür. Aber direkt neben der Tür und nicht in einer Seitenstraße, die Sie anschließend nicht wiederfinden.«

»In Ordnung. Und bitte sind Sie mir nicht böse, wenn ich die Zeitschriften hierlasse. Ich habe einfach zu viel im Kopf, um mich auf die Lektüre konzentrieren zu können.«

»Besorgen Sie wenigstens anständige Grillwürstchen – vom Metzger, nicht aus der Kühltheke vom Discounter in der Königstraße.«

»Erpressung«, mault Willy Wohlgemuth. »Aber für meinen Tancho ist mir nichts zu teuer.« Wohlgemuth kramt in der Innenseite seiner Jack-Wolfskin-Jacke, zieht eine Plastikhülle heraus, entnimmt ihr einen farbigen DIN-A4-Ausdruck und legt ihn vor Bea auf den Zahlteller.

Eine helle Blase mit blauen Tarnflecken sieht Bea direkt an. Zwei zierliche Seitenruder und ein ausgeprägtes Höhenruder hinten vervollständigen das ausgewogene Design des Fisches. Auf seiner weißen Stirn prangt ein sonnenähnlicher Fleck und macht den Schönling etwas kopflastig.

Ein ansprechend gestaltetes Plakat, aber die schwarze Schrift wirkt grob und aggressiv. »DIEBSTAHL«

Kleiner darunter, jedoch mit fünf Ausrufezeichen vor und nach der Drohung: »!!!!!Wer geraubtes Gut als eigenes in Verkehr bringt, wird mit FREIHEITSSTRAFE bis zu fünf Jahren bestraft. Schon der Versuch ist strafbar!!!!! Eltern haften für ihre Kinder.« Dann wieder groß und fett: »BELOHNUNG VON 50 (FÜNFZIG) EURO AUSGESETZT!«

»Wenn ich das Plakat an einer augenfälligen Stelle aushängen darf, würden Sie Tancho und der Gesellschaft einen großen Dienst erweisen.«

»Ich habe der Gesellschaft schon so viele Dienste erwiesen, da kommt es auf einen mehr oder weniger nicht an. Kleben Sie es aber so, dass es die aktuellen Zeitschriften nicht verdeckt.«

»Öhöm, nun ja, ich habe leider den Tesafilm vergessen, wenn Sie mir vielleicht …«

»Da haben Sie wirklich Glück: Der Tesafilm ist gerade im Angebot! Zehn Meter für zwei Euro. Abrollen und abschneiden müssen Sie ihn selber.«

»Kein Problem, ich verlasse mein Haus niemals ohne mein Schweizer Messer!«

FÜNF

Kaum ist Herr Wohlgemuth gegangen, nimmt Paul Sobotta seine Mittagspause unter Beas Vordach. Sie reicht ihm die obligatorische Flasche Bier in einer grauen Papiertüte und einen Kümmerling aus dem Fenster. Sobotta öffnet die Flasche, gönnt sich einen großen Schluck und zum Nachspülen noch einen kleinen hinterher.

»Es gibt nicht viele Sachen, auf die ich stolz bin …« Die Flasche wird wieder sorgfältig in der Tüte verstaut und die feuchte Hand an der Hose abgewischt.

Bea graut es vor dem, worauf Sobotta stolz ist. Sie hätte so gern den Kopf in die Hände gestützt und den Vögeln gelauscht, aber sie wird ihm zuhören. Sobotta war mal wer, angesehen und geachtet, davon ist er jedenfalls überzeugt. Und alle lassen ihm seine Überzeugung, weil keiner sich mit ihm anlegen will. Nicht aus Angst, denn er ist weder körperlich überlegen noch hat er einen haarscharfen Verstand. Es lohnt sich einfach nicht, sich an ihm zu reiben. Nur ein einziges Mal stand er für einen Sonntagnachmittag im Mittelpunkt des Interesses. Als seine »Doris zwei« den Wettflug von Breda nach Duisburg gewann. Er spürte die Achtung der Konkurrenten, die Presse machte Fotos, außerdem erhielt er einen Gutschein über 30 Mark vom »Fressnapf«. Leider hatte sich »Doris zwei« beim Wettflug übernommen, sodass es am nächsten Tag Täubchensuppe für seinen Henkelmann gab. Bis auf dieses eine Mal war es immer so: Sobotta gierte nach einem Platz in der Gesellschaft und wurde doch nur übersehen. Ständig, überall, von jedem – selbst von der Verkäuferin mit dem Silberblick bei Tchibo. Aber er ist ein Produkt des Ruhrgebiets, und darum ist seine hervorstechendste Eigenschaft die Zähigkeit. Eines Tages wird er … Bea schweift mit ihren Gedanken ab und hat Schwierigkeiten, die Augen offen zu halten.

»Jetzt endlich ist die Öffentlichkeit aufmerksam geworden«, sagt er, spricht aber nicht weiter.

Bea tut ihm den Gefallen, auch wenn es sie große Anstrengung kostet, und fragt: »Nun sag schon: Welche Öffentlichkeit ist wie aufmerksam geworden? Hast du mit deiner Handkarre den Rollator von Oma Adelheid gerammt oder rücksichtslos ihre Katze überrollt?«

Sobotta schaut enttäuscht, lässt sich zur Stimmungsaufhellung einen Kümmerling anreichen und atmet erst einmal tief durch. »Du hast es wohl nicht gelesen?«

»Ich lese viel, sehr viel, aber ›das‹ habe ich wohl übersehen.«

Sobotta saugt die letzten Tropfen aus dem Schnapsfläschchen, stellt es neben den Zahlteller und greift in seine Gesäßtasche.

Bea ahnt ein weiteres Schriftstück, dem sie ihre Aufmerksamkeit schenken muss. Und wirklich, Sobotta hält ihr einen Ausschnitt aus dem örtlichen Dellplatz-Kurier vor die Augen. »Vom Taubenvater zum Drohnenpilot«, lautet die Überschrift des Artikels. Sogar mit Foto, auf dem Sobotta die Drohne wie ein Neugeborenes stolz und unsicher in die Kamera zeigt.

Bea gähnt, was Sobotta jedoch nicht beachtet. »Vor einiger Zeit habe ich zufällig im Papiercontainer eine zerfledderte Straßenkarte von Duisburg gefunden. Ich hab nach einer Straße in Laar gesucht, Arndtstraße, dort wohnte mal ein Arbeitskollege. Beim Ausbreiten der Karte ist es mir wie Schuppen von der Brasse gefallen: Duisburg ist die Highway-Hauptstadt des Reviers. Ich habe nachgeschlagen: Über 60 Kilometer Autobahn führen durchs Stadtgebiet. Kann man da noch von Zufall sprechen?« Sobotta schaut auf.

Bea ist eingeschlafen, schnarcht leise.

Er will sie nicht alleine lassen mit dem offenen Büdchen. Er wird seine Mittagspause überziehen und Wache schieben – sie wird ihm dankbar sein.

Wache schieben ... Wo ist die Wache gewesen, als Bergbau und Stahlindustrie im Pott plattgemacht wurden? Angewidert haben sich die Unternehmungen nach 100 Jahren Ausbeutung zurückgezogen und in aussichtsreiche Zukunftsbranchen investiert. Dem zurückgelassenen Schrott haben sie ein buntes Schleifchen umgebunden und ihn als Neuorientierung verkauft. Statt Zeche »Glückauf« ein Kulturzentrum »Hutab«. Über anderthalb Millionen Arbeitsplätze gingen verloren, nicht mal zu einem Drittel ausgeglichen. Nicht jeder mochte oder konnte den Parkplatzeinweiser geben und Eintrittskarten abreißen. 100 Jahre Ausbeutung und am Ende des Tunnels ein buntes Kulturfest für Schönredner und Spesenbarone.

Sobottas Hand tastet vorsichtig nach einem zweiten Kümmerlingfläschchen, bekommt es zu fassen, stößt damit gegen den Zahlteller. Sofort schlägt Bea die Augen auf, Sobotta zuckt zusammen.

»Ich hätte dir das Fläschchen natürlich bezahlt.«

»Weiß ich doch!«

Sobotta ist die Situation äußerst unangenehm, er mag Bea nicht direkt anschauen, lässt seinen Blick schweifen, und der fällt auf das Tanchoplakat. Er liest den Text einmal, ein zweites Mal, schüttelt den Kopf und grinst. »Der Wohlgemuth und seine Fischhandlung.«

»Seine was?« Bea gähnt schon wieder, sie überlegt, ob sie das Büdchen über Mittag schließen soll.

»Ich will nichts gesagt haben.« Sobotta schmunzelt überlegen, aber nur mit einer Gesichtshälfte. »Der Superkoi schwimmt längst in einem neuen Teich. Er hat ihn für sechzehnhundert verkauft und von einer speziellen Hausratversicherung die Versicherungssumme abkassiert.«

»Du meinst …«

»Noch kann ich es nicht beweisen, aber kommt Zeit, kommt Drohneneinsatz. Muss mich sputen, habe die Mittagspause schon überzogen. Ich mach die Flatter.«

Sobotta geht, und Bea schlummert wieder ein.

*

Als Willy Wohlgemuth um zehn vor sieben hinter Beas Trinkhalle einbiegt, steht Bea bereits mit ihrer Tasche vor Tür. Auf der Tasche das Logo der Deutschen Bank: »Leistung aus Leidenschaft«. In der Tasche die Kasse mit ihren Tageseinnahmen. Gut getarnt auf Anraten von Herrn Yavuz, schließlich hat sie ihr Konto bei der Sparkasse.

Willy Wohlgemuth fährt einen Ford Focus, VW kann jeder. Bea lässt sich auf den Beifahrersitz fallen. Die Polster des silberfarbenen Fords riechen nach Zitrone, Tanne und Meeresbrise.

»Danke für Ihr Entgegenkommen«, sagt Herr Wohlgemuth und startet das Auto.

»Damit ist es nicht getan«, erwidert Bea und schiebt eine Hand zwischen Brustansatz und Sicherheitsgurt.

Nach kaum einer Viertelstunde erreichen Sie die Gartenkolonie an der Lotharstraße. Die Erdbeerbowle schmeckt ausgezeichnet, und Willy Wohlgemuth hat extra zwei Kissen für Bea auf der rustikalen Bank bereitgelegt. Man prostet sich zu, sagt »Ahhh«, und Willy Wohlgemuth legt die Würstchen auf den Edelstahlgrill. Nach einer Weile kommt er an den Tisch zurück.

»Wollen Sie sich jetzt den Tatort ansehen?«

Willy Wohlgemuth ist kein geduldiger Mensch, findet Bea. »Mir bleibt wohl nichts anderes übrig«, seufzt sie, trinkt noch einen Schluck von der verführerischen Erdbeerbowle und stemmt die Hände auf den Tisch. Willys Frau Evelina hält auf der anderen Seite dagegen, damit der Tisch nicht umkippt, und Bea steht. Sie schreitet hinter Willy den Kiesweg hinunter.

»Schöner Rasen«, sagt Bea.

»42 Millimeter«, erläutert Willy Wohlgemuth.

Noch ein paar Schritte und sie stehen am Ufer des idyllischen Gartenteichs. Bea betrachtet andächtig die in ihm schwebenden Fische in den unterschiedlichsten Farben. Die meisten schwimmen gelassen unter der Wasseroberfläche, gelegentlich reckt einer sein Maul aus dem Wasser, um Luft zu schnappen. Vielleicht wären sie lieber Vögel, geht es Bea durch den Kopf. Ein Gedanke, den sie schnell wieder verwirft, der Herrgott wird sich bei der Zuweisung der Lebensräume schon etwas gedacht haben.

»Wirklich schöne Kreaturen«, sagt Bea.

»Ja, das sind sie«, meint Herr Wohlgemuth, »schön und auch schön teuer.«

»Was muss ich mir unter ›teuer‹ denn vorstellen?«

Herr Wohlgemuth windet sich ein wenig, bis er die richtige Formulierung gefunden hat. »Manchmal geht es in den vier- oder fünfstelligen Bereich. Auf Auktionen werden für spezielle Zeichnungen und Farben sogar Hunderttausende geboten.«

»Ich könnte mich von keinem einzigen dieser hübschen Fische trennen«, schmeichelt Bea.

»Es bricht mir auch jedes Mal fast das Herz.« Herr Wohlgemuth schaut mit umflortem Blick über die Ligusterhecke.

»Ach, Sie verkaufen auch den einen oder anderen Fisch?«

»Nur an ausgewählte Züchterfreunde.«

Schutzbehauptung, denkt Bea. Sobotta könnte recht haben mit seiner Betrugsunterstellung. Bei einer Lösung des Falls könnte sie vielleicht ein Geldsümmchen abstauben und davon eine kleine Außengastronomie betreiben, zwei, drei Stehtische, Sonnenschirme, für den Herbst Heizpilze …

Doch schnell ist der Gedanke verflogen, so sehr fesseln die schwimmenden Prachtkarpfen ihr Interesse. Fische in Gold, Weiß, Rot, Rotweiß, Rotweißgold und Goldrotweiß ziehen ihre gemächlichen Bahnen.

Willy Wohlgemuth greift in seine Jackentasche, holt ein paar Krümel heraus und wirft sie ins Wasser. Die Fische kommen abwechselnd an die Oberfläche und schnappen nach dem Futter. »Die Kois sind mein ganzer Stolz«, sagt er und wühlt noch einmal in seiner Jackentasche. »Ich habe sie erfolgreich gegen Möwen, Reiher und den Milan verteidigt. Und dann kommt«, seine Stimme nimmt an Lautstärke zu, »so ein neidischer Schweinehund daher und nimmt einem das Liebste, was man hat.«

»Deine Liebste kannst du ruhig behalten«, erwidert eine männliche Stimme von jenseits der Hecke. »Die würde ich nicht mal geschenkt nehmen. Aber den Schweinehund nimmst du sofort zurück, sonst treffen wir uns nächste Woche beim Schiedsmann!«

»Ich nehme gar nichts zurück. Wer sagt denn, dass ich –«

»Selber Schweinehund«, ruft der Nachbar.

Willy Wohlgemuth wendet sich in gleicher Lautstärke an Bea: »Es kann der Frömmste nicht in Frieden leben, wenn es dem bösen Nachbarn –«

»Du bist doch Atheist«, schreit der Nachbar erneut dazwischen.

»Das beweis mal«, erwidert Wohlgemuth.

Das muss dieser Polloch sein, Wohlgemuths Erzfeind, vermutet Bea. Sie dreht sich um und strebt der Bowle zu, Willy Wohlgemuth hinter ihr her.

Er nimmt die Würstchen vom Grill und tarnt die schwarzbraunen Stellen mit Löwensenf. »Mein Tancho ist bestimmt 3.000 Euro wert«, sagt er zwischen zwei Bissen.

»Nun übertreib mal nicht«, lenkt seine Evelina ein.

»Wie kann einer bloß so gemein sein?« Willy Wohlgemuth kaut das heiße Würstchen seitlich.

»Und Sie sind sicher, dass er sich nicht zwischen den Teichpflanzen versteckt?«, fragt Bea.

»Mein Tancho hat mir aus der Hand gefressen«, sagt Willy Wohlgemuth, »der würde mich niemals im Stich lassen.«

Plötzlich ein Brummen in der Luft. Eine Art elektrische Riesenhornisse schwebt, kreist über dem Tisch. Bea springt entsetzt auf, aber Willy Wohlgemuth und seine Frau bleiben ruhig sitzen, die Hornisse platscht ins Glas mit der Erdbeerbowle.

»Da hat wohl einer die Kurve nicht gekriegt.« Willy Wohlgemuth lacht. »Nico ist Modellflieger, aber manchmal verfliegt er sich.«

Nico? Der Junge taucht am Gartentor auf, kommt in den Garten, grüßt verlegen, sieht sich um und fischt sein kleines Modellflugzeug aus der Erdbeerbowle. »Mist, Totalschaden!« Und schon ist er wieder verschwunden.

»Ein netter Kerl«, sagt Willy Wohlgemuth, »immer höflich. Sie kennen ihn ja. Ein Junge, wie man ihn sich nur wünschen kann. Wir haben leider keine eigenen Kinder. Sein Modellflugzeug hat sogar eine kleine Kamera. Die funktioniert noch, wenn das Objektiv bei einer Bruchlandung gebrochen ist.«

Das Grillfest geht nahtlos ins Kaffeetrinken über. Zwei-Liter-Edelstahl-Pump-Vakuum-Isolierkanne, dazu selbst gebackene Käse-Himbeertorte.

Evelina sagt: »Sie hat ein wenig unter der Autofahrt gelitten.«

»Aber an Geschmack hat sie nichts eingebüßt, genau so wenig wie du, mein Schatz!«, rühmt Wohlgemuth und zwinkert Bea heimlich zu.

Evelina wird verlegen.

Als die Wohlgemuths Bea am späten Abend wieder an ihrem Büdchen absetzen, sieht Bea, dass sie erwartet wird. Sie hat vergessen, Herrn Yavuz Bescheid zu geben, dass er sie heute nicht nach Hause zu begleiten braucht. Wartet er etwa schon den ganzen Abend auf sie, weil ihr Fahrrad noch hier steht? Kaum ist der Ford außer Sichtweite, tritt Herr Yavuz hinter einem Silberahorn hervor.

»Erschrecken Sie bitte nicht!«

»Ich habe Sie schon gesehen.« Bea schenkt Herrn Yavuz ein Lächeln. »Außerdem: Wer sonst würde mein Fahrrad mit einem zusätzlichen Schloss sichern?«

»Wir leben in unruhigen Zeiten«, sagt Herr Yavuz.

Er scheint nicht nachtragend zu sein. Zusammen umrunden sie das Büdchen, ob die Zeitungskiste verschlossen und auch sonst alles in Ordnung ist. Herr Yavuz löst den handschriftlichen Zettel, »Wegen einer dringenden Angelegenheit heute früher geschlossen«, vom Fensterchen.

»Danke«, sagt Bea.

»Gern geschehen«, erwidert Herr Yavuz mit einer feinen Verbeugung.

Dann verbarrikadieren sie die Fensterscheiben gemeinsam mit den maßgefertigten Holzblenden. Herr Yavuz begleitet Bea auf ihrem Heimweg, und Bea lädt Herrn Yavuz spontan zu einem Gläschen Rotwein ein – wobei es bei einem Gläschen nicht bleibt.

SECHS

Am nächsten Morgen lehnt Bea ihre Stirn an die Glasscheibe über den Tageszeitungen. Auch sie wird nicht jünger, und drei Flaschen Wein für zwei Personen … Sie war in so guter Stimmung, und Herr Yavuz roch herrlich nach Sandelholz. Oder war es Safran? Er hätte doch nur zugreifen müssen, aber was macht er? Er haucht ihr einen Kuss auf die Hand – und schiebt sein Fahrrad nach Hause. Ob er nicht mehr mag oder nicht mehr kann? Bea wird es herausbekommen. Nur heute nicht, ihr würde der Kopf platzen. Das große Besteck muss her: Sie nimmt eine Limonadendose aus dem Kühlschrank und legt sie an die Stirn – abwechselnd rechts und links, mit geschlossenen Augen.

»Gehst du in dich oder übst du dich in Hellseherei?«

Bea schrickt zusammen, was ihre Kopfschmerzen verstärkt.

»Meta!«

»Zumindest erkennst du mich noch.«

»Die ›Gala‹ ist vergriffen. Wie wäre es mit der ›Bella‹?«

»Mein Sinn steht nach Höherem.« Meta rollt ihre Augen nach oben und schielt durch die angeklebten Wimpern an ihrer Stirn hinauf. Bea würde es schwindelig werden bei solch einer Übung.

»Tolle Cap«, stellt Bea fest. Pink mit einem feurigen Mustang vor den italienischen Nationalfarben. »Selbst gekauft?«

»Wo denkst du hin!«, spielt sich Meta auf. »Ein Geschenk.«

Zuviel Action für Bea. Sie stellt die Limonadendose zurück in den Kühlschrank, sagt »schön, schön«, sucht nach der »Bella«, rollt sie zusammen, legt sie Meta auf die offene Hand.

»Es ging alles so schnell …«

»Bist du unter die Pferdezüchter gegangen?«, fragt Bea und gibt sich die Antwort in Gedanken selbst: Kann sich Meta gar nicht leisten. Gespräch beendet, Ruhe im Karton.

»Es hat mich von jetzt auf gleich erwischt.« Meta lacht übertrieben auf.

»Nun sag schon, was los ist – aber in Kurzform bitte.«

Plötzlich ein Schluchzen, überrascht schaut Bea auf. »Was ist denn?«

Meta hat Tränen in den Augen, tupft sich die Nase ab. »Ach, nichts, ich geh dann mal wieder.«

Wenn Meta schluchzt und die Nase hochzieht, ist es ernst. Da hilft nur eins, weiß Bea, ein ganz persönliches Gespräch von Frau zu Frau. »Komm nach hinten, ich mache die Tür auf.« Bea schiebt ein paar Kartons zusammen, rumpelt einen Hocker aus der Entsorgungsecke hervor und greift zur Mariacronflasche.

Meta setzt sich.

»Mach die Tür zu!«, sagt Bea, stellt das Schild »Vorübergehend geschlossen« ins Fensterchen, gießt zwei Pinnekens ein. Sie prosten sich zu. »Hat es was mit deiner Pferdeleidenschaft zu tun?«

»Könnte man so sagen.« Meta kichert unter Tränen.

»Hast du dich beim Trabrennen verzockt?«

»Nicht in Dinslaken, aber sonst könnte es hinkommen.«

Ein weiterer Mariacron, die Nase putzen, ein tiefer Seufzer, die letzte Träne fällt. »Ich habe mich verliebt.«

»Schon wieder?« Noch kann Bea nicht einschätzen, ob Meta mehr auf den Weinbrand oder auf einen guten Rat scharf ist. »Wer ist denn diesmal der Auserwählte?«

»Sei doch nicht so. Diesmal ist es ernst – und tragisch zugleich.«

»Also wer?«

»Ich bin ganz durcheinander …«

Dann noch ein Gläschen.

»Eigentlich bin ich mit meinem Joop nicht unglücklich – oder war es nicht. Aber in letzter Zeit … Erst habe ich gedacht, dass er von seinen Geschäften zu sehr beansprucht ist, doch selbst die schärfsten Mieder und die appetitlichsten Videos konnten ihn nicht aus seiner Lethargie wecken.«

»Das ist wirklich ernst, wenn nicht aussichtslos«, spottet Bea.

»Als meine Laune ganz unten und meine Libido ganz oben war, ist er mir über den Weg gelaufen, in der Königsgalerie. Ich mit einem Stolperer und er mit seinem überaus charmanten Lächeln. Und schon lagen wir uns in den Armen. Du kennst ihn nicht.«

»Schade, nach deiner Schilderung.«

»Ist besser so. Ich konnte mich nicht mal entschuldigen, hätte nur ein Gestammel zusammengebracht. Also habe ich ihn angelächelt, bestimmt mit hochrotem Kopf. Er hat die Situation souverän genutzt und mich zu einem Kaffee eingeladen. Nach dem dritten Kaffee sind wir zum Prosecco und Du übergangen. Ich hatte kein Gefühl mehr für das Drumherum, nur noch für ihn. Schmetterlinge im Bauch? Das war die reinste Fledermaus-Armada! Die Kobra hat auch ihr Werk getan, und seine Augen haben gestrahlt.« Meta zupft an ihrem Dekolleté. »Wie lange wir zusammengesessen haben, weiß ich nicht. Er hat jedenfalls darauf bestanden, mich nach Hause zu bringen. Zumindest in die Nähe meiner Wohnung. Er sieht so gepflegt aus und fährt einen tollen Wagen …«

»Lass mich raten: einen Mustang?«

»Ich weiß, eine Angeberkarre, aber sie steht ihm. Er hat etwas Lässiges.«

»Ich ahne eine Katastrophe.«

»Dreh dich jetzt nicht um, Sobotta hampelt vor deinem Fenster rum.«

»Er kann doch lesen!« Beide Frauen lachen und kippen einen weiteren Mariacron.

»Es war schon fast dunkel, als ich mich endlich losreißen konnte und in sicherer Entfernung aussteigen wollte. Er ging rasch rum um den Wagen, hat mir die Tür geöffnet und ist nur einen halben Schritt zurückgetreten. Ich, mit Küsschen rechts, Küsschen links, wusste nicht weiter. Da hat er meine Oberarme gepackt, mich an sich gezogen und auf den Mund geküsst. Lange, voller Hingabe, mit schmeichelnden Lippen und verheißungsvoller Zunge. Ich war total weg. Nur so viel: Zu Hause musste ich sofort die Unterwäsche wechseln.«

»Nun übertreib mal …«

Es bollert gegen die Hintertür. »Sobotta …«, schimpft Bea los, springt auf, zwängt sich an Meta vorbei. »Dem werde ich was …« Sie reißt die Tür auf. Vor ihr steht Schymanczek in Begleitung eines älteren Mannes in Polizeiuniform und einer blonden Frau zwischen Polizeischülerin und Erstsemester.

Schymanczek hat die Lage bereits überblickt, gibt die Tür frei und tritt einen Schritt zurück. »Frau Beate Busch, Sie sind Inhaberin des Kiosks ›Beas Büdchen‹! Treten Sie mit Frau Kowalewska heraus und verhalten Sie sich ruhig. Im Zuge unserer Ermittlung müssen wir Ihre Trinkhalle in Augenschein nehmen. Sie sollen in Ihren Räumen Arzneimittel lagern und ohne Genehmigung verdeckt an Interessenten veräußern.«

»Ich werde Ihnen gleich etwas veräußern!« So wie sein Gesicht glüht, braucht er keine Taschenlampe, um bei der Durchsuchung die dunklen Ecken auszuleuchten, denkt Bea.

»Wenn Sie uns bei unserer Inaugenscheinnahme unterstützen, sind wir gleich wieder verschwunden.« Die helle Haut über Schymanczeks Haarkranz glänzt schweißnass.

»Haben Sie überhaupt einen Durchsuchungsbeschluss?«

»Machen Sie es uns doch nicht so schwer. Es soll sich um chinesische Arzneimittel handeln …«

»Moment!« Bea wittert eine Chance, sich von einer unangenehmen Last zu befreien. Sie überlegt kurz, schaut Meta eindringlich an und wendet sich Kriminalkommissar Schymanczek zu. »Ich bin mir nicht sicher, was Sie meinen. Ich beziehe meine Ware ausnahmslos über den Großhandel. Alles mit Brief und Siegel, bloß …«

»Raus mit der Sprache, wir sind doch keine Unmenschen. Und ein Geständnis erleichtert die Seele«, schmeichelt Kriminalkommissar Schymanczek.

»Ich habe nichts ausgefressen und brauche meine Seele nicht zu erleichtern. Schon gar nicht vor Ihnen.«

»Die Lage ist etwas komplizierter«, gibt Kriminalkommissar Schymanczek zu bedenken. »Immerhin befinden wir uns hier an einem Tatort, und der Todesfall ist längst noch nicht geklärt.«

»Na schön«, sagt Bea, »ich habe nichts zu verbergen. Vor längerer Zeit hat mir eine Studentin ein Paket zur Aufbewahrung dagelassen. Sie befand sich auf Wohnungssuche, hat sich aber seither nicht mehr blicken lassen.«

»Wo ist das Paket?«, fragt der ältere Beamte, dessen Dienstjahre man an den dunklen Linien in seinen Tränensäcken abzählen kann.

Bea dreht sich um.

Die junge Polizistin schreit wie eine gekränkte Elster: »Halt! Keinen Schritt weiter!«

Meta hält sich den Mund zu, Bea verdreht die Augen und sagt: »Bitte nicht schießen!«

Kriminalkommissar Schymanczek schüttelt den Kopf. »Wie sollen wir dann an das Paket kommen?«

Die junge Polizistin stutzt. »Ich behalte Sie im Auge«, sagt sie und erteilt Bea mit einer Kopfbewegung die Erlaubnis, ihr Büdchen zu betreten.

Bea drückt sich an Meta vorbei, zwinkert ihr zu und beginnt das Büdchen abzusuchen. Sofortiges Finden würde sie in Erklärungsnot bringen. Bea sucht und sucht, aber nur mit den Augen und oberflächlichem Verrücken frei zugänglicher Päckchen und Zeitschriftenstapel. Endlich ihr befreiendes »Ich hab's!« Über Metas Kopf hinweg reicht sie der jungen Polizistin den Karton und drängt sich wieder ins Freie.

»Das könnten chinesische Schriftzeichen sein«, sagt Bea, als sie an der frischen Luft ist. »Lesen kann ich das nicht.«

»Geben Sie mal her«, meint Kriminalkommissar Schymanczek großspurig, stellt das Paket auf die Abfalltonne, setzt die Brille auf, streift die Einmalhandschuhe über und öffnet das Paket. Vorsichtig, als könnte es ihn anfallen, entnimmt er dem Paket ein Tiegelchen der Kräuter-Balsamsalbe von Metas Untermieter.

Er studiert die Aufschrift, wendet das exotisch bemalte Gefäß von links nach rechts und von rechts nach links. »Ich bin mir fast sicher, dass es sich um das angezeigte Corpus Delicti handelt. Ich beschlagnahme hiermit offiziell das ganze Paket, um es unverzüglich unseren Fachlaboren zur Untersuchung zuzuführen.«

»Tun Sie das!« Wenn er das Paket mitnimmt, verzeiht ihm Bea alle Ungehobeltheiten und Entgleisungen.

»Schreiben Sie eine Beschlagnahmeanordnung für Frau Busch«, sagt Kriminalkommissar Schymanczek zu der jungen Polizistin.

»Wir haben kein Beschlagnahmeformular.«

»Dann genügt eine einfache Quittung.«

»Mit der Rückgabe lassen Sie sich ruhig Zeit, von mir aus können Sie es auch Ihrem Weihnachtsbasar zuführen. Ich genehmige es hiermit ausdrücklich und vor Zeugen.«

»Höchstens fürs Schrottwichteln zu verwenden«, murmelt der ältere Polizist.

Die öffentliche Ordnung verabschiedet sich und zieht ab.

*

Das Büdchen döst vor sich hin und Bea mit ihm. Im Unterbewusstsein registriert sie ein Hüsteln, im Hintergrund das Signal eines Martinshorns, nichts Ungewöhnliches in einer Stadt. Außerdem kalte Füße. St. Joseph lässt die Glocken klingen, der Rhythmus empfindlich gestört durch ein Klopfen an Beas Fensterchen, erst zaghaft, dann umso intensiver. Wahrscheinlich eine aufdringliche Hummel, die ihren Dickschädel gegen das Fensterglas donnert, um die verführerischen Süßigkeiten aus der Nähe zu betrachten.

»Übereifer schadet nur«, murmelt Bea, doch die Hummel lässt sich nicht belehren, wird energischer, und dann ist es Sobotta.

»Ich habe mir Sorgen gemacht«, entschuldigt sich Sobotta. »Du hast so tief geschlafen, dass du nicht einmal gemerkt hättest, wenn ich dich weggetragen hätte.«

»Versuch's doch mal!«

»War nur ein Scherz.« Sobotta lächelt gequält.

Bea reicht ihm seine Bier- und Schnapsration und verlängert Sobottas Schuldenzettel.

»Das Wetter soll besser werden«, sagt Sobotta nach Kümmerling und einem tiefen Zug aus der Bierflasche.

»Hundertjähriger Kalender?« Bea bemüht sich, ein Gespräch in Gang zu bringen, sonst schläft sie auf der Stelle wieder ein. »Nichts Neues?«

»Wie man's nimmt. Eine Werbezeitung hat sich zu einem weiteren Interview angemeldet. Ich weiß gar nicht mehr, wo mir den Kopf steht. Und dann … Hast du die Sirene des Einsatzfahrzeugs gehört?«

»Vor fünf oder zehn Minuten war mir so.«

»Ich meine die von gestern Nachmittag.«

»Nein.«

»Vielleicht bist du eingeschlafen? Du solltest mal zum Hausarzt gehen.«

»Seit wann gibt es Matratzen auf Rezept?«

»Haha, nee, war ein Unfall, ein komischer und ekeliger zugleich. Ich glaube, ich berichte dir lieber nicht, sonst verderbe ich dir den Feierabend.«

»Ich bin emanzipiert. Wovon ich mir den Feierabend verderben lasse, bestimme ich selbst!«

»Du hast es so gewollt: Also, der Unfallhergang ist schnell erzählt. Export-Joop fuhr mit Schmackes in seinem Ford-

Pick-up die Friedrich-Wilhelm-Straße herunter. Gleich am Anfang vom Kantpark kreuzt eine Radfahrerin seine Fahrbahn, er verreißt das Lenkrad und setzt seine sündhaft teure Karre gegen einen der ersten Bäume im Park.«

»Hat er sich verletzt?«

»Nicht dass ich wüsste.«

»Dann komm zu Potte!«

»Von der Pritsche ist eine Kiste gerutscht, sah aus wie deine Zeitungskiste, nur kleiner. Die Kiste ist aufs Pflaster gekracht und in Einzelteile zerbrochen. Überall Holzteile und Bruchstücke der Styropor- und Plastikauskleidung.«

»War auch was drin in der Kiste?«, fragt Bea.

»Jetzt kommt der unappetitliche Teil der Geschichte«, sagt Sobotta, »den kann ich auch weglassen, wenn du magst.«

»Raus damit, sonst mache ich mir den ganzen Tag Gedanken, was das für ein Fraß gewesen sein könnte.«

»Es war nichts Essbares – oder vielleicht doch ...« Sobotta überlegt. »Obwohl ... eher nicht.«

»Na, was denn nun?«

»Aus der kaputten Kiste quoll so Gekröse heraus, Innereien von Tieren, Knochen und Hörner waren auch dabei. Genauer konnte ich das nicht analysieren, denn die Polizei war schnell da und hat die Zuschauer abgedrängt. Einigen Handyfotografen wurde sogar ein Platzverweis erteilt.«

»Hör sofort auf, mir wird ganz schlecht!«

»Wärst du dabei gewesen, hättest du dich sicher auch in die Büsche –«

»Stopp, Herr Sobotta! Oder Sie können Ihr KöPi demnächst aus der Schnabeltasse trinken!«

Sobotta trinkt den Rest aus seiner Bierflasche, bevor sie ihm entzogen wird. »Jedenfalls nahte im Handumdrehen Hilfe. Ein kleiner roter Transporter mit der Aufschrift irgendeiner Metzgerei, kurzer Name mit B oder P, D kann es auch gewesen sein. Mein Gehirn leidet auch unter der Erderwärmung.«

Bea hat ein Einsehen, reicht Sobotta ein weiteres Pilsken. »Damit du nicht vertrocknest bei all der Erderwärmung.«

»Die Firma dankt, aber viel mehr gibt es nicht zu berichten. Aus dem Kleintransporter sind zwei Männer gesprungen, haben die hinteren Türen aufgerissen und Transporttonnen rausgeholt, sahen aus wie Regentonnen. Jedenfalls war das, was du nicht hören willst, blitzschnell mit Schaufeln in die Tonnen gefüllt, Türen zu und, hast du nicht gesehen, war der Transporter wieder verschwunden. Die Polizei nahm alles auf, und Export-Joop hat halb freiwillig die letzten Reste von der Straße gekehrt. Den Besen musste er sich allerdings von der Polizei leihen.«

»Ich unterbreche nur ungern«, tönt es hinter Sobotta, »aber mein Chef wird sauer, wenn ich Überstunden abrechnen will.«

Sobotta dreht sich um und gibt damit auch Bea den Blick frei auf einen jungen Mann mit gelbem Post-Käppi hinter ihm.

»Und wer ist dein Chef?«, will Sobotta wissen.

»Der BuPoMist.« Der Mann lacht. »So stand jedenfalls die Abkürzung vom Bundespostminister im Telefonbuch. Ist schon lange her, die Telefonbuchseite hängt bei mir als Ausriss an der Wand. Von meinem Vater, der war auch bei der Post, und Großvater auch. Damals gab es noch Telefonbücher und Urlaubsgeld, aber keine Elektroautos. Ich wollte nur fragen«, er wendet sich unmissverständlich an Bea, »ob Sie ein Großpaket aus Holland annehmen, bevor ich die Sackkarre auspacke.«

»Ich geh dann mal«, sagt Sobotta, »bevor mein Chef auch noch auf dumme Gedanken kommt.«

Der Mann von der Post bringt das Paket, stellt es auf Beas Anweisung neben die Hintertür. Ziemlich schwer für eine Postbestellung. Bea kommt ins Grübeln. Wann hat sie das letzte Mal etwas bestellt? Weihnachten? Nein, zu Silvester die Luftschlangen bei Ebay! Was sie braucht, hat sie im Büdchen, kauft es im Laden oder im Großhandel. Sie hat bestimmt nichts bestellt, und erst recht nichts aus Holland.

Zum Reinholen ist das Paket zu schwer. Aber draußen aufmachen und dann offen stehen lassen? Sie wird Herrn Yavuz um Hilfe bitten, wenn er sie heute Abend abholt. Wenn nichts mehr geht, kommt Herr Yavuz zum Einsatz, und er kommt pünktlich. Bea schmunzelt. Nur Nachbar, Freund oder doch mehr? Als sie diese hässliche Grippe hatte, hat sich Herrn Yavuz' zweitälteste Tochter Emine rührend um sie gekümmert, hat bei Bea zu Hause angeklingelt und gefragt, ob sie etwas für sie tun könne. Bea fand es großartig. Emine wollte sogar für sie einkaufen. Auf Beas Nachfrage hat sie jedoch zugegeben, dass sie keinen eigenen Führerschein besitzt. »Den leiht mir eine Freundin immer, und der Mercedes von deren Vater hat sich bisher noch nicht über meine Fahrweise beschwert«, sagte sie. Bea war gerührt, bedankte sich herzlich, zog es aber vor, ganz schnell gesund zu werden.

Für Bea ist eine gute Nachbarschaft Geschäftsgrundlage und Lebenselixier. Beas Gedanken schweifen ab von ihren Nachbarn zu ihren Kunden, die zum Teil dieselben sind. Jeder ihrer Kunden will seine individuelle Persönlichkeit gewürdigt wissen, mit einem besonderen Platz auf der Liste der Lieblingskunden. Um mit den jeweiligen

Vorlieben und Empfindlichkeiten ihrer Kundenfreunde nicht durcheinanderzukommen, hat sie ein Bezugssystem der Bekanntschaften aus ihrem früheren Leben reaktiviert.

Damals, als sie noch die kleine Kneipe in der Hohe Straße betrieben, bevor ihr Horst sich in Torbens Armen wohler fühlte als in ihren, hatten sie einen Kleingarten am Ruhrschnellweg gepachtet. Kleingärtner sind empfindlich und pflegen ihre Macken, deshalb war es am Anfang ein Hüpfen von Fettnäpfchen zu Fettnäpfchen. Bis sie in einer Zeitschrift eine Tabelle mit der Verträglichkeit der Pflanzen untereinander fand. Mit dieser Tabelle konnte Bea ihre kleingärtnerischen Kenntnisse ausbauen und gleichzeitig ein Schema für den Umgang mit den Nachbarn in der Kolonie entwickeln. Zum Beispiel sind Kohlrabis gut Freund mit Tomaten, Bohnen, Gurken und Möhren, vertragen sich aber nicht mit verschiedenen Kohlarten und Zwiebeln. Radieschen sind gute Nachbarn zu Möhren, Spinat und Tomaten, aber schlechte zu Gurken. Kopfsalat wiederum pflegt gute Beziehungen zu Tomaten und Zwiebeln, ist aber auf Sellerie nicht gut zu sprechen. Bea belegte in Gedanken jeden Nachbarn mit einem passenden Gemüsenamen und konnte sich so die Verträglichkeit merken: Herr Gerwatowski wurde zum Porree, der gut mit Tomate Gerda Borowski konnte, mit Rote Bete Irmi Pannes jedoch überhaupt nicht. Knoblauch Robert Wagner war allseits beliebt, zum Beispiel bei Erdbeere Hinkehänschen, Kartoffelfrau Stoffel, natürlich Rote Bete Irmi und Radieschen Marianne. Auf diese Weise fanden die Nachbarn auf Beas Zettel und in ihrem Kopf einen angemessenen Platz, nur Herr Kirsch wollte sich nicht einfügen, weil er allen Kleingärtnern lästig war wie der Giersch.

Am Dellplatz wollte Bea das System zum Merken der Kundennamen und -eigenheiten neu beleben, doch sie fand die Zeitschriftentabelle nicht mehr. Also legte sie eine imaginäre Tabelle in ihrem Kopf an und sieht das Namenstraining seitdem als vorbeugendes Demenztraining an.

Über dem Dellplatz ziehen sich dunkle Wolken zusammen. Sie kann nicht auf Herrn Yavuz warten. Der nächste Kunde, der kommt, wird dran glauben und ihr beim Hereinholen des schweren Pakets helfen müssen.

»Vielleicht sollten Sie allmählich Feierabend machen?« Herr Yavuz ringt um Beas Aufmerksamkeit. »Es scheint Regen zu geben. Wenn Sie nicht nass werden wollen, sollten Sie bald nach Hause gehen.«

Langsam wird ihr der Mann unheimlich. Kann er etwa ihre Gedanken lesen? »Ich muss noch ein Paket von der Rückseite hereinholen. Wollen Sie mir dabei helfen? Es ist ziemlich groß.«

»Das ist doch keine Arbeit für eine Dame! Halten Sie die Tür auf, dann trage ich es Ihnen rein.«

»Ich fasse mit an, es ist wirklich groß.«

»Auf keinen Fall!«

Herr Yavuz schafft es tatsächlich alleine, und Beas Problem erledigt sich in Minutenschnelle. Sie radeln los. Die ersten Regentropfen fallen, und Herr Yavuz unterstützt Bea mit einem Griff unter den Sattel, um ihr Tempo zu erhöhen.

Bea fühlt sich leicht und unbeschwert, doch eine Frage lässt sie nicht los. Sie bremst abrupt und schaut Herrn Yavuz verlegen an: »Es tut mir leid. Ich muss wissen, was in dem Paket ist, sonst finde ich keine Ruhe. Verstehen Sie?«

»Aber natürlich, kehren wir um. Notfalls lassen wir die Fahrräder am Büdchen stehen, und ich bestelle ein Taxi.«

Schon hat Bea ihr Rad gewendet und fährt ohne Unterstützung in solch einem Tempo den Weg zurück, dass Herr Yavuz kaum mitkommt. In Windeseile hat sie die Tür aufgeschlossen, sich einen Cutter gegriffen und das Paket aufgeschnitten. Aus der Verpackung rutscht ein großer Sack aus festem Papier: »deuka Legemehl – für Legehennen« steht darauf.

»So eine Unverschämtheit!«

»Ich verstehe, dass Sie erzürnt sind, aber gerade hat sich eine Regenpause eingestellt und wir könnten noch trockenen Hauptes Ihr Zuhause erreichen, wenn wir uns beeilen.«

»Sie haben recht. Es geht mir bestimmt besser, wenn ich meine Wut in die Pedale trete.« Bea schließt das Büdchen ab, hopst auf den Sattel und radelt los.

Herr Yavuz ist zufrieden, als Tröster wird er gern empfohlen.

Es geht zügig voran, doch fast an gleicher Stelle wie vorhin betätigt Bea wieder die Bremsen. Herr Yavuz gerät beinah ins Straucheln.

»Das war kein Spaßvogel«, sagt Bea. »Vermutlich habe ich die Bestellung selbst aufgegeben mit meinen rückständigen Kenntnissen der Computerbedienung.«

»Könnten wir das vielleicht unter Ihrem wasserdichten Dach erörtern?«, fragt Herr Yavuz und drängt damit auf eine Weiterfahrt, da Nasswerden Beas Problem nicht löst.

Bea nimmt sich zusammen, bis der frisch gebrühte Kaffee und Bahlsens Süßes Dreierlei auf dem Tisch stehen. Man trinkt einen Schluck und nimmt sich ein Gebäckstück.

Plötzlich prustet Bea los, sodass der Kaffee auf die Untertasse schwappt. »Ich bin vielleicht blöd!« Bea lacht und schüttelt den Kopf.

Herr Yavuz will protestierend einschreiten, verschluckt sich am Gebäck und wird von einem Hustenanfall gestoppt.

»Dieses verflixte Tablet macht, was es will!«

Herr Yavuz versteht nicht, hat jedoch seine Hustenattacke noch nicht unter Kontrolle und versucht, regelmäßig zu atmen.

Bea erklärt von sich aus: »Ich hab vor längerer Zeit am Preisrätsel einer Boulevardzeitung teilgenommen und wider Erwarten ein Tablet gewonnen. Kein besonders nobles, aber mit freiem Zugang ins Internet für ein Jahr.«

»Das ist doch großartig!«, sagt Herr Yavuz und räuspert sich zwischen den einzelnen Wörtern. Noch immer kratzen ein paar Krümel im Hals.

»Das Ding hat einen riesigen Nachteil.« Bea schenkt Kaffee nach. »Es verfügt über eine Wortvervollständigungsfunktion, die ich nicht abstellen kann.«

Herrn Yavuz' Luftröhre ist wieder frei, und er könnte ungestört etwas erwidern, doch Bea lässt sich nicht bremsen.

»Es wird wohl so gewesen sein: Ich wollte dem Volkshochschulkurs Mehl für die Pizzen spenden, die die Kursteilnehmer am Stadtteilfest backen wollen. Dreimal drei Kilo Dinkelmehl, keine 15 Kilo deuka-Mehl. Das hat dieser dämliche Computer für mich erledigt.«

»Grämen Sie sich nicht, es wird sich ein Ausweg für beide Probleme finden, das verspreche ich Ihnen.«

Bei den Worten wird es Bea ganz warm ums Herz. Sie steht auf, beugt sich zu Herrn Yavuz und schließt ihn liebevoll in die Arme. Mit ihrem Busen streichelt sie leicht über seine linke Wange, und Herr Yavuz ist sehr zufrieden.

SIEBEN

»Und was machst du nun mit dem ganzen Legemehl?«, fragt Meta Kowalewska. Sie scheint es nicht eilig zu haben, schenkt den ausgelegten Frauenzeitschriften keine besondere Aufmerksamkeit, größeres Interesse hingegen Beas Zahlteller, den sie erst nach der vorderen Fensterbegrenzung ausrichtet, dann nach der gedachten Fluchtlinie der Kaugummipackungen und Müsliriegelspender. »Du könntest Herrn Yavuz ein Huhn schenken, um das ihr euch zusammen kümmert«, überlegt sie. »So wäre das Legemehl nutzbringend angewendet, und ihr hättet ein gemeinsames Hobby.«

»Das wär mir zu intim«, sagt Bea.

»Mein Gott, bist du prüde!«

»Lass mich nur machen.« Bea sucht nach ihrem Handy, findet es nicht. Meta muss sie anrufen. Das Handy klingelt hinter den Energydrinks und der zuckerfreien Limonade. Sie zieht es hervor und sucht im Internet nach der Nummer der Zooverwaltung. Nebenbei erklärt sie Meta: »Im Zoo haben sie sicher Verwendung für eine solche Spende in ungeöffnetem Originalzustand.«

»Mach, was du für richtig hältst.« Meta will sich nicht weiter mit dem Thema beschäftigen.

Bea spürt, dass Meta etwas auf dem Herzen hat. Sie will ihr die Berichterstattung allerdings nicht erleichtern, soll Meta ruhig verlegen rumdrucksen und dabei unschuldig gucken wie der Tancho von Herrn Wohlgemuth. Sie beobachtet Meta verstohlen, und plötzlich fallen Beas Augen in Schockstarre. Darauf also wollte Meta Beas Aufmerksamkeit lenken! »Du hast ein neues Tattoo?«

Auf Metas Unterarm prangt in zierlicher Frakturschrift »MUSTANG«.

Meta lächelt. »Du hast das Tattoo wenigstens sofort erkannt. Joop hat mich gefragt, ob ich mich am Bügeleisen verbrannt habe.«

»Sieht schön aus«, findet Bea. »Ghazanfar Yavuz« kann sie sich jedoch an so einer augenfälligen Stelle an ihrem Körper nicht vorstellen, vielleicht an geheimer. Aber wenn dann mal ein anderer kommt?

»Ist nur ein Klebetattoo.« Meta hat Beas Überlegungen erahnt. »Hat ihm dennoch mächtig imponiert. Und das ganze Gefummel mit Netzstrümpfen und Dessous ist hinfällig. Bircan Özdemir steht nämlich auf Natur und nichts als Natur. Er hat mich als Beifahrerin zu einer Oldtimerrallye in seinem ›Mustang‹ eingeladen. Mein Joop kann mich zu keiner Spritztour einladen, er hat seinen Wagen geschrottet und lahmt auch selber.«

Bea sieht ihre Chance, die nagende Neugier zu befriedigen: »Wo wollte er denn eigentlich hin mit den ekelhaften Abfällen?«

»Weiß ich doch nicht, er ist recht einsilbig geworden. Welche ekelhaften Abfälle? Mir hat er etwas von einer Lieferung für den Zoo erzählt, abgehangene Fleischzuschnitte vom Angusrind für die Sibirischen Tiger.«

»Sobotta hatte andere Informationen über den Fleischzustand, aber lass es uns bitte nicht vertiefen.«

»Merkwürdig.« Meta kriecht fast in Beas Fensterchen. »Was macht er überhaupt in der Fleischbranche? Ich bin davon ausgegangen, dass sein Exportgeschäft eine unblutige, saubere Sache sei, mit Knochen und Hörnern von exotischen Tieren für den chinesischen Markt. Bei seinen Verbindungen zur Zooleitung und den relevanten Abteilungen, wäre es für ihn ein Leichtes, an das entsprechende Material zu kommen.« Meta wird es auf die Dauer ungemütlich in dem Fensterchen, sie zieht sich wieder auf den Boden der Tatsachen zurück.

»Verbindungen sind das halbe Leben«, sagt Bea, und mit dieser Erkenntnis geht die Unterhaltung vom Wichtigen ins Wesentliche über: wer mit wem, Migräne, Herz, Nerven, Klamotten, Auto, Tapezieren, Kellerfund und Chorgesang.

Ein solcher Informationsaustausch kann dauern, doch an diesem Dienstagnachmittag wird er von der Ankunft eines Firmenautos abrupt gestoppt. Eine junge Frau steigt aus, hellblond, schlank, modische Jeans und schwarzes T-Shirt, darauf der Schriftzug »Zoo Duisburg« mit dem springenden Delfin.

»Lass dich nicht unterkriegen!«

»Ist dir Kundschaft wichtiger als unsere Freundschaft?«

»Freundschaft nimmt, Kundschaft bringt.«

»Dann wünsche ich dir …« Meta überlegt, wie sie reagieren soll. Eingeschnappt oder gleichgültig? Sie versteckt den Arm mit dem Tattoo unter dem Blusenärmel, sagt: »Bis dann!« und gibt das Büdchenfenster frei.

Die junge Frau aus dem Auto wirkt abgekämpft, ringt sich aber ein Lächeln ab. »Hallo, ich komme wegen des Legemehls.«

»Das haben Sie doch gar nicht nötig!«, meint Bea mit einem listigen Grinsen.

Die Blondine lacht. »Wär auch vergebene Liebesmüh, ich nehm die Pille.«

Nachsetzen, Bea! »Stattdessen vielleicht eine eiskalte Cola Zero? Geht aufs Büdchen.«

»Da kann ich nicht Nein sagen, obwohl ich keine Zeit habe. Ich soll Wasserproben ins Labor nach Neukirchen bringen, aber wie es so ist … ›Dann kannst du noch schnell am Dellplatz vorbeifahren und einen Sack Hühnerfutter abholen‹, hat's geheißen. Spendenquittung werde nachgereicht.«

Bea schiebt die beschlagene Colaflasche und ein Glas aus dem Fenster, die Blonde stellt das Glas zurück. »So vornehm ist bei uns nur die Verwaltung.« Sie setzt die Flasche an die Lippen, trinkt ein paar Schlucke.

Bea betrachtet sie und macht sich einen Eindruck. »Ich vermute, Sie sind Tierpflegerin bei den Kattas oder Straußen. Richtig?«

Die Frau nimmt noch einen Schluck, nicht zu hastig, dafür ist das Gebräu zu kalt. »Nicht ganz. Meine Kollegen und ich betreuen den Bereich Sumpfwallabys, Bürstenschwanz-Rattenkängurus und, gern gesehen, die niedlichen Koalas. Und damit uns nicht langweilig wird, zusätzlich die Wombats, Beutelteufel, Langschnabeligel und Emus.«

»Sicher sehr interessant. Kennen Sie Ramona Pundenz? Sie arbeitet auch im Zoo und ist schon seit Jahren eine gute Kundin.«

»Dazu sage ich nichts!« Die Blonde trinkt die Flasche aus, rülpst, hat Tränen in den Augen. Bestimmt von der Kohlensäure.

Bea wittert Neuigkeiten. »Man muss sich ja nicht mit allen Kollegen vertragen.«

»Kollegin würde ich diese Person nicht nennen!«

»Wie denn?«

»Rücksichtslose Schlampe! Der sind alle egal außer eine: sie selbst.«

»Auf mich machte sie nach dem Tod des Delfintrainers einen tieftraurigen, verstörten Eindruck. Ich glaube, sie war in ihn verliebt.«

»Sie meinen wegen ihres Outfits?«

»Auch, aber …«

»Alles nur Getue! Sie hat nur eine Liebe, und die heißt Ramona Pundenz. Alles andere ist Show, denn sie giert nach Mitgefühl und Anteilnahme. Hauptsache, sie steht im Mittelpunkt der Aufmerksamkeit.«

»Ist das nicht ein bisschen hart?« Bea legt zwei Duplo-Riegel aufs Fensterbrettchen.

Abwesend greift die Blonde nach einem davon, entfernt die Verpackung und beißt zweimal ab, bis der Riegel verschwunden ist. Mit der »längsten Praline der Welt« im Mund spricht es sich ein wenig undeutlich. »Ich war schon über ein Jahr mit Aiden zusammen, bevor ihm Ramona über den Weg lief. Diese ›außergewöhnliche, innovative, nachdenkliche Frau‹. Silvester haben wir uns verlobt, und zu Ostern hatte ihn diese Schlampe so weit, dass er ihr Schwimmunterricht gab. Sie habe es nie gelernt, sagte sie, spielte die naive Ängstliche, die besondere Zuwendung und liebevolle Unterstützung braucht, und ließ sich auf seinen Händen durchs Wasser tragen. Bei uns war bald keine Rede mehr von Zusammenziehen und Ringe für die Hochzeit aussuchen. So ein ›empfindliches Geschöpf‹ müsse rücksichtsvoll behandelt werden, sagte Aiden. Fast ein halbes Jahr habe ich den Kampf mit diesem Gruftisatan aufgenommen, dann allerdings aufgegeben und mich zurückgezogen.«

»Das sitzt sicher tief.«

»Klar. Ich wäre beinah verzweifelt! Doch Zlatan hat

mich vor dem Schlimmsten bewahrt. Auf einem Fest im Zoo haben wir die Kamelrunden für die Besucher übernommen. Wir hatten viel Spaß, sehr viel Spaß! So viel habe ich seit Monaten nicht mehr gelacht. Dreimal haben wir uns anschließend nach Feierabend getroffen. Dann war's vorbei. – Jetzt muss ich aber wirklich aufbrechen.«

»Sie haben echt Pech mit Männern.«

»Und raten Sie mal, wer sich plötzlich für Kamele mit den Untergruppen Trampeltiere, Dromedare und Alpakas interessiert? Ramona, richtig.« Die Blonde legt eine kleine Visitenkarte auf Beas Zahlteller. Darauf in geschwungener Schrift »Melissa Maywald«, Telefonnummer und so weiter, daneben ein kleines Signet: ein putziges Wallaby mit staunenden Augen und einem süßen Stützschwänzchen. »Sollten Sie wieder mal etwas abzugeben haben, können Sie mich direkt anrufen.«

»Ich melde mich«, sagt Bea.

Wer könnte der enttäuschten Melissa Maywald besser durch ihre Krise helfen als Bea mit Cola Zero, Duplo und ihrer Erfahrung? Einmal zu viel Ja gesagt, und dein Unheil ist besiegelt. Bea kennt das allzu gut. Morgen beispielsweise steht ihr die »La Bohème« mit Schymanczek in der Oper am Rhein bevor – das Leiden hat kein Ende.

»Augenblick«, ruft sie der Tierpflegerin hinterher, »das Hühnerfutter!«

»Bin in Eile, hol ich auf dem Rückweg ab!«

*

»Heute ab 15 Uhr geschlossen. Privattermin.«

Bea braucht die Zeit, um sich auf den Opernabend mit Kriminalkommissar Schymanczek vorzubereiten. Früher benötigte sie 25 bis 45 Minuten für die Prozedur. Seit Kriminalkommissar Schymanczek neben ihr sitzt, über eine Stunde. Mit jeder Make-up-Schicht kommt die Einsicht: Alles wird zwar besser, aber nichts wird gut.

Kriminalkommissar Schymanczek hat es dagegen leicht: dunkler Anzug, Auswahl unter fünf dezent festlichen Krawatten, Deospray »Irish Moos« aus der Sprühflasche großzügig auf Körper und Anzug verteilt. Das hält bis zur Pause, weiß Bea aus Erfahrung, danach kehrt der Alltagsduft zurück: Uralt-Lavendel vom Antimottensäckchen, ein Hauch Kneipe und Erbsensuppe.

Am Abend dann »La Bohème«. Der Maler Marcello und der Dichter Rodolfo frieren, endlich kommt Schaunard, der Musiker, der mit Wein und Köstlichkeiten zum Essen für seine Darbietungen belohnt wurde. Rodolfo schwächelt in der Höhe, und Schaunard schnauft wie ein Wallaby. – Wie kommt Bea jetzt bloß darauf?

Alles ein bisschen zäh. Dann aber, passend zum Text der Rodolfo-Arie »Wie eiskalt ist dies Händchen …« – und das ist es keineswegs –, legt ihr Kriminalkommissar Schymanczek wie unbeabsichtigt seine warme Rechte aufs Knie. Soll er doch, wenn er so leidet. Aber hier in der Öffentlichkeit? Spontan fällt ihr der Sex mit dem Trompeter unter dem Tisch im Oktoberfestzelt ein. Oder war es nach Feierabend sogar auf dem Tisch? Alles mehr als 30 Jahre her.

Kriminalkommissar Schymanczek seufzt auf, schluckt trocken und seine Hand gerät in Erregung. Erst nur eine leichte Unruhe, dann ein leichtes Zittern, schließlich ein deutliches Vibrieren. So tiefe Gemütsbewegungen hat ihm Bea gar nicht zugetraut. Sie fühlt sich ein wenig geschmeichelt. Wann hat sie zuletzt einen Mann so in Stimmung gebracht?

Der Mann wird immer unruhiger, nimmt die Hand von Beas Arm, presst sie in seinen Schritt. Also, Herr Kriminalkommissar … Nein, verguckt! Er drückt die Hand auf die Außentasche seines Jacketts. Als das Vibrieren nicht aufhört, steckt er seine Rechte in die Tasche, zieht sein Handy mit dem erleuchteten Display heraus, drückt auf einen Knopf, die Displaybeleuchtung zieht sich diskret zurück, das Vibrieren des Handys erstirbt.

Kriminalkommissar Schymanczek greift nach ihrem Arm, beugt sich zu ihr hinüber. »Einsatz, ich muss los, melde mich über WhatsApp.«

Ein Raunen unter den anderen Zuhörern, dann einzelne artikulierte Wortfetzen. Beschimpfungen, die den Kommissar bei seinem stockenden Abgang durch die Sitzreihe begleiten: »Banause – Ignorant – Kulturbarbar – Prolet – Primitivling!«

Endlich ist die Tür zum Rangfoyer erreicht. Ein gehässiges »Spießbürger« entlässt Schymanczek aus der peinlichen Situation. Bea wird nur mit einem disziplinierenden Gemurmel bedacht, das schnell verstummt.

Ihr ist die Konzentration abhandengekommen. Wohin wurde Kriminalkommissar Schymanczek abberufen? Hat es etwas mit dem toten Delfintrainer in ihrer Zeitungskiste zu tun? Weiß man, wer ihn ermordet hat?

Siedend heiß fällt Bea ein: Sie hat vergessen, die Box abzuschließen! Wenn doch endlich Pause wäre! Warum sind Opern immer so lang und nichts für Leute mit schwacher Blase oder Magen-Darm-Verstimmung?

Ein paar Minuten später schließt sich der Vorhang, das Licht im Zuschauerraum geht an, Bea drängt als eine der

Ersten ins Rangfoyer. Zumindest hat Kriminalkommissar Schymanczek Wort gehalten. Seine WhatsApp-Nachricht lautet: »Sony. Einsatz. Todesfall. Nehmen Sie ein Taxi. Bitte. Geht auf Spesenkosten.«

Das mit den Spesen ist nett, braucht sie wenigstens den Kilometer nach Hause nicht zu Fuß zu gehen. Aber was meint er mit »Sony«?

Beim Aussteigen aus dem Taxi fällt es ihr ein: Tippfehler, sollte sicher »Sorry« heißen. Erstaunlich, so altmodisch, wie Bea gedacht hat, ist er wohl nicht. Bei all der Aufregung wird sie heute so schnell kein Auge zumachen können. O Mariacron, hilf!

Und er hilft.

Wider Erwarten schläft sie schnell ein und fast durch, unterbrochen von zwei nächtlichen Stepps zur Toilette.

*

Am Morgen schon vor sieben im Büdchen. Es gibt bestimmt Neuigkeiten, Bea kann es kaum erwarten, wer die ersten bringt.

Um kurz nach sieben holt sie die Zeitungen rein. Es war also doch abgeschlossen. Natürlich. Routinearbeiten erledigt man instinktiv nebenher, ohne sich später daran zu erinnern. Sobotta hat seine Tätigkeit auch schon aufgenommen und werkelt an den einzelnen Rabatten der Ahornbäume herum. Papier aufsammeln, Pizzakartons zerkleinern für den Papiercontainer, die Erde aufharken und bloß nicht erkennbar zum Büdchen hinüberschauen. Bea bemerkt, dass Sobotta heute fremdelt. Weiß er etwas? Oder will er nur sein Bier mit Kümmerling hinauszögern? Heute auf alle Fälle nicht vor zehn? Spätestens gegen neun wird er seine Entscheidung überdenken und sie gleichzeitig widerrufen. Dann würde sie erfahren, was los ist.

Bis dahin könnte der Kriminalkommissar bereits angerufen haben, wenn er nicht in einer Arbeitsbesprechung sitzt. Sie wüsste zu gern, welches Ereignis ihn gestern so auf Trab gebracht hat.

Bea gähnt und blättert die Tageszeitungen durch. Nichts, was auf einen Todesfall gestern Abend hinweist. Bestimmt war schon vorher Redaktionsschluss. Die Redaktionen sind ja chronisch unterbesetzt. Spontan fallen ihr dazu ein paar Zeilen aus einem Gedicht ein:

Sind ihrer aber zu wenige da!
Alle Kameraden und Kumpane,
Hauptleute, Obristen und Feldkaplane,
Alle Brüder vom Schwert sitzen drunten zusammen
Und brennen in den höllischen Flammen.

Viel hat Bea nicht von ihrer Schulzeit ins wahre Leben retten können. Warum gerade die Gedichtzeilen von Börries von Münchhausen, weiß sie nicht. Sie findet es im Nachhinein aber gruselig, dass ein Schriftsteller, der Antisemit war und der völkischen Bewegung nahestand, noch zu ihrer Schulzeit so intensiv im Unterricht behandelt worden war, dass er bis heute in ihrem Gedächtnis verankert ist.

Die schlimmsten Erinnerungen an ihre Schulzeit sind die Handarbeitsstunden bei Frau Freiwald. »Wie willst du durchs Leben kommen, wenn du in einem Schuljahr nicht mal einen Topflappen gehäkelt bekommst?« Sie ist dann beim Wandern in den Dolomiten abgestürzt, ihre Leiche wurde nie gefunden. Gott sei ihrer armen Seele gnädig. Vielleicht sitzt sie aber auch im Fegefeuer und hat noch

10.000 Topflappen zu häkeln, bevor sie die nächste Sprosse auf der Himmelsleiter erklimmen kann.

Bea wiegt den Kopf, schmunzelt hämisch bei der Vorstellung und fährt zusammen, als ihr Telefon klingelt.

»Ich wollte mich nur erkundigen, ob Sie gestern Abend gut nach Hause gekommen sind.«

Kriminalkommissar Schymanczek! Kommt bestimmt auch ins Fegefeuer bei seiner Unhöflichkeit. »Bist du's, Stanislav?«, fragt Bea und muss ein Kichern unterdrücken.

Kriminalkommissar Schymanczek schluckt, hat er verdient.

»Verzeihen Sie bitte, dass ich mich so plump gemeldet habe. Wissen Sie, ich bin den direkten und rauen Ton des Kommissariats gewöhnt. Hier spricht Kriminalkommissar Andreas Schymanczek, wir waren gestern zusammen –«

»Natürlich, ich war nur für einen Augenblick abgelenkt, Herr Kriminalkommissar. Entschuldigung angenommen.« Wenn sie sich weiter zieren würde, würde er womöglich auflegen. Was wäre dann mit ihrer Neugier? Sie würde unbefriedigt bleiben – wie so vieles. »Ich hoffe sehr, dass Ihnen der Einsatz nicht die wohlverdiente Nachtruhe gestohlen hat?«, fragt sie versöhnlich.

»Nun ja, ein neuer Fall. Eine junge Frau ist unter mysteriösen Umständen ums Leben gekommen.«

Jetzt bloß nicht lockerlassen. »Eine junge Frau?«

»Soweit wir bisher herausgefunden haben, hat sie auch im Zoo gearbeitet. Wie der Delfintrainer.«

Dranbleiben, Bea, dranbleiben! »Manche der Zooangestellten zählen zu meinen Kunden!«

»Hm, einen Versuch ist es wert. Vielleicht können Sie uns bei unseren Ermittlungen behilflich sein.«

»Stets zu Ihren Diensten!«

»Sagt Ihnen der Name Ramona Pundenz etwas?«

»O Gott, Ramona?«

»Sie ist Ihnen bekannt?«

Jetzt muss jedes Wort vor dem Sprung vom Gehirn auf die Zunge wohl bedacht sein. »Sie war vor Kurzem hier und wollte im Auftrag des Zoos einen Sack Hühnerfutter abholen.« Da ist Beas Verstand auf dem Weg vom Gehirn zur Zunge wohl ins Straucheln geraten. »Nein, falsch, das war eine andere Mitarbeiterin des Zoos. Aber Ramona Pundenz war auch kürzlich hier.«

»Hühnerfutter?«

»Ich bin überraschend in den Besitz des Hühnerfutters gekommen und habe es dem Zoo bei Selbstabholung als Spende angeboten.«

»Haben Sie denn Hühner?«

»Nein. Spielt aber auch keine Rolle, denn damit hatte Ramona wie gesagt nichts zu tun.«

»Sie werden verstehen, ich bin stets hellhörig. Das bin ich der Gesellschaft und meinem Vorgesetzten schuldig.«

Stille im Handy, irgendwo tickt eine Uhr, entfernt tönt ein Martinshorn.

»Sind Sie noch da?«, fragt Kriminalkommissar Schymanczek.

»Natürlich, habe nur einen Schluck Wasser getrunken. Ich bin übrigens von Berufs wegen verschwiegen, das bin ich meinen Kunden schuldig.«

»Haha, hahaha …«

Lachen oder Schluckauf?

»Sie sind sehr originell! Ein Lichtblick im grauen Arbeitsalltag. Eine Unterhaltung mit Ihnen macht richtig Spaß, vielleicht könnte man sich auch privat ein wenig näher –«

»Lassen Sie mich bitte mit meinen bedrängenden Gedanken jetzt nicht allein«, unterbricht ihn Bea. In diese Richtung sollte das Gespräch nicht gehen! »Wie ist die junge Frau denn ums Leben gekommen?«, fragt sie schnell.

»Nähere Informationen sind für die Öffentlichkeit noch nicht freigegeben.«

»Nur so viel, bitte: Ist sie eines natürlichen Todes gestorben, war es ein Unfall oder wurde sie ... O Gott, ich mag gar nicht daran denken! Erst der Delfintrainer und jetzt die nette Pflegerin bei den Pinguinen und Robben.«

»Pinguine und Robben?«

»Hat sie nebenbei erwähnt.« Mist, sie wollte ja nicht zu viel ausplaudern. Also schnell eine Ablenkung. »Das Hühnerfutter steht übrigens noch immer hier. Haben Sie einen Kollegen auf dem Revier, der Hühner hält?«

»Nicht dass ich wüsste.« Und aufgelegt.

Hmm, ist der Herr Kriminalkommissar nun beleidigt wegen des »Reviers«, oder hat er eine Allergie gegen Hühner?

Sobotta schmollt noch immer. Hält sich an jedem Grashalm und jeder Löwenzahnrosette fest, braucht für jede Rabatte eine halbe Stunde. Wenn er so weitermacht, ist Herbst und er kann das Laub fegen, wenn er einmal um den Platz herumrabattiert hat. Demonstrativ schließt Bea das Fensterchen. Ihre Ausbeute an Neuigkeiten, die sie von Sobotta erhält, bewegt sich auf einem sehr niedrigen Niveau. Allerdings, das muss sie ihm zugestehen, hat sie die Informationen über Joops Unfall und das Gekröse von ihm. Na schön, sie wird ihn nicht unfreundlich empfangen, falls er sich doch noch für Bier, Kümmerling und einen Austausch von Neuigkeiten entscheidet. Männer!

Bea fallen die Geräusche ein, die sie schon den ganzen Morgen entfernt wahrgenommen, aber nicht identifiziert hat. Jetzt hört sie natürlich nichts mehr – bei geschlossenem Fensterchen. Also: Fenster wieder auf! Aber nur einen Spalt, Sobotta könnte es sonst für Anbiedern halten.

Es hört sich nach Lautsprecherdurchsagen an, den Inhalt versteht Bea jedoch nicht. Ist es der Eismann, der zum ersten Mal in diesem Jahr auf sich aufmerksam macht? Da muss Bea gegenhalten. Wo steckt nur ihr Langneseaufsteller? Genießt noch seinen wohlverdienten Winterschlaf hinter Leergut, Sonnenschirm und ausgemustertem Zigarettenautomaten. Aber nicht mit Bea! Sie wühlt sich durch das Gerümpel, schnappt sich die Eistafel, marschiert los und platziert sie mitten auf dem grauen Platz. So leicht gibt sie sich nicht auf!

Ein roter Bus der Feuerwehr mit drei Lautsprechern auf dem Dach rollt in Schrittgeschwindigkeit auf das asphaltierte Hexagon. Es rauscht, es knackt, der Alarmton der Feuerwehr in dreifacher Wiederholung, dann erst einmal nichts.

Bea räumt ihren Langneseaufsteller aus dem Weg, sie wird ihn gleich vor dem Büdchen wieder auseinanderklappen.

Die Lautsprecher melden sich: »Achtung, Achtung, hier spricht die Feuerwehr. Vor dem Haus in der Musfeldstraße 54 ist ein Bombenblindgänger aus dem Zweiten Weltkrieg gefunden worden. Die Maßnahmen zur Entschärfung der Bombe beginnen um zirka 13 Uhr. Sie werden gebeten, Fenster und Türen zu schließen und das Gebiet sofort zu verlassen. Notunterkünfte sind in den Eckert-Schulen, Tonhallenstraße 16, eingerichtet. Zum

Transport werden Busse auf dem Dellplatz zur Verfügung gestellt. Achten Sie auf die Rundfunkdurchsagen. Bitte informieren Sie auch Ihre ausländischen Nachbarn.«

Und dann alles noch mal in geläufigen Fremdsprachen.

ACHT

Bea schaut auf die Uhr. Es bleiben ihr noch eine Stunde und 46 Minuten, um sich in Sicherheit zu bringen. Nur … wohin? Ihre Lust, die Zeit in der Schule an einer Bierzeltgarnitur abzusitzen, hält sich in engen Grenzen. Wohin nur? Zu Meta Kowalewska? Metas Haus könnte außerhalb des Evakuierungsbereichs liegen.

Bea ruft Meta an, Meta freut sich auf Beas Besuch, sie stellt schon mal den Kaffee an – symbolisch gesprochen. Sorgfältig sichert Bea das Büdchen, fährt zu Hause vorbei, um das Badezimmerfenster zu schließen, und kauft auf dem Weg zu Meta noch Mohnschnitte, Zitronenrolle und zwei Schweineohren beim Bäcker. Könnte ein ordentlicher Nachmittag werden, so von Frau zu Frau.

Meta hat Neuigkeiten, das merkt Bea sofort an ihrer gekünstelten Sprechweise.

»Und?«, fragt Bea. »Alles okidoki?« Metas Filterkaffee ist ein wenig strong geraten, ein Löffelchen mehr Kaffeemehl zum Strunzen.

»Bei mir? Bei mir könnte es nicht besser laufen.« Meta lächelt hintergründig. »Bircan ist nicht nur mit dem Mund ein Mann. Nicht falsch verstehen, ich meine, er erzählt nicht nur von seiner Männlichkeit. Und einfühlsam ist er … Da kommt eine Frau so richtig auf ihre Kosten.«

»Können wir die Einzelheiten weglassen? Schließlich haben wir Bombenalarm. Und wenn das Ding explodiert – willst du dann mit diesen schlüpfrigen Gedanken vor den Herrn treten?«

»Ich bin nicht gläubig. Du etwa?«

»Ich glaube an das Gute im Menschen«, sagt Bea, »und am Menschen.« Beide Frauen lachen wissend. Bea greift zum Schweineohr.

Meta steht auf, geht zum Büfett, entnimmt dem oberen Regal zwei Gläser und eine Flasche Hennessy Cognac.

Bea schaut sie fragend an.

»Es ist ein bisschen heikel, was ich dir zu berichten habe. Trinken wir erst mal. Prost!«

»Lass mich raten: Du hast dich verlobt?«

»Trink lieber noch einen Schluck.«

»Ich kann einiges vertragen, auch ohne Betäubung.«

»Es geht nicht um mich, es geht – im erweiterten Sinne – um dich.«

»Mach es nicht so spannend!«, sagt Bea. Ein weiterer Schluck Hennessy kann nicht schaden.

Meta geht zum Büfett und nimmt eine bereitgelegte Zeitschrift vom Schrank. »In den Hotels liegen diese Zeitschriften, die nicht einmal du führst.« Sie zeigt Bea das Cover: »GQ – Gentlemen's Quarterly«.

Bea muss Meta recht geben.

Meta kommt zurück an den Tisch, setzt sich und schiebt Bea die aufgeschlagene Zeitschrift zu. »Es kann natürlich auch alles ganz anders sein, als man zunächst vermutet.«

Eine Anzeige ist an den Ecken rot markiert: »Lassen Sie sich verwöhnen …«

»Da bin ich sicher die falsche Ansprechperson!«, sagt Bea.

»Lies einfach weiter.«

»›... mit Charme und Schick bietet Ihnen Elegance Escorts einen außergewöhnlich aparten Begleitservice für jeden Anlass. Unser anspruchsvoller Service steht Ihnen nicht nur in Deutschland und Europa, sondern weltweit zur Verfügung.‹ Aha!«, sagt Bea. Hoffentlich beeilen die sich mit dem Bombenentschärfen. Sie muss dringend hier weg! »Um mich anwerben zu lassen, bin ich wohl nicht im richtigen Alter.« Bea klappt die Zeitschrift zu und schiebt sie über den Tisch in Metas Richtung.

»Hab doch ein bisschen Geduld!« Meta schiebt die Zeitschrift zurück. »Das Spannendste kommt noch. Zielsicher schlägt sie die Seite wieder auf und liest vor: »›Eine schöne Frau an Ihrer Seite bereichert Ihr Leben. Warum nur eine? Gönnen Sie sich eine Duobuchung oder für den besonderen Anspruch ein Damenterzett, das Sie auf bezaubernde Weise verwöhnen wird. Mit 21, 23 und 26 Jahren verkörpern die drei Schwestern die unnachahmliche Anziehungskraft des Orients und seiner Verführungskünste. Die Damen sprechen fließend deutsch, englisch und türkisch. Standort Duisburg bevorzugt.«

»Meinst du ...« Bea zeigt sich sehr erschüttert. »Aber das scheint mir doch sehr weit hergeholt.«

»Bircan hat sich Fotos von den Damen schicken lassen. Gut, man kann außer den entscheidenden Körpermerkmalen nicht allzu viel erkennen. Aber er hält das Tattoo über der linken Fessel einer der Frauen für sehr aufschlussreich. Es zeigt das Nazar Boncugu, auch ›Auge der Fatima‹ genannt, ein in der Türkei beliebter Talisman gegen den bösen Blick. Bircan tippt auf Hürrem.«

Bea würde gerne etwas Argumentatives erwidern, aber ihr fällt nichts ein.

»Bircan kennt die Schwestern und ihren Vater aus der Moschee. Das Tattoo ist ihm letztes Jahr bei einem gemeinsamen Ausflug an den Baldeneysee am Fuß von Hürrem aufgefallen.«

»Meinst du wirklich?«

»Ich meine gar nichts, ich halte mich da raus. Schlüsse musst du selber ziehen.« In Metas Bericht klingt wohldosierte Häme mit. Offen kann Meta Bea damit nicht ärgern, dafür kennt sie Bircan noch nicht lang genug. Vielleicht schlummert bei ihm auch so einiges unterm Perserteppich.

»Das muss eine Verwechslung sein, Herr Yavuz ist ein Ehrenmann – solange das Gegenteil nicht bewiesen ist.«

»Ich will nichts gesagt haben.« Meta stellt den Hennessy wieder auf den Büfettschrank.

Mohnschnitte, Zitronenrolle und Schweineohren sind längst gegessen. Bea tippt die letzten Mohnkörnchen vom Teller. Meta versteht das als Aufforderung, ihre angebrochene Dose Massara, das türkische Gebäck mit Pistazien, aus dem Schrank zu nehmen und auf den Tisch zu stellen.

»Wie lang kann eine solche Evakuierung denn noch dauern?«

Meta zuckt mit den Schultern. Sie greift nach ihrem Handy, öffnet die Katwarn-App. »Noch keine Entwarnung. Schauen wir eben Fernsehen.« Sie stellt den Flachbildfernseher mit dem Handy an.

Bea staunt über so viel Technikaffinität.

»Der Fernseher ist ganz neu, hat Joop von einem chinesischen Geschäftsfreund. Ich kann ihn nur an- und ausschalten, den Sender wechseln und die Lautstärke verändern. Ansonsten will ich mit dem Gerät nichts zu tun haben und keine Fingerabdrücke hinterlassen.« Meta lächelt überlegen.

WDR: »Hier und Heute«.

»Och Mann«, sagt Bea, »dann sind ›Die jungen Ärzte‹ schon vorbei.«

»Die ›Küchenschlacht‹ im ZDF ist noch langweiliger, und andere Sender kann ich nicht.«

»Sag mal«, meldet sich Bea nach längerer geistiger Pause mit leichten Schnarchgeräuschen, »riechst du das auch?«

Meta schnuppert: »Rauch ist es nicht.«

»Stinkt nach vergammeltem Schweinemett!«

»Das Müffeln meinst du? Das wird von Tag zu Tag schlimmer. Gestern war es nur ein Hauch wie aus einer überfüllten Umkleidekabine für Jungs.«

»Frag doch deinen Joop.« Bea gähnt, richtet sich ihr Haar und setzt sich auf, soweit es die Kuschelcouch zulässt.

»Der ist zu Geschäftsbesprechungen in Polen, kommt erst am Wochenende zurück.«

»Dann ruf ihn an oder zieh aus!«

»Hast du sie noch alle? Das ist mein Haus!«

Einen Augenblick herrscht Schweigen. Bea atmet bewusst durch den Mund, an vergammeltes Schweinemett auf Mohnschnitte und Zitronenrolle möchte sie nicht denken, schon gar nicht an die anderthalb verzehrten zwei Schweineohren. Da kommt sie sofort ins Schlucken.

Meta springt auf. »Hilf mir, der Sache auf den Grund zu gehen! Wenn du dabei bist, habe ich einen Zeugen. Allein ist man immer auf verlorenem Posten.«

Bea reckt und streckt sich sehr dezent und steht auf. »Also los! Wo fangen wir an?«

»Der Herr Exporteur hat sein ›Bureau van Houten‹ oben unterm Dach und seine Hexenküche im Souterrain.«

Plötzlich eine Stimme von oben. Keine himmlische, sondern eine krächzende aus dem oberen Stockwerk.

»Hast du nicht gesagt, dein Joop sei verreist?«, fragt Bea flüsternd.

»Ist er auch. Das ist sein Diener, sein ›Hofmarschall‹, wie er zu sagen pflegt. Er steht oben auf dem Treppenabsatz mit freiem Blick durchs Velux-Dachfenster auf Duisburgs bevorzugte Wohngegend. Ich habe die Aufgabe, ihm zu Willen zu sein.«

»Hä?« Bea versteht nichts, weiß nicht mal, ob sie mehr verstehen will.

»Er braucht nur zu befehlen: ›Fressen!‹, und schon eile ich mit den besten Biofutterperlen die Treppe hinauf, die mir sein Meister zur Verfügung gestellt hat. Bis zu neunmal am Tag!«

»Er tyrannisiert dich!«

»Natürlich, aber eigentlich finde ich den Beo amüsant.«

»Komm rauf, Schnuckelchen!«, krächzt es von oben.

Bea kann ein Lachen nicht unterdrücken. Als sie Metas peinlich berührten Blick sieht, beugt sie sich zu ihr und sagt mit ernster Miene: »Hast du irgendwo ein Beil? Ich kann fachgerecht Weihnachtsgänse um die Ecke bringen. Da dürften auch Papageien kein Problem sein.«

»Ich bin ganz froh, seine gelegentlichen Sprüche in dem stillen Haus zu hören.«

Wieder der Vogel: »Achtung, kurvenreiche Strecke!«

»Wenn es meiner wäre, würde ich ihm eigenhändig den Hals umdrehen!«

»Er erinnert mich an Joop, zumal er sein Sprechen fast perfekt nachahmt … und seine Sprüche.«

»Bitte«, sagt Bea. »Lass es dabei bewenden. Bea setzt den Fuß auf die unterste Stufe, die ins Obergeschoss führt. »Aber ansehen möchte ich mir den Sprücheklopfer schon mal kurz.«

»Beeilen wir uns«, erwidert Meta. »Der Gestank aus dem Keller wird von Minute zu Minute schlimmer. Noch eine Nacht halte ich es in dem Haus nicht aus.« Sie steigt entschlossen die Treppe hinauf.

Als sie die obere Plattform erreicht haben, werden sie von einem eleganten, schwarz glänzenden Vogel mit zusammengeklapptem gelbem Schnabel begrüßt. Er legt den Kopf schräg, schaut kurz Meta an, dann Bea etwas ausführlicher.

Bea lächelt ihm zu, wie sie es bei einem Kleinkind machen würde.

»Geht's gut?«, schmeichelt sich der Vogel ein.

»Mir?«

»Halt den Schnabel, lass die Hupen sprechen.«

Das hat gesessen. Bea hält sich am Treppengeländer fest. »Komm!«, sagt sie zu Meta. Den schrägen Vogel bedenkt sie nur noch mit einem verachtenden Blick.

»Komm morgen wieder«, ruft ihr der Beo hinterher, »in Straps und Mieder!«

Sie steigen die Treppenstufen in den Keller hinab.

»Ich weiß gar nicht«, flötet Meta, »wo er das alles aufgeschnappt hat.«

Bea bleibt stehen, dreht sich um, und beide brechen in ein lautes Lachen aus.

Von oben stimmt der Entertainer krächzend an: »Eins und eins macht drei und vier macht fünfe. Killeplitsch, killeplatsch, killeheld – wie mir das Saufen doch gefällt.«

Bea schüttelt den Kopf über die verunstaltete Verszeile. Dann fragt sie Meta: »Wie sieht es denn in Joops Wohnung aus?«

»Das will ich gar nicht wissen.«

»Hast du keinen Schlüssel – für den Notfall?«

»In meinem Haus habe ich für alle Räume einen Universalschlüssel.« Meta wendet sich abrupt um und läuft wieder ein Stockwerk nach oben.

»Warte auf mich.« Bea eilt hinter ihr her.

»Der holländische Geheimniskrämer hat gleich nach seinem Einzug Türblatt und Zarge stahlverstärkt. Die Tür lässt sich nur mit einer fünfstelligen Digital-Pin öffnen.« Vor der eigenen Wohnungstür bleibt Meta stehen.

»Was ist denn jetzt schon wieder?« Bea zeigt Nerven.

»Kleine Pause«, sagt Meta. »Der Käskopp spielt gerne sein kleines Kellerversteckspiel, und ich will es ihm nicht verderben. Noch nicht!«

In der Wohnung geht sie zur Anrichte im Bad und holt aus der untersten der drei mittleren Schubladen, wohl verborgen unter Binden und Tampons – welcher Mann sucht da schon –, Tesafilm und langes blondes Haar, an dem eine Barbie hängt. »Darf ich vorstellen: Barbiepuppe Rapunzel mit 45 Zentimeter langen Haaren.«

»Für die Verwendung fehlt mir die Fantasie.«

»Du wirst schon sehen!«

Sie gehen durch den Flur an der Garderobe vorbei Richtung Kellertreppe. Meta streicht über den Ärmel ihrer Wildlederjacke, die an der Garderobe hängt, und bleibt stehen. »Schade um ihn. Er hat sich nie lumpen lassen. Aber wer weiß, welche Aufmerksamkeiten Bircan mir zukommen lässt.«

Bea bedenkt sie mit einem skeptischen Blick.

»Es stimmt, Joop hat mir jeden Wunsch erfüllt, in jeder Hinsicht!«, unterstreicht Meta.

»Es gibt eben unterschiedliche Ansprüche«, sagt Bea.

Meta lacht auf.

Zu spät erkennt Bea ihre missverständliche Formulierung. »Können wir die Suche nicht ein wenig beschleunigen?«, bittet sie. »Mir wird schon wieder schlecht!« Sie schnappt sich ein Kosmetiktuch aus der Packung auf der Garderobe, reißt zwei kleine Ecken des Tuchs ab und dreht sich daraus zwei Papierpopel, die sie sich nachdrücklich in die Nase schraubt.

Endlich angekommen, greift Meta zum Türknauf, entriegelt die Tür und drückt sie auf.

»Nicht abgeschlossen?«, wundert sich Bea.

»Er vertraut mir – sagt er.« Meta reißt ein fast unsichtbares Stück Tesafilm vom unteren Ende der Tür ab und klebt es an eine schlecht einsehbare Stelle unter der Treppe. Ihre Barbiepuppe und den mitgebrachten Tesafilm legt sie auf die Türschwelle. »Letztes Spiel, letztes Glück.«

Eine Geruchswelle übelster Sorte schlägt über ihnen zusammen. Meta betätigt den Lichtschalter. Das Dunkel bleibt dunkel.

»Moment, da sind wohl wieder die Sicherungen rausgeflogen.« Meta tastet sich an der Wand entlang.

Bea zieht sich auf die dritte Stufe der Kellertreppe zurück. Benommen schließt sie die Augen und lehnt sich mit der Schulter gegen die geweißte Wand. Der Gestank raubt ihr fast den Atem, lange hält sie es hier im Keller nicht mehr aus. Sie spürt kalten Schweiß auf der Stirn und zwischen den Brüsten. Warum tut sie sich das an? Sie sollte sich mehr um ihre eigenen Angelegenheiten kümmern.

Da flammt das Licht im Keller auf.

Die drei Kühltruhen, die Bea von der Treppe aus sehen kann, beginnen ihr gleichgültiges Brummen, rote Warnlichter blinken, Warntöne schrillen durch den Raum, die großen Ventilatoren laufen an und treiben den widerlichen Geruch aus dem Keller in den Flur, die Kellertreppe hinauf. Bea trifft der Gestank wie der Huf eines ausschlagenden Pferds. Eines Flusspferds!

»Bea?«, ruft Meta von irgendwo aus dem Keller.

Bea wird keinen Schritt mehr die Treppe hinuntermachen.

Meta kommt aus dem Kellerraum, ein Geschirrhandtuch vor Mund und Nase gepresst. »Überlastung des Stromnetzes. Stört den feinen Herrn sicher nicht bei seinem Meeting in Polen.«

Wenn er überhaupt bei einem Meeting ist, geht es Bea durch den benebelten Kopf. Und dann auch noch in Polen!

Meta nimmt die Barbiepuppe und den Tesafilm auf, lässt die Tür ins Schloss fallen. »Zum letzten Mal!« Sie reißt Barbie ein langes Haar aus und klebt es mit dem Tesafilm in Bodennähe an Türblatt und Zarge. »Damit kontrolliert er, ob jemand unbefugt die Tür geöffnet hat. Kinderkram! Ich schmeiß ihn mit all seinem widerwärtigen Kram raus. Noch besser: Ich lasse die Türschlösser auswechseln.«

Die beiden Frauen beeilen sich, ins Erdgeschoss zu kommen und die Kellertür zu schließen. Meta greift sich eine von Joops Fleecejacken von der Garderobe und schiebt sie mit dem Fuß möglichst eng an den Spalt zwischen Kellertür und gefliestem Flurboden. Ihr Handy meldet sich. Die Katwarn-App gibt Entwarnung, der Blindgänger konnte erfolgreich entschärft werden, die Sperrung des Sicherheitsbereichs ist aufgehoben. Noch während Meta vorliest, steuert Bea die Haustür an.

An der Tür bleibt sie stehen. »Hast du in die Kühltruhen hineingesehen?«

»Aus den bekannten Gründen nur flüchtig.«

»Und?«

»Du vermutest richtig, der Ekelkram von der Friedrich-Wilhelm-Straße, das ganze Gekröse. Blutig, grünlich, verquollen, pampig, klumpig. Darunter, wenn ich es in den Sekundenbruchteilen richtig erkannt habe, auch Hörner, Hufe, Fell und ein dicker strammer Prügel, der halb herausragte. Wie von einem Esel oder Pferd.«

»Dafür hast du einen Blick!«

»Immer noch besser als ein nackter Toter in der Kiste.«

Darauf weiß Bea nichts zu erwidern. Die Türklinke schon in der Hand sagt sie giftig: »Ich würde dir raten, alles schnellstens von deinem Stecher entsorgen und danach erst die Türschlösser auswechseln zu lassen. Sonst musst du selber ran. Und dann gibt es Lippenherpes bis zu den Ohren, das garantiere ich dir.«

»Wo du recht hast, hast du recht«, lenkt Meta beschwichtigend ein und umarmt Bea mit abgewandtem Kopf, der Lippenherpes könnte schon im Anflug sein und ist schwer ansteckend.

*

In der Nacht sitzt Bea, am Kopfteil angelehnt, aufrecht im Bett. Sie bekommt den Gestank aus Metas Keller nicht aus der Nase. Und der Hennessy hat auch nicht zur Neutralisierung beigetragen. Sie hat die Nase schon zweimal mit Nasentropfen gespült und Kaiser-Natron zur Beruhigung der Magenschleimhäute eingefahren.

Jetzt ist es fast 3 Uhr, die Augen werden ihr über dem Krimi schwer, zumal sie das Gefühl hat, jedes neue Kapitel bereits dreimal gelesen zu haben. Dennoch lässt sie etwas nicht zur Ruhe kommen. Da war noch irgendwas. Aber was? Auf alle Fälle etwas Wichtiges. Noch eine Runde Nasentropfen und Kaiser-Natron, diesmal getoppt von zwei Baldrian-Hopfen-Pillen aus dem Drogeriemarkt. Sollen beim Einschlafen helfen. Hoffentlich nicht zu schnell, sonst weidet sie auf himmlischen Wolkenwiesen, bevor der wichtige Gedanke aktiv wird. Er ist schon auf dem Sprung.

Immer klarer tritt der Kriminalkommissar in den Vordergrund, ihm fehlt ein Arm, und jetzt macht sich auch noch der Kopf davon, entschwindet leicht wie ein Luftballon …

Bea hat die himmlischen Schlafwiesen erreicht.

Am nächsten Morgen fällt der große Frühsport aus, sie fühlt sich wie gerädert, geteert und … Also kleiner Frühsport, sie will sich keine Schwachheiten durchgehen lassen: dreimal gegähnt und viermal gereckt.

Währenddessen eine flüchtige Erinnerung an den Traum. Der Kopf! Der Kopf des Kommissars.

Jetzt ein starker Kaffee und ihr könnte der Zusammenhang einfallen. Der fällt ihr zwar nicht ein, dafür befördert der Kaffee einen Satz des Kommissars zutage: »Nähere Informationen sind für die Öffentlichkeit noch nicht freigegeben.« Dann wird es höchste Zeit!

Kleine Wäsche, Zähne putzen, Mundspülung, Minimalprogramm Schminken, frische Klamotten anziehen. Die von gestern haben noch einen Hauch von Metas Keller im Gewebe. Der Blick auf die Uhr: Viertel vor sieben.

Sie wählt Kriminalkommissar Schymanczeks private Handynummer. »Der Teilnehmer ist zurzeit nicht …« Dann eben offiziell die Nummer seiner Dienststelle. Er müsste frühes Aufstehen gewöhnt sein, Duisburgs Unterwelt schläft auch nicht.

»Bitte hinterlassen Sie Ihren Namen und Ihre Telefonnummer. Das Kommissariat wird Sie umgehend …«

Er soll nicht umgehend, sondern direkt, sofort und ohne Umwege zurückrufen. Bea nennt ihren Namen und ihre Nummer und fügt hinzu: »Es geht um seinen Kopf!«

Warum hat sie das gesagt? Was für ein vernebelter Morgen, und dann klemmt auch noch das Fahrradschloss.

NEUN

Vor dem Büdchen wird sie erwartet. Sobotta! Er hat sich bereits längere Zeit die Beine vertreten, dabei rund ums Büdchen Papier und Zigarettenkippen beseitigt, das neu angelegte Rosenbeet auf der Rückseite geharkt und das Unkraut zwischen den Steinplatten entfernt.

»Hast du denn kein Bett?« Bea findet ihre Bemerkung durchaus gelungen, doch Sobotta ist auf der Wellenlänge nicht ansprechbar.

»Komm endlich aus den Puschen!« Sobotta nimmt Bea die Schlüssel aus der Hand und schließt die Riegel der Fensterläden auf.

»Ich hasse Hektik, bevor der Tag angefangen hat.«

»Meine Frühschicht läuft schon auf vollen Touren, aber du … Ich brauche dringend deine fachkundige Hilfe, noch früher als sofort!«

»Bier oder Kaffee?«, fragt Bea, nachdem sie im Büdchen Platz genommen und das Schiebefensterchen zur Seite bewegt hat.

»Kaffee geht, Alkohol erst nach der Schicht. Muss bei klarem Verstand bleiben.«

»Du verschaffst hier am Dellplatz den Durchblick, dein klarer Verstand ist angeboren«, sagt Bea und stellt einen Kümmerling zu 1,99 Euro neben den Kaffee. Sie weiß eben, wie sie ihre Ware an den Mann bringt.

»Meinst du?« Sobotta grinst. Der Kümmerling wandert in die Kehle. »Nur zur Beruhigung der innerlichen Unruhe. Ich habe die ganze Nacht nicht geschlafen.«

Beas Handy klingelt. Sie überlegt, ob Sobottas Anliegen einen kurzen Aufschub verträgt, schenkt ihm ein Lächeln und nimmt den Anruf an.

»Hier Schymanczek, Kriminalkommissariat.«

Na also, denkt Bea, das ist doch mal ein ordentlicher Anruf. Und da sag noch einer, Männer würden nie dazulernen. Sie schmunzelt, Sobotta wertet es als intensiviertes Lächeln – zwei Fliegen mit einer Klappe.

»Sie haben mich angerufen? Ich war auf einem dringenden Außentermin.«

Bea meint, ein Knistern von krossen Croissants zu hören und frischgebrühten Kaffee zu riechen. Außentermin, ist klar! Sie traut Schymanczek sogar zu, dass er mit Blaulicht bei der Pizzeria vorfährt, um das Geld für den Lieferservice zu sparen.

Sobotta verschwindet aus ihrem Blickfeld, hat wohl ein unaufschiebbares Bedürfnis. Der taucht sicher gleich wieder auf.

Bea legt sich eine Strategie zurecht, wie sie den Kommissar am besten zum Reden bringen könnte.

»Hallo, Frau Busch? Sind Sie noch dran?«

»Ja, entschuldigen Sie, ich war kurz abgelenkt. Folgendes: Meine Freundin Meta … Sie erinnern sich?« Jetzt den Mund wässrig machen! »Sie müssen sich erinnern. Charmant, munter … mit dieser gefährlichen Schlange im Dekolleté.«

»Im Dienst habe ich für so etwas keine Augen!«

Aha, er weiß Bescheid, sonst hätte er nach einer detaillierteren Beschreibung gefragt. »Genau die hat zum Geburtstag von ihrem Freund zwei Karten für ›Sternstunden der Klassik‹ in der Mercatorhalle geschenkt bekommen.«

»Wie schön für sie.«

»Ein opulentes Programm: Mozart, Korngold, Strauss …«

»Genau meine Geschmacksrichtung. Schade.«

»Um es kurz zu machen – Meta hat sich mit ihrem Freund verzankt, der Klassikabend fällt deshalb aus und sie hat mir die Karten angeboten. Ich habe gleich an Sie gedacht als Begleiter und Liebhaber … gehobener Unterhaltung. Hätten Sie vielleicht … Lust?« Das letzte Wort betont Bea besonders und lässt es geschickt in der Luft hängen.

Sobotta ist zurück, unruhig, fahrig. Er greift zum Besen und fegt die grauen Steinplatten noch einmal.

Vor Beas innerem Auge erscheint ein aufgedrehter Kriminalkommissar in einem spontan angemieteten Hotelzimmer in bester Laune, nur mit Unterhemd und Unterhose in Feinripp bekleidet. Gruselig! Sie müsste seine falschen Hoffnungen im Keim ersticken, aber nicht, bevor sie nicht weiß, was mit Ramona Pundenz geschehen ist. Also setzt sie noch einen drauf. »Vielleicht können wir danach noch etwas unternehmen?« Komm schon, beiß an! Die erhofften Informationen würde sie dann hoffentlich vor der Pause herausbekommen haben und sich in der Pause unauffällig verdrücken. Am nächsten Morgen könnte sie sich telefonisch beim Kommissar entschuldigen. Kopfschmerzen gehen immer, Magen-Darm wäre zu dick aufgetragen.

»Ich überlege es mir, habe gerade meinen privaten Kalender nicht zur Hand.«

»Genau da steckt der Spieß im Rollmops: Die Veranstaltung ist bereits morgen, Beginn 19.30 Uhr. Aber wenn es nicht passt …«

»… wird es passend gemacht! Ich nehme Ihre Einladung an und hole Sie gegen 18 Uhr ab.«

»Nicht nötig«, sagt Bea. »Ich ziehe mich im Büdchen um, nichts besonders Festliches. Wir treffen uns um Viertel vor sieben vor der Halle.« Alles so knapp wie möglich halten, ein bisschen Druck aufbauen und die Gesprächsleine straff führen. Dann kann wenig passieren, und sie erfährt das, was sie wissen will.

Sobotta steht mittlerweile mit weinerlichem Gesichtsausdruck direkt vor dem Fensterchen.

»Ich muss Schluss machen, Herr Kommissar, meine Kunden werden ungeduldig.«

Kriminalkommissar Schymanczek beginnt eine längere Verabschiedungsfloskel, doch Bea legt nach einem kurzen »Tschüs« auf. Ihr müsste mal wieder ein richtiger Kerl über den Weg laufen. Bald sollen die Bauarbeiten an der Düsseldorfer Straße beginnen …

»Was ist denn so dringend?«, fragt sie Sobotta.

Sobotta druckst herum.

Nur noch Luschen um mich herum, denkt Bea und notiert sich auf dem Veranstaltungskalender der Stadt Duisburg, den sie stets griffbereit im Büdchen liegen hat, unter den morgigen Termin in der Mercatorhalle: Klassikkarten bestellen, Kassenzeiten erfragen, Herrn Yavuz für morgen absagen. Ist er überhaupt noch »Herr« für sie?

»Jetzt aber raus mit der Sprache«, fordert Bea anschließend Sobotta auf. »Ich kann nicht den ganzen Tag verplempern.«

»Es ist mir ein bisschen peinlich«, windet sich Sobotta. »Doch du bist die Einzige, die mir helfen kann, du mit deinen Pressebeziehungen.«

»Mit meinen was? Wovon redest du?«

»Von meinem Missgeschick.«

»Aha.«

»Das kam so: Ich hab mit meiner Drohne im Auftrag der Pizzeria – für jeden Drohnenflug braucht man eine Genehmigung, das nur nebenbei – einen ganzen Tag lang Luftaufnahmen vom Dellplatz gemacht. Morgens, mittags, vor allem am Abend und in der Nacht. Es gab Freipizza für alle, da kannst du dir denken, wie viel Betrieb in der Pizzeria war. Die Aufnahmen sollen auf den Bildschirmen in der Pizzeria in Endlosschleife abgespielt werden.«

»Du wirst noch zum gefragten Stadtteilchronisten, so mit eigenem Büro, Sekretärin und Sonderaufführungen im Filmforum.«

»Haha! Alles lief wunderbar, nur ... Also zum Schluss wollte ich eine elegante Schleife über dem Dellplatz drehen und dann im Sturzflug auf die Pizzeria halten. War aber schon ziemlich dunkel ... und meine Drohne ist in einen Silberahorn gekracht und abgestürzt. Totalschaden. Das war's mit der erfolgreichen Zukunft!«

»So ein Pech aber auch.« Bea mag Drohnen nicht, sind indiskret und gefährlich. Mit Sobottas Malheur ist das Unbehagen wohl Schnee von gestern.

»Ich habe Taha Yerlikaya bei einer seiner Standzeiten am Kantplatz von meinem Missgeschick erzählt. Er ist Taxifahrer und hat für alles Verständnis. Kaum hatte ich ihm mein Leid geklagt, kramte er mit einer Hand unter seinem Sitz und zog eine türkische Zeitschrift hervor. Nach kurzem Blättern hat er mir aus einem Artikel vorgelesen – erst die Überschrift auf Türkisch und dann den Inhalt in Taha-Übersetzung. Ist nicht viel hängen geblieben, bloß dass ich nicht weinen, sondern Leute um Geld für eine Neuanschaffung bitten soll. Machen viele Jungunternehmer und Künstler so. Ich müsse das Interesse des Fernsehens oder einer großen Zeitung für meine Story wecken und schon …«

Bea hört aufmerksam zu, sie ist gespannt, wie die Geschichte endet.

»Da ist mir der Dellplatz-Kurier eingefallen. Der hat doch den schönen Bericht von mir als Drohnenpapst oder so ähnlich gebracht. Ich hab mich gleich mit denen in Verbindung gesetzt, und schon am anderen Morgen kam ein verständnisvoller Reporter, hat sich alles aufgeschrieben und ein trauriges Foto von mir mit der kaputten Drohne gemacht. Sie haben sogar ein Spendenkonto unter dem Stichwort ›Bruchpilot‹ eingerichtet.«

»Du wirst noch berühmt!«

»Das ist eine Katastrophe, denn genau das habe ich nicht bedacht. Es darf nicht herauskommen, dass meine Drohne kaputt ist! Du musst einschreiten und die Leute vom Dellplatz-Kurier auffordern, die Auslieferung der aktuellen Ausgabe sofort zu stoppen.

»Warum sollte ich?«

»Gib mir mal ein Bier auf meinen Deckel, anders kann ich mich nicht konzentrieren.«

Bier kommt sofort, gleich darauf das zweite. Erst dann ist Sobotta in der Lage weiterzuberichten.

»Ich habe einen Auftrag, der noch nicht abgeschlossen ist, für den ich aber bereits Geld erhalten habe. Du verstehst? Ohne Drohne kann ich den Auftrag nicht beenden, also Geld zurück. Geht aber nicht.«

»Wer ist denn der Auftraggeber? Rede doch mal mit ihm.«

»Pah, das ist ein knallharter Geschäftsmann, der hätte kein Verständnis für meine missliche Lage. Du kennst ihn, der Typ von deiner Freundin Meta. Er hat mich vor einer Weile angesprochen, ich hätte doch eine Drohne, mit der man leicht etwas erkunden könne, und verschwiegen sei ich sicher auch.«

Bea unterbricht ihn nicht. Sie hat eine Vorahnung.

»Also kurz und gut: Seine Freundin Meta sei in letzter Zeit so geheimnistuerisch geworden. Er müsse wissen, mit wem sie sich trifft. Rein aus Geschäftsinteresse, denn seine chinesischen Geschäftspartner würden auf absolute Geheimhaltung Wert legen. Für die Erkundigungen hat mir der Tulpenfreund 300 Euro bezahlt. Im Voraus. Und jetzt kommst du.«

»Womit?«

»Mit deinen Beziehungen!«

»Welche Beziehungen denn? Ich schreibe nicht für die Zeitung, und ich kenne vom Dellplatz-Kurier nur den Austräger und ein paar Leser. Aber glaub mir, kein Presseorgan würde einen Bericht zurückziehen geschweige denn die Auslieferung stoppen, weil jemandem privat ein Bericht nicht passt.«

»Das ist sch… – ich will es nicht sagen. Zusammengefasst: mein Ruin. Drohne kaputt, Vorablohn ausgegeben, Rückzahlung für den nicht ausgeführten Auftrag fällig, aber nicht möglich.«

»Trinkst du einen Mariacron mit?«

»Das hat was«, sagt Sobotta.

»Ich auch.« Bea grinst.

Sobotta lächelt maskulin, überlegen, verlegen. »Ich habe es nicht mehr zu hoffen gewagt.«

»Nur gucken, nicht anfassen!«

»Weiß ich doch«, meint Sobotta bitter.

»Gott sei Dank! Ich habe schon befürchtet, du würdest wieder deinen Dackelblick aufsetzen und ein gemeinsames Wochenende in Ruppichteroth ins Gespräch bringen, mit Wandernadel, Heimatmuseum und Tanz im Feuerwehrgerätehaus.«

»Du bist Single, ich bin Single, liegt es da nicht nahe …«

»Nichts liegt und schon gar nicht nahe«, sagt Bea. »Aber vielleicht kann ich dir auf deiner anderen Baustelle helfen. Mit deiner Drohnenkatastrophe. Ich könnte unverbindlich mit Nico sprechen, der kennt sich mit kleinen Modellflugzeugen aus. Möglicherweise bringt ihr deine Drohne gemeinsam wieder in die Luft.«

»Ich weiß nicht, ob ich mit so einem jungen Kerl zurechtkomme. Die haben doch alle nur eine große Klappe.«

»Ich kümmere mich drum.«

»Okay, dir zuliebe lasse ich mich auf den Versuch ein. Für dich tue ich alles, für dich würde ich sogar die Sterne –«

»Du kannst tatsächlich was für mich tun: Frag doch mal deinen Taxifahrerfreund, ob er Kunden aus der Brockhoffstraße hat. Nicht alle Jubeljahre mal, ich meine eine feste Adresse, die von ihm und seinen Kollegen des Öfteren in Anspruch genommen wird.«

»Ich kann mich gerne umhören. Auf Anhieb kenne ich selber niemanden … Halt, stopp! Meinst du den Schlickenfänger mit der Nähmaschine, der dich fast jeden Abend –«

»Genau den!« Bea sieht ihn streng an. »Das muss aber unter uns bleiben, sonst kannst du KöPi und Kümmerling an der Bushaltestelle im Regen trinken!«

»Du kannst dich auf mich verlassen.«

»Ist nichts Ehrenrühriges. Wir haben bloß eine kleine Wette laufen, dass ich nicht herausfinde, woher er seine kandierten Bananen bezieht.« Bea will ihm nichts von Metas Verdacht erzählen, die drei Yavuz-Töchter könnten sich als Escortdamen betätigen.

»Kandierte Bananen?«

»Du weißt von nichts!«

»Und du sprichst mit Nico?«

»Eine Hand wäscht die ... Jetzt ist Schluss mit dem Gerede, den halben Tag verquatscht und noch nichts eingenommen. Ich bin dann mal weg.« Zack, das Schiebefensterchen zu.

Sobotta kann gerade noch die leere Bierflasche ins Büdchen schieben und seine Finger in Sicherheit bringen.

*

Der nächste Tag. Ein neuer Asterix ist in den Verkauf gekommen. Bea macht Umsatz und könnte noch mehr, doch viel zu früh ist ihr georderter Vorrat verkauft.

Am Nachmittag dann aus dem Nichts ein unerwartetes Ereignis. Ein Bote vom Blumenzentrum aus der Innenstadt hält mit seinem Fahrrad direkt vor Beas Büdchen. Er sieht sich suchend um, schaut skeptisch, entdeckt den Schriftzug »Beas Büdchen«, landet mit zwei Pedalumdrehungen direkt vor Beas Fensterchen.

Bea tippt auf Durst und Energydrink, oder Asterix.

»Wenn Sie Bea sind, will ich zu Ihnen.«

»Das bin ich.« Eine Auskunft, kein Umsatz. »Asterix kommt erst Ende der Woche wieder rein.«

»Welcher Asterix?«

»Na, *der* Asterix.«

»Ach so, den hab ich bereits. Ich bringe einen ganz besonderen Gruß, speziell für Sie.« Er öffnet seine Tasche, entnimmt ihr eine langstielige violette Rose in Zellophanpapier.

Bea kann sich nicht erinnern, eine solch außergewöhnliche Rosenfarbe schon einmal gesehen zu haben. »Für mich?« So etwas Edles, denkt sie, bestimmt duftet sie aber nicht, als Ausgleich zur Schönheit sozusagen.

Der Bote überreicht Bea die Rose mit einer feierlichen Geste. »Ich soll ausrichten: eine besondere Blume für eine ganz besondere Frau.«

Bea hebt die Rose an, will sie genauer betrachten, ist wie entrückt, bekommt den herzlichen Abschiedsgruß des Boten nicht mit, vergisst sogar das Trinkgeld. Als sie sich wieder gefangen hat, ist der Bote entschwunden. Praktisch, wie sie ist, will Bea die Blume sofort anschneiden und in eine Wasserflasche stellen. Unten an der Blume hängt ein Beutelchen Schnittblumennahrung zum Frischhalten von Rosen, dahinter baumelt ein weißer Umschlag in Visitenkartengröße. Der Schenker weiß, wie Mann es machen muss, denkt Bea. Sie öffnet den Umschlag, zieht das Kärtchen heraus, liest: »Du hast mich total verzaubert! M.«

M.? Sie kennt keinen aktuellen M.! Nachname oder Vorname? Aber Geschmack hat er.

Keine Zeit für weiteres Nachdenken. Bea verbarrikadiert das Büdchen, sie muss sich umziehen. Noch könnte sie Kopfschmerzen vorschieben, um dem peinlichen Abend aus dem Weg zu gehen. Doch sie will unbedingt Einzelheiten über den Tod von Ramona erfahren. Das ist sie der sympathischen Tierpflegerin und ihrer eigenen Neugier schuldig. Mozart, Korngold, Strauss – nach diesem Erlebnis bevorzugt sie Richard Strauss, »Der Rosenkavalier«. Und daraus die Arie »Mir ist die Ehre widerfahren«, die Überreichung der silbernen Rose. Vielleicht hat sie Glück und das Bravourstück steht auf dem Programm. Schade, dass die Melodie so schwer nachzusingen ist. Bea versucht es mit den ersten drei Tönen, gibt auf.

Als sie die schwarze Strumpfhose über die rechte Ferse

zieht, kommt ihr ein Geistesblitz. Die violette Rose – eine Erinnerung des Kommissars für sie an den bevorstehenden gemeinsamen Abend, die Nacht? Möglicherweise konnte er auf die Schnelle keine silberne Rose ergattern und hat deshalb die teuerste und ausgefallenste gewählt, derer er habhaft werden konnte. Eine violette Rose steht auf der symbolischen Leiter der Verehrung nur eine halbe Sprosse unter einer silbernen. Welch ein großartiger Gedankengang! Verzwickt, unüberschaubar und originell. Welch wacher Geist, der Kommissar. Sie wird sich trotzdem in der Pause verdrücken. Feinripp!

Der Kriminalkommissar hat sich herausgeputzt, sogar an ein blau gepunktetes Strunztuch für die Brusttasche seines Leinenjacketts gedacht. Oder ist das eventuell violett?

Bea, konzentrier dich!

Das aufdringliche Rasierwasser bringt sie auf den Erdboden zurück. Zum Frisör müsste er auch mal wieder.

Das Licht im Saal wird heruntergefahren, das Stimmengewirr verstummt, der Dirigent erscheint. Applaus, die ersten Takte, dann der schwammige Tenor.

Bea ahnt, was kommt, und wechselt das Abendhandtäschchen vom rechten auf das linke Knie. Keine Sekunde zu früh, denn schon schiebt sich die rechte Hand des Kriminalkommissars unmerklich von seiner Sitzlehne herunter Beas Oberschenkel entgegen, zuckt zurück, als sie ihr Ziel erreicht, wartet atemlos, wie Bea reagiert, spürt nur ein leichtes Zittern, seine Hand wird forscher.

Nach kurzer Zeit beginnt die Hand zu streicheln, sanft, liebevoll, voller Hingabe.

Bea kann ihr Lachen kaum noch unterdrücken. Statt geheimnisvoller Lustzonen liebkost der Kommissar die

Kreuzstiche auf Großmutters Gobelintasche. Männer! Hätte er ihr nicht ausschließlich aufs Dekolleté gestarrt, hätte er auch ihre weitere Ausstattung wahrgenommen. Lass ihn gewähren, denkt sie. Wenn das Licht zur Pause angeht, wird er seinen Irrtum bemerken.

Bis dahin kann Bea ungehindert ihren Gedankengängen folgen. Wahrscheinlich ist ihr Verdacht, der Kriminalkommissar könnte M. sein, ein Irrgang. Hoffentlich schmollt er nicht, wenn er merkt, dass er eine Tasche streichelt, und hüllt sich anschließend nicht in abwehrendes Schweigen.

Der Vorhang schließt sich zur Pause, der Tenor wühlt sich durch die Stoffbahnen, verbeugt sich an der Rampe, bedankt sich mit einer arroganten Geste für den spärlichen Applaus, hustet, verschluckt sich, der Applaus schwillt kurz an.

Der Kommissar hat den Rang fluchtartig verlassen, als er gesehen hat, was er die ganze Zeit streichelte, und erwartet Bea nun mit einem abgestandenen Sekt. Er selbst weiß, was er seinem Ansehen schuldet, und trinkt Apfelschorle.

Die Taschen-Streichel-Sache hat Beas Gedankengänge blockiert. Sie wollte sich eigentlich einen nachvollziehbaren Einstieg einfallen lassen, um dem Kommissar Einzelheiten zum Tod von Ramona Pundenz zu entlocken. Für Bea passt ein natürlicher Tod nicht zu Ramona, auch wenn sie gruftimäßig unterwegs war. Beas Bauchgefühl suggeriert ihr, dass da etwas faul ist im Staate Dänemark. Aber wie das Gespräch darauf bringen? Sie muss das Mitteilungsbedürfnis des Kommissars auf ein belangloses Thema locken. Wenn er anfängt zu reden, kann sie ungestört nachdenken.

»Bei ›Don Alfonso‹ im Auszug aus Mozarts Oper ›Così fan tutte‹ musste ich ständig an ›Don Camillo‹ denken. Er war der Tragik seiner Rolle einfach nicht gewachsen. Was meinen Sie?«

Es klappt, denn schon legt der Kommissar los: »Don Alfonso …«

Bea bestätigt ihn gelegentlich mit einem Lächeln und wiegt den Kopf.

Ramona Pundenz also. Wie ist sie gestorben? Wo ist sie gestorben? Gibt es Hinweise auf einen unnatürlichen Tod? Denk nach, Bea.

Der Kommissar ist in seinem Opernelement, gestikuliert und argumentiert.

Allein die Konstellation Delfintrainer mit Ramona Pundenz gegen Melissa Maywald bietet genug Ansatzpunkte für Spekulationen. Um Licht ins Dunkel zu bringen, müsste als Erstes die Todesursache von Ramona Pundenz geklärt werden. Bea wird die Sache nicht auf sich beruhen lassen, solange sie keine plausible Erklärung bekommt. Eine Ramona Pundenz fällt nicht einfach tot vom Fahrrad, es sei denn, der Blitz hätte sie getroffen. Also ran an den Freund. »Sie haben vollkommen recht mit Ihrer Analyse, Herr Kommissar. Aber Oper ist nun mal Oper, und Oper ist Liebe, Fantasie und Drama.«

»Ach, verehrte Frau Busch …«

»Sie bringen es wie immer direkt auf den Punkt, Herr Kommissar.« Jetzt ein intensiver Blick in seine Augen, die Hand auf seinen Arm und ein verlegenes Lächeln. »Lieber Herr Kommissar, wir sind uns schon so vertraut, darf ich Sie vielleicht Andreas nennen?«

»Sie sprechen mir aus dem Herzen!« Der Kommissar hält ihr sein Glas entgegen.

Bea stößt an. »Und ich bin Bea – privat ohne Büdchen.«

Ein erstes Klingeln kündigt das Ende der Pause an.

»Ich habe gedacht«, Bea setzt ein liebenswürdiges Lächeln zum diplomatischen Tonfall ein, »wir könnten bei der Klärung des Todesfalls Ramona Pundenz doch zusammenarbeiten.«

»Da gibt es keinen Klärungsbedarf.« Der Kriminalkommissar lässt seinen gequälten Blick über die Zuschauer gleiten, die sich zum großen Teil wieder in Richtung Saal orientieren.

»Wir wären ein Superteam!« Einen Arm beim Kommissar einhaken, ihn ihre Rundungen spüren lassen. »Mit gelegentlichen Arbeitsessen und Informationsaustausch an vertraulichen Orten.« Ein weiterer tiefer, schmachtender Blick in seine Augen. »Andreas, du würdest mein langweiliges Leben bereichern.«

Zweites Klingeln. Der Pausenraum leert sich.

»Andreas, du und ich …« Sie drängt sich an ihn.

»Nun ja«, der Kommissar scheint alle guten Vorsätze zu vergessen, »ohne wichtige Ermittlungsergebnisse preiszugeben, kann ich dir so viel sagen …«

Die ältere Schließerin an der Tür zum ersten Rang wartet ungeduldig auf die beiden Nachzügler.

»Für den Unfall gibt es keine Zeugen. Die junge Tierpflegerin scheint in der Dunkelheit beim Abbiegen von der Tonhallenstraße in die Güntherstraße mit ihrem Fahrrad über einen Pflasterstein gefahren zu sein und sich überschlagen zu haben. Der Stein wurde sichergestellt.«

Sie sind an der Tür zum Saal angekommen. Der Kommissar steht bereits drin, Bea noch mit einem Fuß davor. Die Beschließerin versucht, sie mit leichtem körperlichem Einsatz in den Saal zu schieben. Bea widersetzt sich.

»Wurden außer dem Pflasterstein keine weiteren Gegenstände sichergestellt?«

»Es war eindeutig ein selbstverschuldeter Unfall, da gibt es nichts weiter sicherzustellen.«

»Jetzt aber rein oder raus!« Die Beschließerin wird energisch.

»Ich muss noch schnell zur Toilette.« Die Beschließerin macht dem Kommissar die Tür vor der Nase zu, dann sagt sie mit einem verschwörerischen Lächeln zu Bea: »Nach Ende der Aufführung wird er als Erster rauskommen. Wetten?«

Bea grinst, sie geht gelassenen Schritts zum Getränkestand, bestellt sich ein Glas Sekt – frisch eingeschenkt –, setzt sich auf einen der Pausenstühle und entsperrt ihr Handy.

»Lieber Andreas, entschuldige, eine plötzliche Kopfschmerzattacke. Es tut mir leid um unseren gemeinsamen Abend und mehr … Darf ich dich als kleinen Ersatz zum Frühstück am nächsten Sonntag einladen? Das Café darfst du natürlich aussuchen.«

Bea steht auf und begibt sich zum Ausgang. Irgendwie sind sich alle Männer dieser Welt ähnlich. Den dicksten Kanonen des Gegners widerstehen sie, doch vor den gezielt eingesetzten Waffen einer Frau kapitulieren sie.

ZEHN

Es wird eine unruhige Nacht. Vor lauter Gedanken bekommt sie wirklich Kopfschmerzen. Im Büdchen hat sie eine angebrochene Packung Aspirin, sie muss bis morgen durchhalten.

Endlich Tagesanbruch. Katzenwäsche und ab zum Büdchen, sie braucht das Aspirin. Jetzt. Dringend.

Bevor sie die Packung im Büdchen gefunden hat, steht Sobotta vor dem Fensterchen. Außerhalb seiner Routine. Bea will ihn nicht enttäuschen und öffnet das Schiebefenster. »Was hast du auf dem Herzen?«

Sobotta amüsiert sich wie damals, als Frau von Manteuffel in die Kacke ihres eigenen Vierbeiners getreten ist.

»Kurzform bitte, im Augenblick vertrage ich keine Aufregung.«

Sobotta leckt sich über die trockenen Lippen, Bea reagiert nicht.

Sobotta, ein wenig säuerlich: »Am Wochenende war ich auf einem Flohmarkt.«

Bea macht schon den Mund auf.

»War so ein kleiner Straßenflohmarkt, Neuenkamp, Parallelhafen.«

»Fasse dich kurz!«

»Ich habe eine alte mechanische Taubenuhr von Benzing erstanden, im Holzkasten und mit Ledergriff.«

»Sobotta, du spielst mit deinem Leben!« Bea horcht in sich hinein. Ihre Kopfschmerzen sind wie weggeblasen. Dennoch spielt sie das Spiel weiter, scheint ihr gutzutun.

Sobotta liebt die Frotzelei mit Bea sowieso. Er holt aus: »War ein schöner Tag, wenn man die vier Wolkenlücken und die drei Sonnenstrahlen zusammenzählt. Ein Flohmarkt hat schon was … Bezahlt hab ich jedenfalls bloß 32,90 – ein Schnäppchen, wenn man das ganze Zubehör bedenkt, das dabei war.«

»Sonnenuntergang heute um 20.56 Uhr, und ich will noch im Hellen zu Hause sein.«

»Nur noch einen Augenblick, dann kommt der Knüller.«

»Du hast ›Die Taube‹ von Patrick Süskind für 'n Appel und 'n Ei geschossen?«

»Hä?«

»Literatur – nix für dich.«

»Jetzt kommt die Überraschung: Polloch, der Erzfeind vom Wohlgemuth, war auch da. Er hat seinen Tapeziertisch aufgebaut und darauf Aufgesetzten aus eigener Produktion und Backfisch verkauft. Ahnst du was?«

»Sollte ich?«

»Den hat er auf einem kleinen Kontaktgrill produziert, in ein aufgeschnittenes Baguettebrötchen gelegt und für 3,80 Euro angeboten. Aus eigener Produktion. Mir schwante sofort Böses …«

»Mir jetzt auch. Du hast dir also ein Backfischbrötchen gekauft und –«

»Konnte ich doch nicht, der Polloch kennt mich. Ich habe meine Flohmarktbegleitung geschickt. Um es kurz zu machen: In einer stillen Ecke habe ich mit meinem Schweizermesser vorsichtig die Panade vom Fisch geschoben. Und siehe da, strahlen mich zwei rote Sonnenflecken an wie von Wohlgemuths preisgekröntem Premium-Koi. Ich stecke es dem Wohlgemuth, dann gibt es Remmidemmi, bis die Fetzen fliegen!«

»Sei nicht so schadenfroh«, rügt Bea. »Aber ich muss sagen: Du bist ganz schön clever!«

»Reicht es für einen gemeinsamen Eiskaffee am Sonntagnachmittag?«

»Ach, Sobotta, ich habe Kopfschmerzen, und bis Sonntag könnte daraus ein Migräneanfall werden.«

»Ich bleib dran!«

»Daran wird dich keiner hindern.« Bea schenkt Sobotta ein zuckersüßes Lächeln.

»Wie gut das tut!«, sagt Sobotta. »Dafür bekommst du eine private Zusatzinformation.«

Die Uhr von St. Joseph schlägt zur vollen Stunde.

Bea stellt ihm einen Kümmerling auf die Fensterbank.

»Ich hab meinen Taxifahrerfreund nebenbei nach eventueller Kundschaft aus der Brockhoffstraße gefragt.«

»Und?« Bea reicht Sobotta eine weiteres Fläschchen Kümmerling.

»Die besagte Adresse verschafft Taha die besten Kunden. Zu den kandierten Bananen von Herrn Yavuz kann ich dir nichts sagen. Aber etwas anderes: Drei Frauen lassen sich häufig von Taha fahren. Meist einzeln, gelegentlich auch zu zweit und manchmal sogar alle drei. Ordentliche Fahrten seien das, nicht nur von Tür zu Tür, durchaus auch auf Strecke. Nach Dortmund, nach Essen, bevorzugt nach Düsseldorf. Fast immer setze er sie vor Hotels ab. Es sei verwunderlich, dass da noch keiner angebissen hat, so appetitlich, wie die jedes Mal aussehen würden. Dezent und interessant. Taha hat jedoch Frau und zwei Kinder. Und jetzt muss ich los, ich habe mich mit ihm zur Currywurst verabredet.«

»Noch eine Wegzehrung?«

Sobotta wiegt den Kopf und steckt dann das herausgereichte Fläschchen blitzschnell in die Tasche seiner rotweißen Warnweste.

Kaum hat Bea das Fensterchen geschlossen, kehren die Kopfschmerzen zurück.

*

Meta sitzt auf dem Klodeckel und schnieft. Wie ist sie bloß in diese Situation geraten? Sie ist allein, allein mit dem Geruch von WC-Reiniger in der Nase, neben dem linken Bein eine halb volle Flasche Luis Cañas Reserva Colección Privada, nicht gerade der Star in ihrem Weinkeller, aber die edlen Tropfen hat Joop bei seinem Auszug mitgehen lassen. Er fehlt ihr.

Vorgestern ist er noch mal aufgekreuzt, hat den Beo abgeholt. Zur Begrüßung hat er sie umarmt, dann gab es Tee mit Rum am Küchentisch und zum Abschied eine handfeste Umarmung mit intensivem Körperkontakt. Joop versteht sein Metier! Mit einem Grinsen hat er danach den Beo in eine Transportbox gesteckt und ist mit einem herablassenden »Arrivederci« gegangen. Dieses Arschloch!

Sie hat total vergessen, ihn nach dem Gekröse im Keller zu fragen, das er inzwischen beseitigt hat. Männer sind scheiße, aber sie fehlen ihr. Zumindest einer. Mein Gott, ist ihr schlecht! Handarbeit ist nicht ihr Ding, dafür ist sie viel zu hibbelig. Und sprechen können die Teile auch nicht. Sie wird nie, nie wieder glücklich sein! Ihr ist so schlecht. Sie hätte den öligen Thunfisch aus der Dose nicht essen sollen.

Mit einem Ruck erhebt sich Meta, knallt den Klodeckel gegen die Fliesen und übergibt den Thunfisch in Luis Cañas Reserva der Kanalisation. Jetzt kommen zum Schniefen auch noch die Tränen. Das Schicksal meint es richtig mies mit ihr. Übermorgen lasse er den Tresor abholen, hat er angekündigt. Von einer Spezialfirma. Der Stahlschrank ist so schwer, dass der Boden unter ihm verstärkt werden musste. Und wer hat es bezahlt? Schwamm drüber! Wenn er doch bloß zurückkäme!

Sie schleppt sich ins Schlafzimmer, lässt sich auf das breite Bett fallen, fürchtet sich vor dem Karussell im Kopf und ist schon eingeschlafen.

Es ist noch hell, als sie wieder aufwacht. Bevor das Karussell zu einer neuen Runde startet, richtet sich Meta auf und rutscht an die Bettkante. Da war etwas Beruhigendes in ihr ... Bircan! Plötzlich erscheint sein einfühlsamer Gesichtsausdruck hinter den Lidern ihrer geschlossenen Augen. Bircan Özdemir! Ein Beschützer und Mann! Bleib! Zieh dich nicht zurück! Doch die Erscheinung wird undeutlicher, entfliegt wie ein grauer Luftballon und gibt den Blick frei auf die Realität: Joop weg, Beo weg, alles weg!

Sie braucht sofort Unterstützung und wählt Beas Nummer. »Entschuldige, dass ich dich anrufe, ich ... ich weiß nicht, an wen ich mich sonst wenden sollte. Ich bin so unglücklich!«

»Hürrem?«, fragt Bea mit ernster Stimme.

»Das hätte ich nicht von dir gedacht, dass du mich nicht erkennst! Hier ist Meta! Und jetzt bin ich noch verzweifelter als vorher. Am liebsten würde ich alles hinschmeißen und mich vergiften. Mit Tollkirschen! Ich weiß bloß nicht, wie die Dinger aussehen. Ich werde Wohlgemuth fragen. Wo hab ich nur seine Telefonnummer …«

»Koch uns eine Tasse Kaffee. Ich bin in zehn Minuten bei dir.«

»Du bist meine einzige und beste Freundin!«

»Bis gleich. Und keinen Tropfen Alkohol mehr!«

»Versprochen!« Meta sehr kleinlaut.

*

Aber dann geht es doch nicht so schnell. Kaum hat Bea ihr Büdchen verbarrikadiert und das Schild »Bin gleich zurück« in Augenhöhe mit Heftzwecken an die Holzblenden gepinnt, meldet sich erneut das Telefon. Sobotta! Tot stellen oder annehmen? Sie braucht ihn, er kann einen Kurzschluss unter zehn Euro reparieren. »Ja?«

»Ich bin's!«

»Ich weiß, hab dich auf meinem Display.«

»Woanders wäre mir lieber.«

»Komm zur Sache!«

»Mein Taxifahrer hat mich angerufen.«

»Zügig, bitte!«

»Du wirst dein blaues Wunder erleben.«

»Sobotta!«

»Für dich ›Paul‹.«

»Pauuul!«

»Wie gesagt, mein Taxifahrer hat mich angerufen. Er hatte wieder eine Fahrt aus der Brockhoffstraße.«

»Ich muss los! Die Erbsensuppe brennt sonst an.«

»Hä?«

»Bildlich gesprochen, wenn du das kapierst, Pauuul.«

»Er also zur bekannten Adresse in die Brockhoffstraße, aber diesmal wartete keine der drei Frauen auf ihn. Der Vater persönlich stand mit gepackten Koffern in der Haustür, dein charmanter Hosenflicker.«

»Dafür gibt es zwei Minuspunkte.«

»Kaum hat mein Taxifahrerfreund angehalten, ging die Haustür auf und seine drei Töchter erschienen. Ganz normale Straßenkleidung, kein bisschen aufgebrezelt. Proppenvoll war das Taxi, als alle ihr Gepäck verstaut und sich selbst ins Taxi gequetscht hatten. Und dann ging es ab nach Lohausen. Sie hatten es sehr eilig, war nicht mehr viel Zeit bis zum Start ihres Flugzeugs. Waren die ganze Zeit schweigsam und in sich gekehrt. Habe nicht nach Urlaubsreise ausgesehen, sagt mein Taxifahrerfreund Taha.«

»Hmm, vielleicht eine dringende Familienangelegenheit in der Türkei?«

»Du meinst Zwangsverheiratung oder Beschneidung mit Remmidemmi?«

»Könnte doch sein.«

»Wohl kaum. Auf dem Heimweg vom Flughafen kam ihm eine Idee. Der Herr des Hauses hat nämlich am Flughafen eine Tochter zu einem Briefkasten geschickt, um einen Umschlag einzuwerfen. In diesen Umschlag hat er zuvor den Hausschlüssel gesteckt. Mein Taxifreund Taha hat eins und eins zusammengezählt, angehalten, im Internet auf Immobilienportalen nach aktuellen Eingängen gesucht und … bingo! Das Häuschen in der Brockhoffstraße steht zum Verkauf.«

»… – …«

»Hallo, Bea?«

»Ich leg jetzt auf.«

»Es tut mir leid«, sagt Sobotta, »für dich und für Taha auch.«

Blödmann, denkt Bea. Sie kann fast hören, wie Sobotta sich die Hände reibt. Er ist mit der überraschenden Entwicklung sicher einverstanden. Einer weniger, der ihm auf dem Weg zu ihrem Herzen im Weg steht. Bestimmt wird er den Seelentröster spielen wollen.

Bea setzt sich auf ihr Fahrrad, bewegt die Pedale. Nicht hektisch oder energisch, eher behutsam. Sie braucht das Blut im Gehirn, nicht in den Beinen. Es lief doch alles so gut mit Ghazanfar Yavuz. Sie hatte sein Vertrauen und seine Aufmerksamkeit. Natürlich gab es Hinweise auf eine geänderte Beziehung. Er hat die abendlichen Begleitfahrten vor Kurzem eingestellt. Sie dachte, dass er sich nicht so unterwerfen wolle, zumindest in den Augen seiner Töchter. Den letzten Abend zum Damespiel ließ er wegen einer Angina ausfallen. Die Begründung klang plausibel, zumal er gelegentlich über Halsschmerzen klagte. Und jetzt ist er weg, ohne Erklärung und Abschied.

Bea hält an. Ein verunsicherter Autofahrer hupt, sie dreht sich um und zeigt zum ersten Mal jemandem einen Vogel. Er antwortet mit dem Duisburger Scheibenwischergruß.

Bea sucht ihr Handy im Fahrradkorb, tippt auf die Nummer ihres Änderungsschneiders und hält das Telefon ans Ohr. »Diese Rufnummer ist nicht vergeben.«

Einen Augenblick hält Bea inne, dann atmet sie tief durch und versenkt das Handy wieder in der Tasche. Sie hat schon ganz andere Katastrophen überlebt.

Vor Jahren hat sich ihr Sohn André nach Palawan auf den Philippinen verzogen. Ebenfalls ohne Gruß und

Kuss. Vor drei Jahren kam eine Ansichtskarte zu Weihnachten mit blauem Meer, Sandstrand und schiefen Palmen. Unterschrieben von ihm und einer oder einem Huilang. Kurze Zeit später ein Brief mit vier Seiten und der Bitte um Unterschrift. Die Anlage auf Chinesisch. Bea hat sich den Text im »Chinagirl« übersetzen lassen und den Brief an seinen Vater weitergeleitet. Er beinhaltete die Übernahme einer Bürgschaft über 60.000 Dollar. Sie hat André geschrieben, dass sie sich um die Liebe kümmere, sein Vater um die administrativen Aufgaben. Seither bleiben ihre Briefe unbeantwortet, und Andrés Handynummer ist abgeschaltet. Früher über Festnetz war es einfacher, wenn auch nicht erfolgreicher.

Bea wischt sich mit dem linken Handrücken über die Augen. Den Rest des Weges zu Meta schiebt sie ihr Rad, trotz Verspätung.

ELF

Meta öffnet die Haustür. Gerötete Augen, Schniefnase, ein saures Lächeln auf dem Gesicht. »Schön, dass du auch schon kommst.«

»Ich kann auch wieder gehen.« Bea schließt ihr Fahrrad ab.

Meta macht drei Schritte auf sie zu, nimmt sie in ihre Arme. »Ach du, wenn es drauf ankommt, kann kein Kerl die beste Freundin ersetzen. Komm rein, der Kaffee wartet in der Thermoskanne.«

Frisch gebrüht wäre Bea der Kaffee lieber. »Ist er da?«, fragt sie und lässt den Kopf in Richtung Flur ausschlagen.

»Er ist ausgezogen, niemand ist da. Ich bin allein und verzweifelt.« Schon verziehen sich Metas Gesichtszüge in Richtung Qual, Selbstmitleid, Losheulen.

»Reiß dich zusammen, bis ich wieder weg bin. Beim ersten Tränchen heul ich mit.«

Meta strafft sich, geht voraus. »Kuchen kann ich dir nicht anbieten. Ich hab aber noch eine Packung Kekse mit knapp überschrittenem Haltbarkeitsdatum gefunden. Hat mein ehemaliger Untermieter nicht eingepackt. Auf so was achtet er – nicht nur bei Gebäck.«

Bea beobachtet Meta genau. Wenn ihre Freundin jetzt anfängt zu weinen, macht sie auf der Stelle kehrt und verschwindet. Denn dann würde sie in ihrem eigenen Elend versinken, und das will sie keinesfalls.

Doch Meta putzt nur die Nase und setzt sich an den Küchentisch. Bea nimmt ihr gegenüber Platz. Diese Sitzordnung gefällt Meta nicht. Sie rückt mit ihrem Stuhl neben Bea.

»Ich habe bei meinem Nachmittagsschläfchen heute fürchterlich geträumt, vom Untergang der Welt und so. Aber es fühlte sich nicht nach Traum an. Irre Bilder, wie aus einem Horrorfilm. In der Toilette ist der Spülkasten übergelaufen, und das Wasser rauschte die Treppe runter, setzte den Keller unter Wasser und spülte unzählige Stinkbomben nach oben. Ich habe es wieder gerochen, obwohl das Gekröse seit Tagen raus ist und ich 24 Stunden am Tag lüfte.«

»Und dafür holst du mich? Jede Minute, die ich hier sitze, mache ich Verluste.«

»Hab dich nicht so, nimm dir einen Keks.«

»Zahlst du die Zahnarztrechnung?«

»Ach, Bea, ich fühle deine Herzenswärme.« Meta legt ihre Hand auf Beas rechte. »Wenn du in meiner Nähe bist, verschwindet meine Angst.«

»Nun übertreib mal nicht!« Metas körperliche Berührung verunsichert Bea, gleichzeitig schmeichelt ihr die Zuneigung.

»Sollen wir uns vielleicht einen kleinen Hennessy leisten?«

»Hm.«

»Ich belästige dich auch nicht weiter mit meinen Traumbildern.«

»Aber nur einen kleinen!«

Meta hat ihren Cognac bereits die Kehle heruntergespült, als Bea ihr Schwenkritual gerade einstellt.

»Bevor wir zum gemütlichen Teil übergehen …« Meta schenkt sich nach, prostet Bea zu.

Bea lässt sich den guten Tropfen nun auch schmecken.

Ist eh gleich Feierabend, wie ihr ein Blick auf die Küchenuhr zeigt.

»Nur noch eine Kleinigkeit aus meinen Träumen, als Übergang zur Wirklichkeit sozusagen.«

Bea seufzt und leckt sich über die Lippen.

»Kurz bevor ich aufgewacht bin, ist mein Kostgänger dem Beo an den Kragen gegangen. Er hat ihn gewürgt, mit dem Kopf auf die Stuhllehne geschlagen und zu jedem Schlag geschrien: ›Spuck's aus, spuck's aus!‹ Und da war sie wieder, die reale Szene, die ich an einem der letzten Tage mit Joop erlebt habe. Da hat er den Beo auf seinem Ständer mit in sein Büro genommen, ihn vor den Tresor gestellt, sich vor den Vogel gesetzt und –«

»Du hast doch erzählt, dass du nie in seinem Büro warst.«

»In den letzten Tagen war es Joop egal. Und am Anfang unserer Beziehung war ich auch einmal drin, da haben wir den Schreibtisch eingeweiht, wenn du verstehst …«

»Ich kann es mir denken. Bitte keine Einzelheiten!«

»Jedenfalls hat er sich vor den Beo gesetzt, auf ihn eingeredet, ihm geschmeichelt, mit Kosenamen, die er auch für mich gebraucht hat. Als das nicht gefruchtet hat, hat er ihm vorgesungen. ›Eins und eins macht …‹, weiter nicht, der Beo sollte wohl ergänzen. Hat er aber nicht. Da ist mein Klugscheißer wütend geworden. Heute Nachmittag, als ich nach meinem Verzweiflungsschlaf aufgewacht bin, ist mir ein Licht aufgegangen: Der Beo hat in seinem Liedchen, das du neulich auch gehört hast, nicht falsch gerechnet, sondern den Zahlencode für den Tresor gekrächzt.«

»Genial! Da muss ein Schymanczek erst einmal draufkommen.«

»Mein Genie hat vermutlich den Zugangscode vergessen. Tagelang hat er unter Fluchen die Taschen seiner Jacke durchsucht, als sie aus der Reinigung kam. Er war total fertig mit den Nerven. Zu nichts war er mehr zu gebrauchen, nicht mal zu einer Session auf dem Schaffell.«

»Das bedeutet …«

»Wir brauchen nur noch die Zahlen des verunstalteten Kinderreims einzugeben und wissen, was da Wichtiges im Tresor liegt.«

»Also hoch ins Büro!«

»Bitte nicht so schnell.«

»Wir haben keine Zeit für Trödeleien, ich habe schließlich noch ein anderes Leben.«

Nach dem eiligen Spurt die Treppe hoch hat Metas Karussell im Kopf bedrohlich an Fahrt aufgenommen. Sie lehnt sich mit dem Rücken an den Tresor und rutscht langsam hinunter, bis sie auf dem Boden sitzt. So ist die Karussellfahrt halbwegs zu überstehen.

Bea geht nicht auf Metas desolaten Zustand ein. »Also, wie lautet die Zahlenfolge?«

»Eins und eins macht drei und …« Meta bricht ab. Ihr Blick stiert den Kaffeefleck an der gegenüberliegenden Wand an. Oder was auch immer es ist.

»Eins, eins, drei und?«

»Eins und eins macht drei und …«

»Ja?« Beas Geduld ist fast am Ende.

Meta stützt die Ellbogen auf ihre Knie und legt den Kopf in die Hände. »Weg«, murmelt sie. »Ich weiß nicht mehr, wie es weiterging. Du vielleicht?«

»Das darf doch nicht wahr sein! Nein, ich erinnere mich nicht, ich hab den Vogel ja nur dieses eine Mal gehört und dabei ganz bestimmt nicht auf die einzelnen Wörter geachtet. In dem Fall endet hier meine Mission. Ich will sowieso in mein Bett.«

»Warte, warte!« Meta schiebt sich mit dem Rücken am Tresor hoch. »Boah, ist mir schlecht.«

»Nein, ich warte nicht. Und du solltest auch ins Bett. Ich ruf dich morgen an.«

»Bitte geh nicht, ich hab's gleich.« Stöhnend steht Meta vor dem Tresor, versucht nachzudenken. »Ich brauche einen Kaffee, dann bin ich wieder fit.«

»Also gut, einen Kaffee – aber danach ist endgültig Schluss für heute.«

»Du bist so gut zu ...« Der Satz bleibt unvollendet, denn Meta muss sich wieder setzen und den Kopf in ihre Hände stützen.

Bea zieht entschlossen den Universalschlüssel aus der Bürotür. Der müsste auch an Metas Wohnungstür passen. Sie wird ihr einen frischen Kaffee brühen, und für sich auch einen. Sie kann die Augen selbst kaum noch offen halten.

In Metas Küche füllt Bea Wasser in die Kaffeemaschine und lässt es brodeln. Sie schnappt sich ein Tablett, stellt die zwei Tassen von vorhin darauf und gießt den Kaffee ein.

Da ertönt aus dem Dachgeschoss Metas Stimme. »Ich hab's! Glaube ich. Bring den Kaffee mit!«

Als Bea mit dem Kaffee nach oben kommt, sitzt Meta direkt neben der Tür, den Tresor fest im Blick. »Mir ist etwas eingefallen.«

Bea sieht Meta prüfend in die Augen. Sie haben wieder Leben.

»Ich hab mir Beos Zahlen fürs Lotto merken wollen. Weil ich mein schlechtes Gedächtnis kenne, habe ich die Zahlen im Bad mit Lippenstift auf ein Kosmetiktuch geschrieben und es in meinen Geldbeutel gesteckt. Aber du weißt ja – aus den Augen, aus dem Sinn. Ich hab nicht nur die Zahlen, sondern auch das Lottospielen vergessen.« Meta gönnt sich einen Schluck Kaffee.

Bea ebenfalls. »Und wo ist dein Geldbeutel?«

»Unten, in meiner Tasche.«

»Dann los, worauf warten wir noch?«

Meta ist plötzlich putzmunter, zumindest in einem kurzen Anlauf. Sie erhebt sich mit Beas Hilfe, schlurft in den Flur und steigt an Beas Arm die Treppe zu ihrer Wohnung hinab.

Meta holt ihre riesige Handtasche und hievt sie auf den Küchentisch. Minutenlanges Wühlen …

Bea, die am Küchentisch sitzt und wartet, kippt zwei weitere Cognacs. Langsam, aber sicher fallen ihr die Augen zu. Ob sie es noch nach Hause schaffen wird, fragt sie sich. Vielleicht wenn sie ihr Rad schiebt …

»Hier ist er!«

Bea erschrickt, öffnet die Augen.

Meta schwenkt stolz den Geldbeutel vor Beas Gesicht, der auch als kleine Tasche durchgehen könnte. Bea nimmt ihn ihr aus der Hand und öffnet ihn. Sie findet Kassenbelege mindestens der letzten zehn Jahre, mehrere Zahnstocher, achtzehn Zentimeter zusammengefaltetes Maßband aus Papier, ein unbenutztes Kondom, einen spitzen Zahn und schließlich ein zerfleddertes Kosmetiktuch mit den Lippenstiftzahlen drauf.

»Ich hab die Zahlen«, sagt sie und schaut auf.

Meta ist weg.

»Meta, wo bist du? Ich hab die Zahlen, wir können den Tresor jetzt knacken!«

Keine Antwort.

Bea steht auf, sucht nach ihrer Freundin und findet sie im Schlafzimmer, selig schnorchelnd. Was soll's, denkt

Bea. Joop holt den Tresor erst übermorgen ab. Die Bettschwere greift mit aller Gewalt auf sie über. Bea setzt sich auf die freie Seite des breiten Bettes und lässt sich fallen.

*

Am nächsten Morgen findet sich Bea erst einmal nicht zurecht. Meta in ihrem Arm, Schuhe vor dem Bett, Kleid vor dem Nachttisch, BH über der Leselampe. Selig schlummert Meta an Beas Busen.

Das Aufwachen ist sehr, sehr anstrengend. Bea schließt die Augen wieder, will noch nicht zurück in die schnöde Wirklichkeit, noch ein Viertelstündchen schlummern …

Geweckt wird sie von einem Sonnenstrahl, der sich im Kommodenspiegel spiegelt. Auf der Kommode steht in einer schmalen Glasvase eine violette Rose, das Pendant zu ihrem Blumengruß. Wer auch immer sich da um sie bemüht, so unbedingt und einzigartig scheinen seine Gefühle wohl doch nicht zu sein.

»Du bist so schön warm.« Meta umschlingt sie mit ihrem nackten Arm. »Ich liebe dich!«

Augenblicklich ist Bea hellwach, reißt die Augen auf und schiebt sich am Kopfteil des Bettes in Sitzposition. »Warst du das?«

»Ich war und bin es«, nuschelt Meta.

»Hast du mir die violette Rose geschickt?«

»Du bist doch sonst immer so findig.« Meta sucht mit der Hand nach Beas Busen, streichelt ihn sanft, kuschelt ihren Kopf ins Tal zwischen den beiden Erhebungen.

Die Berührungen sind Bea nicht unangenehm, sie erregen sie sogar. Allerdings nicht so überwältigend wie bei … Wie hieß er noch gleich? »Bitte, lass mir Zeit!«

»Natürlich«, murmelt Meta, ihre Berührungen werden verhaltener. »Darüber sprechen wir nachher!«

»Nein, jetzt!«, bestimmt Bea. Sie schiebt sich seitlich aus Metas Umarmung, schnappt sich ihre Sachen.

Meta umarmt ihr Kopfkissen und ist schon wieder weggesegelt.

Na gut, dann eben nachher beim Kaffee, denkt Bea. Sie geht in die Küche, spritzt sich an der Spüle kaltes Wasser ins Gesicht, zieht sich an, stellt Kaffee auf, setzt sich an den Küchentisch und überlegt. Was hindert sie daran, in Metas Arme zu fliegen? Ihr Gefühl? Ihre Triebe? Die Tradition? Die Gewohnheit? Es war angenehm, von Meta gestreichelt zu werden. Die Küsse wären vermutlich weniger aufregend. Doch das Handicap ließe sich mit Zahnpasta und Mundwasser beheben. Vielleicht einfach mal ausprobieren? Das wäre unfair Metas Gefühlen gegenüber, die Bea durchaus für echt hält. Oder will Meta mit ihr Rache an Joop und all ihren männlichen Fehlentscheidungen üben?

Der Kaffee ist fertig, Bea gießt sich eine Tasse ein. Schwarz.

»Meta!«

Bea fühlt, dass sich ein entscheidender Umbruch in ihrem Leben anbahnt. So, wie es ist, geht es jedenfalls nicht weiter. Privat nicht – sie kann nicht jedem einigermaßen passablen Maurer oder Eisenbieger schöne Augen machen. Und erst recht geschäftlich nicht. Das Büdchen läuft schlecht. Von den paar Bunten Tüten kann sie nicht leben, Zeitungen werden immer häufiger online gelesen, und für Zeitschriften nutzen die Interessenten die kostenlosen Probeabonnements im Internet. Monat für Monat schrumpft der Umsatz. Aufgeben kommt jedoch nicht infrage.

»Meta!«

Sie braucht ein zweites Standbein, muss nicht sofort Gewinn abwerfen, aber Zukunftsaussichten bieten. Dazu am besten die eigenen Ressourcen nutzen, das hat letzte Woche in »Frau & Finanzen« gestanden. Einfach mal anfangen, dazu die persönlichen Kontakte aktivieren.

Sie schickt Sobotta eine WhatsApp. »Alles in Ordnung?«

Dann der Einstieg in die Planungsphase.

»Meta, ich mach mich auf den Weg!« Bea lauscht, Geräusche aus dem Schlafzimmer, ein Schlurfen.

Meta kommt halb nackt in die Küche geschlichen, setzt sich Bea gegenüber an den Tisch. Bea schenkt ihr eine Tasse Kaffee ein.

Meta macht einen Schmollmund und klappert mit den Augendeckeln. »Lass uns doch noch ein bisschen kuscheln.«

Sobotta meldet sich auf Beas Handy: »Alles okay – nur das Büdchen hat geschlossen.« Grinsender Smiley.

Bea zu Meta: »Zieh dir was an, sonst bist du morgen krank.«

Meta verlässt die Küche.

Währenddessen Bea an Sobotta über WhatsApp: »Sonntags hat das Büdchen Ruhetag, du Torfkopp!« Grinsender Smiley mit Lachtränen in den Augen.

Meta kommt in Jogginghose und dünnem Pullover mit gelbem Batman-Oval zurück. Sie schlürft ihren Kaffee, der längst nicht mehr heiß ist.

»Erst einmal grundsätzlich: Rauchst du?«, fragt Bea.

»Eigentlich nicht.«

»Was denn nun: eigentlich oder nicht?«

»Sei doch nicht so spießig!«, beklagt sich Meta.

»Ich hab gedacht, wir legen unsere Fakten und Wünsche auf den Tisch und schauen, ob wir gemeinsam etwas auf die Beine stellen.« Vertrauensbildend streicht Bea über Metas Unterarm.

»Das ist ein Anfang.« Meta gähnt und belächelt Beas Hand auf ihrem Arm.

»Mir ist aufgegangen, dass wir beide Verlustängste haben: Mein Büdchen bringt nicht mehr genug ein, und du brauchst Streicheleinheiten.«

»Sollen wir uns ein Datingportal teilen?«

»Lass die blöden Sprüche, ich muss mich konzentrieren. Um es kurz zu machen: Ich muss das Angebot im Büdchen erweitern, und du hast Langeweile ohne Kerls.«

»Wenn du meinst …« Meta entzieht Bea ihren Arm.

»Was uns beide auszeichnet, sind Wissbegierde, Neugier, Kombinationsfähigkeit und Ortskenntnis.«

»Vergiss deine treuen Kunden nicht, die für dich durchs Feuer gehen – auch wenn es manchmal nicht so klingt.«

»Rau, aber herzlich.«

»Denkst du an ein neues Geschäftsmodell? Wir könnten private Ermittlungen für alle Lebenslagen anbieten.«

»Das hört sich nicht schlecht an.«

»Ich würde die Büroarbeit übernehmen, wenn du die Feldarbeit machst.«

Bea kichert: »The Brain and the Hand sozusagen?«

»Wenn du so willst.«

»Wir könnten es versuchen. Unter einer Bedingung.«

»Und die wäre?«

»Wenn du mir dein Fahrrad leihst. Meins hat einen Platten, siehst du?« Sie zeigt durchs Küchenfenster auf den Hof, wo ihr Fahrrad steht.

»Genehmigt. Die Luft ziehe ich dir vom ersten Honorar ab.«

»Darauf eine Cola!«, sagt Bea herausfordernd.

»Für mich ein stilles Mineralwasser«, meint Meta.

Beide finden zu einem erlösenden Lachen. Wer denkt bei so viel Glückseligkeit noch an Zahlen und Tresore? Die beiden jedenfalls nicht …

ZWÖLF

Montagmorgen. Das Büdchen steht wie eh und je. Vorne auf den Steinplatten, direkt vor dem Fensterchen, liegt ein stattlicher Hundehaufen. Auf dem Gipfel des Haufens ein Papierfähnchen an einem Schaschlikspieß, handbeschriftet: »Scheiße zu Scheiße!«

Bea geht nach hinten, holt die kleine blaue Schaufel hinter der Zeitungsbox hervor und begräbt das unliebsame Geschenk im Hundekotmassengrab neben Wohlgemuths mickrigen Rosenstauden. Dann befreit sie die Vorderfront von den schützenden Blenden, trägt die Zeitungen und Zeitschriften ins Büdchen, schließt die Tür hinter sich ab.

Ein paar Minuten später, die erste Fuhre Kaffee ist noch nicht einmal gekocht, erscheint Meta. Mit Gesten gibt ihr Bea zu verstehen, hintenherum ins Büdchen zu kommen. Sie braucht sich nicht mehr vor dem Ausgabefenster zu verrenken. Obwohl das ihrer Beweglichkeit …

»Wie geht's?«, fragt Meta.

»Guten Menschen geht es immer gut.«

Die beiden begrüßen sich, ohne zu zögern, mit einem Kuss auf den Mund.

»Käffchen?«, fragt Bea. »Danach spricht sich's leichter.«

»Gern – wenn nichts anderes da ist.« Meta schaut sich suchend nach einer Sitzgelegenheit um.

Bea sagt: »Hinter der Kartonage.«

Meta findet einen altersschwachen Klavierhocker, fragt: »Chopin?«

»Ficus«, antwortet Bea. Sie verstehen sich ohne Translator.

Meta stellt den Hocker vor die Kisten mit Leergut, lehnt sich an, findet es nicht übertrieben bequem, fragt Bea, ob sie vielleicht ein Rückenkissen hat.

»Bring ich morgen mit. Und sonst? Hast du den Tresor geknackt?«

»Es ist mir peinlich, aber wir hätten den Code gar nicht gebraucht. Ich gestern also mit den Zahlen ran an den Speck. Und was stelle ich fest? Die richtige Kombination – eins, eins, drei, vier, fünf – ist bereits eingegeben. Der Tresor war die ganze Zeit nicht verriegelt, man musste nur kräftig unten rechts gegen die Tür treten und gleichzeitig am Griff ziehen. Schon war er auf. Und weißt du, was drin war?«

»Du wirst es mir gleich sagen.«

»Eine Schneekugel mit einem erbärmlichen Plastik-Beo.«

»Ein echter Griff ins Klo«, stellt Bea fest.

Meta nickt seufzend und schweigt vor sich hin. So viel Aufregung für nichts!

»Was gibt's sonst noch Neues?«

»Nichts. Aber zum Alten hätte ich noch etwas zu sagen.« Meta horcht in sich hinein, weiß nicht, ob sie mit den nächsten Sätzen die neu gewonnene Liebe aufs Spiel setzt. Doch so kann der Satz nicht in der Luft hängen bleiben. »Zu deinem tapferen Schneiderlein.«

»Das tapfere Schneiderlein hat sich längst aus dem Staub gemacht.«

»Ist vielleicht besser so«, kommentiert Meta. »Mein Mustang-Man hat mir was über ihn erzählt.«

»Nach dem wollte ich dich auch noch fragen.«

»Später. Vorher zu deiner Altlast. Sie sind beide in dieselbe Moschee gegangen. Nach dem Freitagsgebet wird dort viel gesprochen, also geredet. Es gab ein Gerücht, dass dein Nadelquäler seine Töchter auf den Strich schickt.«

»Weiß ich schon durch Sobottas Taxifahrerfreund.«

»Das war erst die Einleitung. Viel aufregender ist, dass Herr Yavuz angeblich in Wirklichkeit Demirci heißt und – jetzt halt dich fest – im Dienst des türkischen Geheimdienstes steht. Er soll zu einer Gruppe gehören, die zur Ausspähung von Anhängern der Gülen-Bewegung eingeschleust wurde.«

»Da war er bei mir genau richtig«, sagt Bea schmunzelnd. »Ich bin eine glühende Anhängerin der Güllmannbewegung. – Wer ist das überhaupt? Ein Güllmann gehört jedenfalls nicht zu meinen Kunden.« Bea beugt sich vor und klatscht sich mit Meta ab.

Die Kundenklingel schlägt melodisch an. Draußen steht Nico.

»Hi!«

»Hi! Und dein Wunsch?«

»Ich brauche einen Haarreif mit Glitzer, aber nicht so teuer.«

»Niiico!«

»Nicht für mich.«

»Aha«, sagt Bea. Sie muss kurz überlegen, irgendwo steht die Schachtel mit den ausgemusterten Sachen. Furzkissen, Schneekugeln, Vampirzähne, Haarschmuck ... Eine Rumpfbeugung nach rechts, kurzfristiges Abtauchen, Auftauchen mit überlegenem Lächeln. Sie kann Nico drei Glitzerreifen zur Auswahl anbieten.

Nico schaut recht überfordert. »Ich weiß nicht.«

»Welche Haarfarbe hat sie denn?«

»Ich glaube … Ich weiß nicht.«

»Ist doch nicht so schwer: blond, schwarz oder rot?«

»Nicht schwarz, eher blond, aber auch ein bisschen rötlich. Ist das so wichtig?«

»Nico, du musst noch viel lernen.«

Metas Kichern aus dem Hintergrund hört Nico nicht.

Bea sucht nach einem roten Teil, entscheidet sich dann jedoch für Hellblau mit silbernen Glitzersternchen. Das hat etwas Unschuldiges, Engelsgleiches. Wieder dieses Kichern aus dem Hintergrund. Bea packt den Schmuck in eine tadellose weiße Papiertüte und schiebt sie Nico raus aufs Ablagebrett.

Nico rührt die Tüte nicht an. »Was muss ich dafür löhnen?«

»Lass stecken«, sagt Bea. »Eine Hand wäscht die andere. Dazu fällt mir Sobottas Drohne ein. Könntest du bei Gelegenheit –«

»Alles längst erledigt. ›Reparaturband‹ heißt das Wunderwerkzeug: zuschneiden, kleben, biegen, Schrauben nachziehen, neu justieren, und das Teil geht wieder ab wie Luzi.«

»Wahnsinn! Dann werde ich mich jetzt um den Dellplatz-Kurier kümmern. Ich werde ihnen eine Reportage vom aktuellen Leben am und um den Dellplatz schmackhaft machen.«

»Leben?«, fragt Nico ungläubig.

»Mit Luftaufnahmen von Bäumen, St. Joseph, der Apotheke und natürlich unserem Büdchen von oben. Dazu ein netter Text, verfasst von euch beiden.« Im Hintergrund fällt eine Getränkekiste mit Geklirr zu Boden.

»Sie sollten mal was gegen Ihre Büdchengeister tun.« Nico schnappt sich die weiße Tüte, stellt sich startklar neben sein Fahrrad. »Am ehemaligen Güterbahnhof soll es einen erfolgreichen Rattenjäger geben.« Er springt auf sein Rad, strampelt los, den Arm mit der Tüte unnatürlich weit ausgestreckt.

Meta sammelt die Flaschen ein, steckt sie in die umgefallene Getränkekiste und stellt diese auf die anderen Kästen. Sie will an Bea heranrücken, wird aber schnöde von Beas kaufwilliger Kundschaft aufgehalten.

Bea spricht mit jedem, fragt nach den Wochenenderlebnissen, weist diskret auf die gerade erschienenen Zeitschriften hin, wünscht gute Besserung und lässt beste Grüße ausrichten.

Die Zeit vergeht. Meta macht kurz auf sich aufmerksam und schleicht dann unauffällig aus dem Büdchen, um ein Stück Kuchen für die nächste Kaffeepause zu besorgen.

Schweineohren und Apfeltaschen, je zwei.

»Du kehrst aber auf«, warnt Bea. »Die Teilchen krümeln immer so. Beim nächsten Mal einen Amerikaner, den wir uns teilen.«

Die beiden lachen.

»Oder eine Amerikanerin? Du stehst ja nicht mehr auf Männer«, sagt Bea mit vollem Mund und untergehaltener offener Hand.

»In unserem Alter nimmt Frau, was sie kriegt«, antwortet Meta.

»Und schnell wieder loswird«, ergänzt Bea.

»Du hast es verstanden, mein Schatz!«

»Mit dieser Einstellung wird das nichts mit unserer Hochzeit und unserer Hochzeitsreise.«

»Wo hätte es denn hingehen können?«

»Ich dachte an Lesbos.« Bea grinst.

»Ich eher an Athos mit den schicken Mönchen!«

»Ich fall vom Glauben ab!«

Frau Wandrascheck macht auf sich aufmerksam, legt eine zusammengerollte Zeitschrift auf die Ablage. Meta verzieht sich in den Hintergrund. Bea ahnt nichts Gutes, aber Angriff ist die beste Verteidigung. »Die Zeitschrift in neu, macht 1,30.«

»Ich möchte meine Zeitschrift zurückgeben. Da stehen dieselben Rezepte und Gartentipps drin wie vor einem Jahr: Tomaten-Diät, schnelle Kuchen, Buchsbaumzünsler.«

»Ihr großartiges Gedächtnis, Frau Wandrascheck, sollte Ihnen die 1,30 wert sein. Oder Sie investieren ein bisschen mehr in die neue ›Marina‹ mit Übungen zum Stressabbau und Gedächtnistraining.«

»Ich bete für Sie«, sagt Frau Wandrascheck, »dass Ihnen die Spucke nicht so schnell wegbleibt! – Ich nehme zwei Stangen rosa Kaubonbons. Für meinen Mann, er meint, die sind besser als jede Haftcreme! Wegen dem Umtausch frage ich nächste Woche noch einmal nach.«

»Bloß nicht!«, murmelt Bea und schließt das Fenster.

Meta lacht. »Du hast es wirklich nicht leicht.«

»Und das alles ohne Tarifurlaub!«

»Wenn du könnest … Wo würdest du Urlaub machen? Und sag jetzt nicht wieder Lesbos. Auch nicht Rügen oder Wolfgangsee.«

»Ich würde mich gern mal in Las Vegas austoben, mit teurem Hotel, Showtime und Spielcasino.«

»Dann müssen wir fleißig sparen, nachdem sich Joops geheime Schätze als heiße Luft, oder besser gesagt, als kalte Schneekugel entpuppt haben!« Meta nimmt sich eine Apfelschorle.

Neuer Kunde, neues Glück. Sobotta taucht auf, legt Bea ein schmales graviertes Schildchen auf den Zahlteller.

»So schnell fertig?«, staunt Bea. »Du bist ja ein richtiger Tausendsassa!« Hat sie aus der Auflösung für ein Kreuzworträtsel: Teufelskerl mit zwölf Buchstaben. Heute Morgen erst hat sie ihm das Schildchen in Auftrag gegeben, das, ans Büdchen angebracht, auf das erweiterte Geschäftsfeld hinweisen soll: private Ermittlungen. Den Namen hat sie eigenmächtig ohne ihre zukünftige Geschäftspartnerin Meta ausgesucht.

Sobotta hat es eilig, heute kommt das Jobcenter zur Inspektion.

»Ich ziehe die Kosten von deinen Kümmerling-Schulden ab«, sagt Bea, doch die rot-weiße Warnweste samt Inhalt ist schon verschwunden.

Meta pirscht sich heran, macht einen langen Arm und stibitzt Bea das neue Schild aus den Fingern. »›WowStatt-Zoff‹? Hoffentlich versteht das einer«, meint sie skeptisch.

»Du hast recht. Sobotta soll noch drei Wörter hinzufügen: diskret – intuitiv – zeitgemäß. Außerdem meine unbenutzte zweite Telefonnummer, verbindet direkt mit dem Anrufbeantworter, und schließlich müssen wir uns eine E-Mail-Adresse zulegen. Muss alles wohlbedacht sein. Wir wollen niemanden erschrecken oder überfordern.« Bea steht auf, reckt sich zehnmal auf die Zehenspitzen. Für die Durchblutung. »Die erste Ermittlungsanfrage kommt gleich von mir, sie liegt mir seit Längerem auf der Seele. War Ramona Pundenz' Tod wirklich ein Unfall? Ich glaube, das zu hinterfragen, bin ich ihr schuldig. Es kümmert sich sonst niemand engagiert um die Aufklärung. Unfall – nichts Besonderes, knicken, lochen, abheften und ab ins Archiv.«

»Archive gibt's in den Behörden doch gar nicht mehr, das wird alles digitalisiert.«

»Bis 2099 – also ab auf den Datenfriedhof. Tot ist tot.« Noch zehnmal auf die Zehenspitzen, dann dreimal gereckt und zurück auf den mit einem dicken Kissen bestückten Arbeitsstuhl an der Ausgabe. »Fangen wir an.«

Meta will sich nicht mehr so fremd fühlen im Büdchen, sie übernimmt das Kaffeekochen.

Bea fasst inzwischen zusammen, was sie Schymanczek aus der Nase gezogen hat. »Nach Ansicht der Kripo war Ramona Pundenz in der Dunkelheit unterwegs und ist beim Abbiegen von der Tonhallenstraße in die Güntherstraße mit ihrem Fahrrad über einen rausgebrochenen Pflasterstein gefahren, hat sich überschlagen und beim Sturz das Genick gebrochen. Selbst verschuldeter Unfall, sagt die Polizei. Außer dem Pflasterstein wurde nichts sichergestellt.«

»Noch bin ich auf der Seite der Kripo.« Meta reicht Bea die Kaffeetasse.

»Klingt alles einleuchtend«, gibt Bea zu. »Dennoch … Ich habe so ein Gefühl, dass da was nicht stimmt. Man müsste sich die Unglücksstelle mal genauer ansehen.«

»Müsste man?«

»Ich finde nicht die Zeit dazu.«

»Mein Kompliment, das hast du prima eingefädelt!« Meta lacht. »Ich akzeptiere die Arbeitsteilung, wenn du mich nicht zur Befehlsempfängerin degradieren willst.«

»Wir werden alles gemeinsam besprechen und entscheiden. Hand drauf!« Bea schlürft ihren Kaffee.

Meta sieht sich im Büdchen um. Ihr Blick bleibt an den alkoholischen Getränken hängen, besonders an der gelben Halbliterflasche mit dem schwarzen Verschluss. »Du hast nicht zufällig Sprühsahne im Angebot?«, fragt sie.

»Was willst du damit?«

»Dich beglücken!«

Die Antwort ist einen gemeinsamen Lacher wert. »Kühlschrank, Innentür«, sagt Bea.

Meta nimmt die Sprühsahne aus dem Kühlschrank, reckt sich nach der gelben Flasche, spendiert Beas Kaffeetasse einen guten Schluck Eierlikör und lässt ihre eigene Tasse auch nicht unberücksichtigt. Dann je einen Schuss Sprühsahne obendrauf, und fertig ist der »Engelchenlikör«, wie Meta die süße Beglückung für gestresste Seelen nennt. »Also, was könnte ich tun?«

»Es wäre schön – wäre! –, wenn du dir die Unglücksstelle genau ansehen könntest«, antwortet Bea. »Aber wirklich genau! Wenn dir etwas auffällt, bitte mit dem Handy fotografieren. Anschließend besprechen wir deine Beobachtungen und schauen, was dabei herauskommt.«

»Hm, ich werde mein Bestes geben. Nur, warum machst du das nicht selber? Du sagst, dass du keine Zeit hast. Zumindest den Mittwochabend hast du frei, seit sich dein 007 im Auftrag seines osmanischen Herrschers verdünnisiert hat.«

Bevor Bea antworten kann, geht es Schlag auf Schlag. Sie verkauft elf Zeitschriften hintereinander, darunter sogar einen »Cicero«, obwohl in drei Tagen der neue erscheint. Zwei Bunte Tüten, einmal Zigaretten, und dann kehrt Ruhe ein.

»Wo waren wir?« Bea ordnet geistesabwesend ihr Sortiment.

»Selbermachen – macht übrigens glücklich.«

»Tja, darüber habe ich auch schon nachgedacht: Warum kann ich mich nicht aufraffen und meinen Zweifeln nachgehen?«

»Dann könntest du das Erfolgshonorar selbst einstreichen.«

Bea starrt das Plakat für die Telefonkarten an, scheint Meta nicht zugehört zu haben, setzt zweimal an, bevor sie endlich zu sich findet. »Ich glaube, ich habe Angst davor, etwas abzuschließen. Das ist für mich wie ein kleiner Tod. Kein Wenn oder Aber mehr. Erkennen und Durchschauen zerstört Hoffnungen und macht vieles uninteressant.«

Schweigen.

Bea fühlt sich ausgelaugt.

Und Meta hat keine Lust auf Trübsal, ihr reicht die leere Bude daheim. Am liebsten würde sie Bea spontan in die Arme nehmen, doch das wäre Anlass zu weiteren Missverständnissen. »Kommt Zeit, kommt Rat.«

Bea findet in den Büdchenalltag zurück. »Dein Rad steht übrigens neben dem Büdchen, danke noch mal fürs Ausleihen. Sobotta hat heute Morgen die rausgefahrene Luft nachgepumpt.«

Das war kein Wink mit dem Zaunpfahl, eher mit einem Dachbalken. »Okay, ich bin schon weg«, sagt Meta.

»Wenn du danach noch Zeit hast, können wir uns einen weiteren Engelchenlikör gönnen.«

»Mal sehen.« Damit schnappt sich Meta den Fahrradschlüssel vom Nagel an der Tür und verschwindet.

Irgendwie bekommt Bea heute ihren Hintern nicht hoch. Wenn doch nur etwas Aufregendes passieren würde! Der Spatz auf dem Dach rettet den Tag auch nicht mehr. Sie könnte sich einen kleinen Rundgang um den Dellplatz erlauben, vielleicht einen Abstecher zur Düsseldorfer Straße machen. Von dort sind schon den ganzen Tag über Straßenbaumaschinen zu hören, und wo Baulärm ist, sind die starken Jungs in den Achselshirts nicht weit. Allerdings passieren die interessanten Dinge meist, wenn sie gerade nicht anwesend ist. Sie könnte die neuen Angebotsprospekte studieren. Möbelsonderangebote und die Restbestände der herabgesetzten Osterhasen sind durch, jetzt kommen die Reiseangebote: Capri, Tunesien oder 14 Tage Sauerland mit Wellness und freiem WLAN für 199 Euro.

Gelangweilt beobachtet sie die Rückwärtseinparkversuche von … Wie heißt die doch gleich? Die mit den blauen Haarsträhnchen. Bea kann sich den Namen einfach nicht merken. Und will es auch nicht. Die lässt sich gern von zufälligen Begegnungen die Einkaufstaschen in den zweiten Stock tragen. Dabei steigt sie die Treppenstufen voraus und lässt den Hintern kreisen. Einen BH trägt sie auch nicht. Wer bei der anbeißt, ist selber schuld.

Bevor sie durchdreht, streckt Bea die Hand nach der Flasche Mariacron aus. Es ist alles so öde, so belanglos, fast schon tot. Vielleicht sollte sie sich ein paar Tage Urlaub mit Meta gönnen. Mallorca? Ägypten? Griechenland? Eine griechische Insel wäre nett. Also doch Lesbos. Prost!

Einbruchsversuch an der Hintertür! Ein Bollern, Pochen und Hämmern, dann Sobottas Stimme.

»Feuer! Rette sich, wer kann! Bea, komm raus! Gefahr, Gefahr!«

Wenn es darauf ankommt, kann Bea sogar in Lethargie vieles auf einmal erledigen. Fensterchen vom Büdchen schließen, damit kein Durchzug entsteht, die Kasse unter den Arm klemmen, ihre Handtasche mit den persönlichen Unterlagen über die andere Schulter schmeißen, mit zwei Schritten an der Tür sein, sie aufreißen und Sobotta in die Arme fallen. »Sobott…«

»Die Zeitungsbox!«, brüllt Sobotta, obwohl Bea direkt vor ihm steht, »schnell den Feuerlöscher!«

»Ist in Reparatur.«

»Dann einen Wassereimer, äh, Eimer Wasser!«

Bea lässt ihre Habseligkeiten fallen, mit drei Schritten ist sie zurück im Büdchen und verbindet den Gartenschlauch mit dem Wasserhahn über dem Waschbecken, eigentlich gedacht für die Bewässerung der Rosen neben der Tür.

Sobotta schnappt sich die Spritze am Schlauch, zieht und zieht und verschwindet um die Büdchenecke.

Sofort ist Bea hinter ihm her. Die Zeitungskiste, o Gott! Qualm, Rauch, einzelne kleine Flammen. Sobotta öffnet mit einer herumliegenden Fahrradpumpe den Deckel, bespritzt sich selbst, anstatt die Flammen, flucht und leitet den recht mickrigen Wasserstrahl in das Inferno. Als solches wird er es allen schildern, die ihn nach dem Vorfall fragen. Eine Brandblase wird er an der linken Hand auch vorzuweisen haben, obwohl das Feuer so kümmerlich ist, dass es in wenigen Minuten von selbst erloschen wäre.

Bea nimmt Sobotta die Wasserspritze aus der Hand, will die letzten Glutnester ersticken, doch Sobotta gibt die Spritze nicht her.

»Lass noch ein bisschen brennen«, belehrt er Bea. »Für Schwelbrände zahlt die Versicherung nichts.« Er kennt sich aus als ehemaliger Angehöriger der Werksfeuerwehr.

Bea lässt ihn gewähren, holt einen Hocker aus dem Büdchen, setzt sich und schnauft erst einmal durch. »Die Armleuchter mit ihren weggeworfenen Kippen … Wie kann man nur so leichtsinnig sein?«

»Da war keiner leichtsinnig.« Sobotta beendet die Löscharbeiten, er kennt den richtigen Zeitpunkt. »Das war Vorsatz!«

»Wer sollte mir …«

»Das war vorsätzliche Brandstiftung – und die wird mit Freiheitsentzug bis zu zehn Jahren geahndet«, doziert Sobotta. Endlich haben sich die regelmäßigen Übungen und Unterrichtseinheiten gelohnt.

»Nun übertreib mal nicht!«

»Schau dir die Innenseite vom Deckel an.« Sobotta deutet mit dem Kopf in Richtung Zeitungsbox. Die Spritze am Gartenschlauch tropft, ihm direkt auf die Arbeitsschuhe.

Bea saugt die Luft tief ein, erhebt sich ächzend, geht zur Zeitungskiste hinüber. Im Deckel ein angekokelter, aber noch gut lesbarer Gruß: »Leiden wirst du!«

»Wenn ich den erwische, mach ich Hackfleisch aus ihm! Hol uns zwei Flaschen Bier aus dem Kasten, wir haben was zu feiern. Uns!«

DREIZEHN

Es werden mehr als zwei Flaschen. Sobotta gähnt, die Augen werden ihm schwer. »Es wird Zeit. Ganz schön viel Arbeit für einen Euro die Stunde.« Sobotta macht sich kraftlos auf den Weg.

Bea rafft ihre Sachen zusammen und schließt das Büdchen.

Zu Hause beginnt sie voller Eifer die Erledigung des Schreibkrams. Sie kommt bis: »Sehr genähte Damen und Herren, ich muss einen Unglücksfall melden, bei dem ich zu erblichem finanziellen und emotionalen Schaden …« Dann wird ihr der Kopf schwer. Kein Wunder, nach der überstandenen Aufregung. Das Kinn sinkt ihr auf die Brust, und widerstandslos macht sie sich auf den Weg ins Traumland. Plötzlich schlägt ihr Kopf auf die Computertastatur und Bea schrickt zusammen. Bevor ihr kostenintensives Elektronikequipment zu Schaden kommt, wankt sie ins Bad und nach einer Katzenwäsche ins Bett. Hier hat sie endlich ihre Ruhe, doch der Schlaf ist wie weggeblasen, weil sie von all den heutigen Ereignissen völlig durcheinander ist und sich ihr Kopf dreht. Könnte auch an den zwei, drei Bier liegen. Oder waren's vier? Dazu der Eierlikör und der Mariacron …

Um sich und ihren Magen zu beruhigen, steht sie auf und gönnt sich ein Brot mit einer Scheibe Holländer Käse. Eine Scheibe, kein Scheibchen so dünn wie das Trennpapier. Davon wird sie zwar satt, aber nicht müde. Und mit vollem Bauch … Ach, Bea, du lernst es nie!

Sie dreht sich von einer Bettseite auf die andere, schließt die Augen, öffnet sie wieder, nur um zu kontrollieren, ob die Zeit auf dem Wecker auch ordentlich voranschreitet. Die violette Rose erscheint vor ihrem inneren Auge, ein Reinfall. Dann Ghazanfar Yavuz, der Verräter. Andreas Schymanczek schließt sich an. Andi … Seine Trägheit entwickelt eine Sogwirkung, und Bea schlummert endlich ein.

Die unterschiedlichsten Stimmen flüstern ihr ins Ohr.

»Ich bin's, Sobotta. Du erinnerst dich an den Unfall am Kantpark, bei dem unser Export-Joop seinen Pick-up gegen den Baum gesetzt hat und ein Kleintransporter einer Metzgerei aufgetaucht ist, um das Gekröse von der Fahrbahn zu kratzen? Damals konnte ich nur den Anfangsbuchstaben halbwegs erkennen, B, D oder P. Inzwischen weiß ich, dass der Lieferwagen zur Metzgerei Buck gehört. Heute habe ich ihn gesehen, als mir der Brandgeruch von der Zeitungsbox in die Nase stieg und ich in Richtung Büdchen losgestürmt bin. Und weißt du, welches Auto ich noch gesehen habe? Den Pick-up von unserem Exporteur! Der hat gegenüber deinem Büdchen ausgeparkt und sich klammheimlich davongemacht.«

»Hallo, Bea, hörst du mich? Ich bin auch noch da, ich, Meta, die Unglückliche. Ich tue alles für dich, und du weist mich zurück. Doch Liebe trägt nicht nach, darum habe ich mich in deinem Auftrag auf den Weg gemacht, um Ramona Pundenz' Unglücksort aufzusuchen. Nach Angaben der Polizei soll die junge Frau mit dem Fahrrad über einen herausragenden Pflasterstein gefahren und gestürzt sein und sich dabei das Genick gebrochen haben. Aber: Die Straße ist asphaltiert! Da liegen Pflastersteine nicht einfach so rum.«

»Ich muss mich mit einem aktuellen Anliegen ungebeten dazwischendrängen: Sobotta ist unser Nachbar, und vor knapp zwei Stunden ist die Polizei in unserer Straße erschienen, um eine Durchsuchung in Sobottas Gartenhaus vorzunehmen. Acht gestohlene Fahrräder wurden sichergestellt, zum Teil mit Elektromotor. Wir fordern eine unverzügliche Säuberung unserer angesehenen Straße von kriminellen Elementen!«

»Einspruch! Ich, Sobotta, halte das für Unterstellungen und Gerüchte! Wilsemann will Vorsitzender unseres Verschönerungsvereins werden und schreckt selbst vor Rufmord nicht zurück.«

Schweißgebadet wacht Bea auf. Was für ein wirrer Traum, aber so realitätsnah, als könnte sie die Personen mit Händen greifen. Sie wechselt das Nachthemd, löst eine Tablette Alka-Seltzer in einem Glas Wasser auf – noch hat sie den Geschmack von Holländer Käse auf der Zunge –, trinkt die Magenbrause und legt sich wieder hin.

Ihr Bedarf an wirren Traumsequenzen ist gestillt. Wenigstens den letzten Teil der Nacht will sie mit leichter, erholsamer Unterhaltung verbringen. Sie startet zu einem hypothetischen Besuch im Zoo. Erdmännchen oder Pinguine? Kattas oder Faultierbabys?

Pech, großes Pech: Schymanczek im Pyjama. *»Wie schön, Sie in so privater Umgebung zu treffen. Ich habe es nicht zu hoffen …«*

Selbst im Traum weiß sich Bea zu wehren: Sie dreht sich auf die andere Seite, ohne erwünschten Erfolg.

Plötzlich ist sie hellwach! Schymanczek *wäre die Lösung aller Probleme.* Er hat Zugriff auf die polizeilichen Ermittlungsergebnisse, die der *Öffentlichkeit* verschlossen bleiben. Ohne ihn, seine Fachkompetenz und den Zugriff auf die Polizeiakten kommt sie nicht weiter mit ihrer Aufklärung. Wenn da bloß nicht seine penetranten Annäherungsversuche wären. Aber auch dafür gibt es eine Lösung: Meta. Er konnte seinen Blick doch kaum von Metas Kobra im Körbchen lösen und … Meta ist inzwischen frei. Obwohl … Wenn Sobottas Stimme in ihrem Traum aus der Realität erzählt hat, scheint ihr Exliebhaber Joop wieder ihre Nähe zu suchen. Bei Autos irrt sich Sobotta selten.

*

Bea hat ihr Tablet schon auf den Knien, bevor sie den Riegel vor die rückwärtige Tür des Büdchens geschoben hat. Ihre Finger schweben über der Tastatur, da meldet sich Nico vor dem Fensterchen.

»Augenblick, ich muss rasch noch eine Meldung absetzen.« Sie öffnet WhatsApp, klickt auf Metas Porträt und tippt: »Heute Nacht hatte ich einen genialen Einfall! Wir müssen uns so schnell wie möglich sehen, damit ich dich einweihen kann. Jetzt ist die Zeit für geschickte Entscheidungen, wenn wir was reißen wollen, und ich meine nicht auf…« Zack, abgeschickt. »So, Nico, nun zu dir. Was macht die Kunst?«

»Was soll sie machen? Ausreichend, mit der Tendenz zur Fünf, hat mein Kunstlehrer gesagt, bloß weil ich Picasso mit Pik As verwechselt und statt über seine Blaue Phase über einen Grand geschrieben habe.«

»Du spielst Skat?«

»Nö, den Aufsatz hat mir mein Onkel Walter ins Heft diktiert. Der bekommt bei seinem nächsten Besuch was von mir zu hören.«

»Vielleicht solltest du Skat lernen, ist interessant und passt in unsere Region.«

»In unserer Klasse wird gepokert.«

»Poker ist was für Betrüger.«

»Die einen sagen so und die anderen das Gegenteil.«

»Und was sagst du?«

»Eher so.«

»Na dann …« Bea will das Fenster schließen, doch Nico zieht den Zahlteller zwischen Fenster und Rahmen.

»Danke für Ihr gutes Wort beim Dellplatz-Kurier. Die Drohne von Herrn Sobotta ist flugbereit, und wir können mit der Reportage endlich starten. Dann sind wir Kollegen, und ich darf Karl zu Herrn Sobotta sagen.«

»Paul, Paul Sobotta!«

»Ich werd's mir merken. Jetzt brauche ich fünf Bunte Tüten. Meine Schwester hat Geburtstagsgäste und meint, wenn ich sie kaufe, ist mehr drin.«

»Ich bin nicht bestechlich!«

»Unser Sozialkundelehrer sagt, wir seien alle bestechlich, es komme nur auf die Höhe der Bestechungssumme an.«

»Also fünf Bunte Tüten?«

»Lieber acht, dann bleibt noch was für mich. Aber ohne Liebesperlen, die sind was für Mädchen.«

»Lief da nicht was?«

»Bin erstmal davon ab, mein Taschengeld reicht nicht für zwei. Bis demnächst. Die Tüten hole ich auf dem Rückweg von der Musikschule ab!«

»Du bist in der Musikschule?«

»Notenwart im Posaunenchor.« Nico lacht, reckt die Faust in die Luft und strampelt los. Das Fahrrad ist viel zu klein für ihn und die Übersetzung ebenfalls. Er tritt wie ein überdrehter Hamster.

Wer weiß, denkt Bea, vielleicht ist das schick. Sie greift zu den Tüten, zählt acht ab, um sie zu füllen.

Jemand klopft an den Hintereingang, die Tür geht auf. Meta kommt herein, schüttelt den Kopf. »Schließt du nicht mehr ab? Was, wenn ich einer wie Joachim Kroll wäre, der Serienmörder, Sexualstraftäter und Menschenfresser aus Duisburg?«

»Du machst mir Angst! An den habe ich schon lange nicht mehr gedacht. Komm schnell rein und mach dicht, bevor ich als Schälrippchen im Kochtopf lande.«

Meta setzt sich auf den bereitstehenden Hocker. Obwohl sie nicht leicht zu erschüttern ist, scheint Beas bildhafte Schilderung sie mitgenommen zu haben. Ihr Gesicht verliert an Freundlichkeit, die Lippen pressen sich aufeinander und ihre Finger verkrampfen sich ineinander.

»Musst du an die frische Luft?«, fragt Bea.

»Nein. Ich muss dir etwas gestehen.«

»Deine letzten Geständnisse waren durchaus angenehm, wenn auch überraschend.«

»Wie meinst du das? – Ach so! Gegen das, was mir auf der Seele lastet, war die lila Rose Pillepalle.«

»Ich habe mich schon ein wenig an die Vorstellung einer gemeinsamen –«

»Lass den Quatsch und hör mir bitte zu. Zunächst: Am Unfallort von Ramona Pundenz gibt es keine –«

»Pflastersteine, ich weiß. Die Straße ist geteert. Das hast du mir heute Nacht im Traum verraten.«

»Hä? Dass du unsere Verbindung so ernst nimmst, hätte ich nicht gedacht. Aber es geht um etwas anderes. Auf dem Rückweg von der Tonhallenstraße bin ich durch den Kantpark gefahren, eigentlich habe ich geschoben, und wollte mir einen Cappuccino im ›Cafe Museum‹ gönnen, um mir in Ruhe zu überlegen, wie der Pflasterstein Ramona Pundenz in die Quere kommen konnte. Dann sah ich ihn …«

»Ich ahne nichts Gutes.«

»Diesen Herrn mit dem ›van‹. Er war nicht allein. Er saß an einem Tisch sehr eng mit einer Chinesin zusammen, die ihm ihr Gesicht zugewandt hatte, als würde er ihr von seinem Sieg über Dschingis Khan berichten. Auch unterm Tisch ging wohl einiges, sie zuckte zwei, drei Mal zusammen. Ich musste auf der Stelle raus, um mich nicht zu übergeben. Damit ist das Band zwischen uns endgültig gerissen! Ich fühle mich an keine Versprechungen und Abmachungen mehr gebunden. Ich will nicht als Komplizin mitschuldig werden, ich weiß nämlich, wie und womit der Kerl sein Geld verdient.«

»Während du berichtest, kannst du mir beim Füllen der Bunten Tüten helfen.« Bea schiebt Meta vier leere Tüten zu, nimmt dann aber eine zurück. »Du sollst dich beim ersten Arbeitseinsatz nicht gleich überfordern. Schließlich liegen ›Zählen‹ und ›Erzählen‹ sprachlich dicht beieinander, so dicht, dass man beim gleichzeitigen Einsatz leicht durcheinanderkommt.«

»Du solltest dich beim Fernsehen bewerben.« Meta lächelt schief. »Klugscheißer*innen werden für Expertenrunden immer gesucht.«

Bea schiebt ihr die vierte Tüte wieder zu.

Meta beginnt mit Erdbeeren, Cola-Flaschen und Monden. »Ich weiß schon länger, wie er sein Geld verdient, habe aber aus Solidarität ihm gegenüber geschwiegen. Als er noch bei mir wohnte, habe ich eines Tages nach einer ausgiebigen Nutzung seiner Wohnlandschaft in einer Ritze einen Angebotsentwurf in Deutsch, Chinesisch und Englisch gefunden. Welche Sprache bevorzugst du?« Meta schiebt sich eine Saure Schlange in den Mund.

»Quatsch nicht rum, wir wollen weiterkommen.«

Meta zieht eine geöffnete Packung Papiertaschentücher aus ihrer Jacke und aus der Packung ein kleinteilig zusammengefaltetes Stück Papier. »Die Formulierungen sind noch nicht vollständig und manches ist unleserlich gemacht worden. Ich versuche trotzdem, den Sinn zusammenzubekommen: ›Sehr geehrter Geschäftsfreund, als Referenz zur Anbahnung unserer geschäftlichen Beziehung möchte ich meine besten Kontakte zum weltbekannten Zoo anführen, und damit zu den Bezugsquellen der Originalzutaten meiner exklusiven Chinesischen-Medizin-Präparate. Bekannt ist der Zoo für die vorbildlichen Zuchterfolge im Bereich der Echsen, Schlangen, Schuppentiere, Meerschweinchenrassen, Warane, Tiger und Nashörner. Im Angebot habe ich auch Stierhoden, Hirschgeweihe, Adlerkrallen und Entenbürzel. Ich würde mich freuen, Ihnen anhand Ihrer Interessenlage überzeugende Angebote unterbreiten zu dürfen‹ und blablabla.«

Bea unterbricht ihre Tütenfüllaktion. »Mit den Bunten Tüten beschäftige ich mich erst wieder nach deinen Exkursionen ins Tierreich.«

»Weißt du, dass Nashörner bis zu 150 Mal hintereinander können?« Meta grinst. »Wär mir echt too much.« Sie sperrt den Schnabel auf und lässt der Sauren Schlange drei rote Gummibärchen folgen. »Dann hab ich vor nicht allzu langer Zeit ein Telefonat vom Superexporteur mitbekommen, ich weiß allerdings nicht, mit wem er gesprochen hat. Bei der nächsten Lieferung brauche er Pferdepimmel und Ochsenschwänze, hat er gesagt, außerdem habe er sich entschlossen, den gebrauchten Dörrautomaten zu übernehmen, der habe so ein animalisches Aroma. Da wurde es mir zu mulmig und ich habe meinen Horchposten aufgegeben.«

»Du meinst, Joop hat Tiere oder Tierteile aus dem Zoo illegal zu den Medizinpräparaten verarbeiten lassen und diese dann gewinnbringend verkauft? Ich kann mir nicht vorstellen, dass der Zoo da mitgemacht hat. Entweder Joop hat das seinen Geschäftskunden gegenüber nur behauptet und den guten Ruf des Zoos ausgenutzt, oder die Zutaten stammten wirklich aus dem Zoo, jedoch ohne dessen Wissen. Wer weiß, was Joop bei seinen häufigen Besuchen dort alles hat mitgehen lassen. Vielleicht ist der Delfintrainer dahintergekommen und musste deshalb sterben … Jetzt geht's ans Eingemachte!«

»Hm«, sagt Meta nur. Sie hätte gern noch eine Saure Schlange, will Bea in ihrem Gedankengang aber nicht stören und fischt deshalb aus einer ihrer Tüten eine Saure Gurke mit Erdbeergeschmack.

»Unser Leben ist gerade dabei, uns aufs Abstellgleis zu bugsieren«, holt Bea aus. Der Moment ist gekommen, Schymanczek ins Spiel zu bringen. Doch das will vorbereitet sein. »Deine heißen Liebschaften verkrümeln sich oder werden zum Ärgernis, und ich habe auch nur noch mein Kreuzworträtsel und Sobotta als Verbindung zum Rest der Welt.«

»Moment! Du bist nicht auf dem neusten Stand! Nächstes Wochenende habe ich ein Date mit meinem feurigen Mustang. Wir fahren ins Sauerland und da geht die Post ab!«

»Stehst du wieder auf Männer?«

»Mein Gott, sei doch nicht so kleinlich.«

»So wird das nichts!«

»Mit uns?«

»Mit unserer kriminalistischen Tätigkeit.«

»Ach, das meinst du. Aber mal ehrlich, lohnt sich das denn? Die finanziellen Gewinnaussichten sind wohl eher beschränkt. Oder hat sich jemand auf deine Erfolgsformel«, Meta weist auf das Schildchen »WowStattZoff«, »gemeldet?«

Bea betrachtet Meta abschätzend, dann seufzt sie. »Um sich einen Namen zu machen, muss man in jeder Branche erst einmal Erfolge vorweisen. Der nackte Tote in der Zeitungsbox schreit nach Ermittlungen, ebenso der seltsame Tod von Ramona Pundenz. Von den merkwürdigen Geschäften deines Ex-Liebhabers und dem undurchsichtigen Gebaren meines Maßscheiders ganz zu schweigen. Stell dir vor, wir würden das alles aufklären – wir könnten uns vor Aufträgen nicht mehr retten!«

»Würden, könnten … Warum sind wir nichts längst durchgestartet?«

»Weil uns eine entscheidende Komponente zum Erfolg fehlt: die knallharten Fakten. Wir können uns viel ausmalen und zusammenreimen, doch die Fakten ermittelt immer noch die Polizei.«

»Also war's das mit unserem neuen Geschäftsmodell, bevor wir überhaupt angefangen haben?«

»Ich und aufgeben? Nein, Meta, du kennst mich. Ich habe eine erfolgsversprechende Idee.«

»Und die wäre?«

»Meta, jetzt musst du stark sein.«

»Ich stamme aus einer starken Familie: Mein Vater war Eisenflechter, er hat sich jedes Jahr auf die Beecker Kirmes gefreut, um im Catch-Zelt den ›Weltmeister aller Klassen‹ für 50 Mark aufs Kreuz zu legen. Was waren wir stolz auf ihn! Später war ich mir nicht mehr sicher, ob er vor dem Kampf nicht 75 an seinen Gegner bezahlt hat.«

»Lenk nicht ab! Nach dem Auszug deines schofeligen Untermieters bist du noch die einzige Bewohnerin des Hauses. Richtig?«

»Ich habe die Lage noch nicht realisiert, aber ja. Und das, obwohl ich mir einen langen Leerstand nicht leisten kann.«

»Das trifft sich gut. Der Kommissar sucht seit Monaten nach einer Wohnung. Du hättest sozusagen Polizeischutz, der sich rechnet.«

»Ich weiß nicht … Seine lüsternen Blicke auf mein Dekolleté sind ein bisschen sehr direkt.«

»Häng eine Gardine vor und sag ihm deutlich, wo es langgeht. Er kuscht, du wirst sehen. Ich gebe dir seine Handynummer, dann kannst du selber mit ihm verhandeln. Berufe dich ruhig auf mich!«

»Ach, Herzblatt, wenn wir dich nicht hätten!«

»Klar, ich bin einsame Spitze im Vermitteln fremder Wünsche. Und wer kümmert sich um mich?«

»Was liegt dir denn auf dem Herzen, außer deinem leichten Melonenbusen?« Meta grinst herausfordernd.

Bea geht nicht auf die Provokation ein. Diesmal nicht, denn es ist ernst. »Nicht nur der Kommissar sucht eine neue Bleibe. Mein Vermieter hat mir zum übernächsten Ersten wegen Eigenbedarfs gekündigt. Sein Sohn soll einziehen, sie erwarten das dritte Kind.«

»Das Problem ist schnell gelöst«, sagt Meta nach kurzem Zögern. »Du ziehst auch zu mir.«

»Aber wenn Schymanczek Joops Wohnung nimmt, hast du nur noch den Stinkekeller frei.«

»Der ist fast ausgelüftet. Außerdem denke ich da an meine Wohnung: Erdgeschoss, Küche, Wohnzimmer, zwei

Schlafzimmer, ein Gästezimmer, Bad, zwei Gästetoiletten. Du kennst doch meine Wohnung.«

»Ohne Hintergedanken?«

»Gänzlich ohne Hintergedanken, vielleicht mit ein paar Hinterwünschen.«

Bea schaut skeptisch. »Spielst du auf meine Figur an?«

»Wir zusammen in einer Wohnung, das wird lustig! Wir können quatschen, gemeinsam Musik hören, Brad Pitt und Johnny Depp gucken …«

»… und unendlich viele Tatortfolgen in der Mediathek. – Stimmt, das könnte amüsant werden.«

»Wir hätten sicher viel Spaß. Und wenn wir uns mal auf den Wecker gehen, kann sich jede in ihren eigenen Bereich zurückziehen. Ich würde mich freuen, wenn du bei mir einziehst. Ich helfe dir auch beim Umzug. Allerdings musst du dir die Kartons selber besorgen – meine hat der Goudaner mitgenommen. Ach komm, gib deinem Herzen einen Stoß!«

»Und die Miete?«

»Das handhaben wir wie bei Joop van de Holzklötschkes. Du übernimmst die Nebenkosten, und an Miete lädst du mich einmal im Monat zum Essen ein.«

»Meiner Kasse würde es guttun, und das große Zittern zum Monatsende würde auch endlich aufhören.«

»Und ich brauche keine Angst mehr vor Einbrechern zu haben, wenn die toughe Bea und der Verbrecherjäger Schymanczek bei mir wohnen. Goldene Zeiten brechen an!«

»Den Kommissar bearbeiten wir gemeinsam«, überlegt Bea. »Wenn wir es geschickt anstellen, kommen dabei sicher gelegentliche Einblicke in Ermittlungsergebnisse der Polizeiarbeit heraus.«

»Aber keine Ménage-à-trois!«

Bea küsst Meta mitten auf den Mund. »Du kannst Skat?«

»Na klar, bei dem Vater!«

Vor dem Fenster macht sich Nico bemerkbar.

Bea schiebt das Fensterchen zur Seite.

»Boah ey«, sagt der Bengel.

»Was ist?«, fragt Bea mit ernster Miene.

»Ich ... ähm ... wollte die Bunten Tüten für den Geburtstag meiner Schwester abholen.«

Herrje, die haben sie ganz vergessen! Schnell befüllen Bea und Meta die restlichen Tüten und packen noch eine neunte dazu.

»Ich habe nur Geld für acht Tüten.«

»Schon gut, das andere findet sich!«

Nico packt die Tüten in seinen Rucksack, verschließt ihn mit den Klettverschlüssen und schwingt ihn sich auf den Rücken. »Danke und noch einen schönen Abend zusammen!« Er wendet sein Fahrrad. »Hier lernst du was fürs Leben!«, brummelt er grinsend vor sich hin.

VIERZEHN

Von zu Hause aus informiert Bea ihren Vermieter telefonisch, man einigt sich auf einen vorgezogenen Auszugstermin und sofortige Einstellung der Mietzahlungen. Seit längerer Zeit ist es Bea mal wieder leicht ums Herz. Sie holt ein paar Umzugskartons aus dem Keller, beschließt dann aber, sich in ihrem kurzen Satinnachthemd aufs Sofa vor den Fernseher zu kuscheln. Das unsolide Teil ist nur für besondere Gäste und zur eigenen Erbauung an hohen Festtagen vorgesehen – und so ein Tag ist heute, auch ohne Sektchen und Eierlikör. Sie ist sogar ein kleines bisschen glücklich. An einer vollkommenen Glückseligkeit hindert sie ein Störgedanke im Hinterkopf. Das Mietangebot an den Kommissar ist ein wenig plump. Da muss noch nachgebessert werden.

Viermal gegähnt und dreimal gereckt ist eine Stunde geschlafen. Gestern hat sich Bea einfach nicht vom Fernseher lösen können. Obwohl sie die ersten Kisten für den Umzug packen wollte. Und dann war gestern plötzlich heute.

Ein fünftes Gähnen. Bea begibt sich ins Büdchen. Sie muss die überfälligen Zeitschriften aussortieren und zu handlichen Paketen verschnüren.

Im Büdchen hört das Gähnen nicht auf. Wie kann man nur so müde sein? Sie zieht ein paar von den dünnen Zeitschriften mit den kurzen Storys und den vielen Kreuzworträtseln aus dem Stapel der Remittenden.

Plötzlich hält Bea einen festlichen Titel in der Hand: »Laden Sie ein zu einem kultivierten Nachmittag bei Kaffee und Operntorte.«

Beas Interesse ist geweckt, die Müdigkeit verdrängt. Damit ließe sich eine elegante und unauffällige Einladung für den Kommissar basteln: »Bea und Meta feiern ihre neue Wohngemeinschaft im ausgewählten Kreis von Musikfreunden und Opernliebhabern. Für Sie ist ein Logenplatz reserviert. Lassen Sie sich überraschen!«

Bea lässt alles stehen und liegen und startet ihr Tablet. Sie schreibt: »Hallo Meta, ich habe eine elegante Lösung gefunden, ›unseren‹ Kommissar an uns zu binden. Da er ein großer Opernfreund ist, laden wir ihn zu einer Operntorte – du kannst doch backen? – anlässlich der Gründung unserer Wohngemeinschaft ein. Er wird sich wohl ein wenig zieren. Da ihm die Einladung aber sicher schmeichelt, wird er zusagen und unseren Hintergedanken kaum durchschauen. Das Rezept für die Operntorte habe ich aus einer vertrauenswürdigen Zeitschrift. Nur ein Satz hat mich stutzig gemacht: ›Es lohnt sich, dafür den halben Tag in der Küche zu stehen!‹ Natürlich helfe ich dir – mit guten Ratschlägen. Kochen und Backen sind nicht meine Passion, aber im Abschmecken und Probieren fremder Kreationen bin ich super. Hier das Rezept ... Klingt doch wunderbar und für eine erfahrene Bäckerin wie dich sicher kein Problem?«

Metas Antwort kommt postwendend: »Wünsche dir lieber nicht, meine Backkünste zu testen! Allerdings bin ich ganz groß im Bestellen. Und die Einladungskarte gestalte ich auch – mit Herzchen und Kussmund.«

Bea: »Den Kussmund lass weg!«

Meta: »Verstehst du keinen Spaß mehr?«

Bea: »Ich schon, aber der Kommissar ist so humorlos, der geht zum Lachen in den Keller.«

Meta: »Bloß nicht! Nicht dass seine Spürnase Fährte aufnimmt …«

Chat beendet.

*

Am Nachmittag schlendern Nico und Sobotta aufs Büdchen zu.

»Sie wird sich freuen«, sagt Nico.

»Ohne sie würde es keinen Dellplatz-Kurier für uns geben«, sagt Sobotta. Er lässt Nico den Vortritt, um die Büdchenschicht aufmerksam zu machen.

Nico klopft gegen die Glasscheibe des Büdchens. Nichts. Noch mal, etwas energischer. Noch immer keine Reaktion. Auch beim dritten Klopfen nicht.

»Nanu? Ihr wird doch nichts passiert sein?«, sagt Sobotta. Eine Schreckensvision, die beide für einen Augenblick innehalten lässt. Dann gehen sie mit schnellen Schritten ums Büdchen herum, als müssten sie die Schrecksekunde wieder aufholen.

Sie sehen Bea, tief gebückt.

»Is wat?«, fragt Sobotta. »Wir haben dreimal gegen die Scheibe gepocht.«

»Augenblick«, Bea sieht nicht einmal zu ihnen, »ich muss rasch den Morgengruß des unbekannten Verehrers beseitigen.« Der Hundehaufen liegt schon in der Grube, Bea kippt zwei Schäufelchen Erde drauf, tritt sie fest, dreht sich um. »Das war's.« Sie betritt das Büdchen und schiebt das Fenster zur Seite, als sich ihr Tablet meldet. Meta hat den Chat neu gestartet.

Meta: »Weißt du, was mein Konditor für eine original Operntorte haben will?«

Bea: »Du wirst es mir gleich sagen.«

Meta: »Die Operntorte soll zwischen 450 und 500 Euro kosten.«

»Hallo? Du hast Kundschaft«, tönt es durchs Fensterchen. »Hast du uns vergessen?«

»Moment, ich muss noch kurz eine wichtige schriftliche Anfrage abschicken.« In ihr Tablet tippt sie: »Dein Konditor ist kein Tortenbäcker, sondern ein Halsabschneider.«

Meta: »Du sagst es. Ich habe 120 angeboten und dazu einen gebrauchten Slip von mir. Er will einen schwarzen, rote habe er schon genug.«

Bea: »Ehrlich?«

Meta: »Natürlich nicht, wir leben im verklemmten Dellviertel. Aber mit 150 wäre er einverstanden. Dann allerdings keine echte Operntorte, nur so etwas Ähnliches mit viel Buttercreme und obendrauf Notenlinien.«

Bea: »Einverstanden. Wir teilen uns die Kosten für die Torte.«

Chat beendet.

»Was kann ich für euch tun? Kaffee, Cola oder nur Gedöns?«

Nico stellt sich vors Fensterchen. »Morgen erscheint unser erster Bericht im Dellplatz-Kurier.«

»Darauf könnt ihr stolz sein!« Bea lässt die Cola zischen und reicht die Flasche Nico. Für Sobotta stellt sie einen Kaffee auf die Ablage. »Worum geht es denn in eurem Artikel?«

»Um Lebensrettung.«

»Echt jetzt?«

Nico lächelt geschmeichelt und zieht sein Handy aus der Jackentasche. »Ich habe hier die Bilder, die mit unserem ersten Pressebericht erscheinen werden.« Auf dem Display sind Fotominiaturen zu sehen, Nico klickt sie nacheinander an. Ein Baum, dann fast bildfüllend eine Drehleiter der Feuerwehr, die Krone eines Ahorns in Einzelaufnahmen, ein Ausschnitt herangezoomt, drin ein kleiner, schwarz-weißer Gegenstand. Es folgt eine Nahaufnahme von einem flauschigen Etwas mit verängstigten Augen. Die nächste Aufnahme, noch näher, zeigt, um was es sich handelt: um eine Katze. Dann die Feuerwehrleiter, bestimmt acht bis zehn Meter ausgefahren, im oberen Drittel der Leiter ein Feuerwehrmann in voller Montur.

»Das ist Ole Seiffert«, erklärt Nico stolz, »der Gruppenführer. Vorbildlich! Immer vorneweg. Er ist sich für nichts zu schade.«

Die nächsten Bilder: Ole im Leiterkorb auf Höhe der Katze, beugt sich weit aus dem Korb zu dem Tier hinüber, packt beherzt zu, hebt das verängstigte Tier aus dem Grün der Blätter und steckt es sich unter seine feste Arbeitsjacke. Vorletztes Bild: Ein lächelnder Feuerwehrmann auf dem sicheren Erdboden. Das finale Foto: Ole groß mit stolz geschwellter Brust, hält die angsterfüllte Katze in die Kamera.

»Ende«, sagt Nico, »das war's!«

»Super«, findet Bea. »Damit kommt ihr bestimmt groß raus und werdet Tagesgespräch im Dellviertel.«

Sobotta tritt verlegen von einem Fuß auf den anderen, doch Nico ist in seinem Element und will den Triumph vor Bea auskosten. »War auch alles megaanstrengend, das sieht man auf den Fotos gar nicht richtig.«

»An dem leichten Kätzchen wird sich der Feuerwehrmann schon nicht verhoben haben. Er ist sicher ganz andere Brocken gewöhnt.«

»Möglich ...« Nico schaut sich suchend nach Sobotta um, der ist ein paar Meter vom Büdchen weggegangen. »Wir können eben noch nicht einwandfrei mit der Drohnenkamera umgehen. Dreimal mussten wir allein die Einstellung mit Ole oben auf der Leiter wiederholen, und die Katze wurde mit jeder erneuten Aufnahme quengeliger. Muss man verstehen, immer wieder rein in Oles Jacke, raus auf den Ast, Foto gemacht, gepackt vom groben Handschuh, rein in die Jacke und das, ich glaube, fünfmal. Sie wollte einfach nicht in der richtigen Position sitzen bleiben. Wir haben überlegt, dass wir für unseren nächsten Rettungsbericht zwei Katzen nehmen, die sich ähneln, sonst beschwert sich noch der Tierschutzverein beim Dellplatz-Kurier, und wir sind unseren Reporterstatus wieder los. – Paul, Paul Sobotta, wo steckst du?«

Bea kann sich zwischen Entsetzen und Belustigung nicht entscheiden. »Sobotta hat sich verdrückt, er will mit der ganzen Sache wohl nichts mehr zu tun haben.«

»Paul? Paul, du Feigling!«, ruft Nico. »Denk doch an all die Medienanfragen, die kommen werden. Ich kann das nicht alleine schaffen. Ich muss auch an die Schule denken, sagt mein Vater, sonst lande ich eines Tages selbst im Büdchen.« Er macht zwei seitliche Schritte nach rechts und entdeckt Sobotta hinter einem schmächtigen, etwas zurückgebliebenen Bäumchen. »Warum bist du abgehauen?«

»Hast du nicht gemerkt, wie erschrocken Bea geguckt hat? Sie ist so gradlinig und direkt, feinfühlig ist sie auch, ihr Herz schlägt für alles Zarte und Leidende. Sie würde sogar einem Eisvogel einen Pullover stricken, wenn sie den Eindruck hätte, er friert. Okay, ich glaube, Bea kann gar nicht stricken. Aber eins ist klar: Wir müssen den Bericht zurückziehen, sonst gibt es Ärger.«

»Schade, die Penunzen hätte ich gut gebrauchen können. Mein Vater hat Geburtstag und wünscht sich für sein Auto ein Radarwarnsystem. Meine Mutter will sich aus Überzeugung nicht an den Kosten beteiligen, und ich hab erst 22 Euro zusammen.«

»Ich bin auch nicht so betucht, um auf zusätzliche Einnahmen verzichten zu können«, sagt Sobotta. »Darum lass mich nachdenken.«

»Zum Abendläuten muss ich zu Hause sein«, frotzelt Nico.

»Meine Gehirnzellen sind bereits am Rotieren, und … Da habe ich schon eine Idee: Wir informieren den Dellplatz-Kurier, dass unser Beitrag in die Kategorie ›Aprilscherz‹ abgelegt werden soll. Dann gibt es noch Geld, wenn auch später.«

»Könnte klappen. Vernetze deine Gehirnzellen noch mal neu und überlege, wie wir Bea versöhnen. Sie ist die Einzige, die mindestens drei Himbeeren in ihre Bunten Tüten steckt, dazu noch umweltfreundlich in Papier verpackt, und eine Zugabe springen lässt.«

»Leicht wird das nicht, obwohl … Der Erich hat vor vielen Jahren seiner Tanzschulpartnerin ein Ständchen gebracht, als sie sich einem anderen Tänzer an den Hals schmeißen wollte. Hat geklappt. Sie hätten im nächsten oder übernächsten Jahr silberne Hochzeit, wenn der Erich sich voriges Jahr nicht in die Bäckereifachverkäuferin verguckt hätte. Aber Romantik ist gut, Frauen sind da sehr empfänglich.«

»Nein!«, sagt Nico entschieden. »Ich singe nicht! Weder im Schulchor noch an einem Geburtstag. Nur gezwungenermaßen in der Christmette ›Es ist ein Ross entsprungen aus Lehnens Pferdestall‹. Aber sonst: niemals, nie, nein!«

»Ich bin selber auch nicht besonders musikalisch. Ich meinte auch nicht, dass wir selber singen. Mein Taxifahrerfreund Taha besitzt ein altes Grammophon. Das könnten wir für uns singen lassen. Wir stellen es versteckt hinter dem Büdchen auf, lassen was Schmeichelndes für die Seele aus dem Trichter röhren, und Beas Ärger verfliegt nach den ersten drei Tönen. Gegen Romantik sind Frauen machtlos.«

»Dann warst du das mit der violetten Rose für Bea?«

»Welche violette Rose?«

»Schon gut, war nur ein Gedankenblitz.«

»Aha. In der Mittagspause geh ich kurz rüber zum Taxistand. Da kann ich gleich erkunden, ob Taha wieder Fan von Fenerbahçe Istanbul ist. Er hatte sich nämlich nach drei Niederlagen zu Beşiktaş Istanbul abgesetzt, aber die letzten beiden Spiele hat Fenerbahçe nicht verloren.«

»Nicht verloren?«

»Einmal gewonnen und einmal unentschieden.«

»Hat Fenerbahçe nicht einen Teil der Transfersumme für einen Spieler aus Slowenien aus Versehen an ein Autohaus in Holland überwiesen?«

»Danach frage ich lieber nicht.«

*

Meta hat die Einladung für den Kommissar persönlich im Polizeipräsidium abgegeben. Bea wird hoffentlich nicht böse sein, weil sie in und mit Beas Namen unterschrieben und total vergessen hat, das Datum für den Nachmittag bei Kaffee und Operntorte mit Bea abzustimmen. Wenn Bea nun an dem Termin nicht kann und sie womöglich mit dem Kommissar alleine wäre? Oh, oh, das Gift der Kobra zeigt Wirkung!

Bea sitzt im Büdchen und langweilt sich. Meta meldet sich nicht, der Kommissar hüllt sich seit einer Ewigkeit in Schweigen, im Büdchen nur Routine.

Dazwischen kurze Aufregung über einen Pedelecunfall: Ein frei laufender Hund erschreckt eine Pedelecfahrerin, die Frau stürzt und muss mit Kopfverletzungen ins Krankenhaus gebracht werden.

Auf Beas originellen Aufreißer »WowStattZoff« hat sich noch niemand gemeldet, allerdings wollten zwei junge Frauen mit ihr über Gott sprechen: »Tue Buße – Armageddon ist nahe!«

Am Abend wird sie sich bei Meta melden.

Sobotta schleicht geduckt von Baum zu Baum, vermeidet jeden Blick zum Büdchen, tut sehr geheimnisvoll. Natürlich hat ihn Bea längst gesehen, doch dann – weg. Sobotta scheint sich zurückgezogen zu haben.

Plötzlich die Zwanzigerjahre lautstark: »Bei dir war es immer so schön …«, und gleichzeitig erscheinen vor Beas Fensterchen zwei Plakate. Darauf in Druckbuchstaben: »Keine Rettung mehr«, darunter: »von verirrten Katzen!«, und in der dritten Zeile: »Freundschaft!«

Bea verkneift sich das Lachen, öffnet das Fenster. »Eine Glanztat war die inszenierte Rettungsaktion wirklich nicht.« Männer bleiben doch immer Kinder.

Die Grammophonplatte dreht sich langsamer und bleibt schließlich stehen.

»Aber danke für das hübsche Ständchen.«

»Die Auswahl war nicht allzu groß, Taha hatte nur noch eine andere Platte. ›Mein kleiner grüner Kaktus‹ hatte leider einen Sprung.«

»Ist besser so.« Bea lacht Tränen und muss sich schnäuzen. »Dein Taxifahrer scheint wohl alles besorgen zu können?«

»Fast alles«, sagt Sobotta, »und alles legal!«

»Das habe ich vorausgesetzt. Ich würde gern eine Wildtierkamera leihen oder kaufen, wenn sie nicht zu teuer ist. Der Hundekotfriedhof ist überbelegt, da muss endlich ein Schlussstrich gezogen werden.«

»Ich frag ihn«, sagt Sobotta. Er greift zum Handy, entfernt sich ein paar Schritte. Das Gespräch dauert länger, Sobotta spricht eindringlich und beschwörend auf seinen Gesprächspartner ein. Schließlich beendet er das Telefonat und kommt ziemlich verlegen zurück. »Wildtierkameras sind aus. Verliehen, verkauft, gestohlen. Die Taubenzüchter sammeln Beweismaterial. Sie behaupten, der Zoo habe Raubvögel ausgewildert.«

»Dann werden wir den Verursacher der Schweinerei mit unseren Mitteln stellen.«

FÜNFZEHN

Sobottas und Nicos konspirative Wiedergutmachung an Beas Seelenfrieden geht zielstrebig voran. Wenige Tage später, nach abendlicher Schließung von Beas Büdchen, treffen sich die beiden Techniker am Köttelfriedhof hinter dem Büdchen. Beide in schwarzer Tarnkleidung, die hellen Gesichter von Skimasken aus dem Fundus für die schulischen Skifreizeiten entliehen.

Nico sucht sich ein abgelegenes Plätzchen auf dem weitläufigen Areal seiner Schule. Die Drohne in einem mit Schaumgummi ausgeschlagenen Karton balanciert er auf der rechten Hand, die Batterien der Drohne sind auf Ladezustand überprüft. Unter seinem linken Arm klemmt ein Sitzkissen, das mit dem Karton in der rechten Hand zu einer passablen Sitzgelegenheit umgewandelt werden kann.

Mit Bedacht entnimmt Nico die Drohne ihrer Schlafstelle. Er greift zum Handy, um die Verbindung zu Sobotta zu testen. Gedämpfte Verkehrsgeräusche, ein Hubschrauber über dem Wohngebiet, am Rande ein Ehekrach in der Entstehung, das Fenster wird geschlossen, von Sobotta keine Spur. Nico pullert in eine stille Ecke.

Sein Handy meldet sich und Nico muss unterbrechen, bevor die Aktion beendet ist, flucht, putzt die rechte Hand an der Hose ab, atmet dreimal bewusst ein und aus und stellt die Verbindung her.

»Der Habicht ist gelandet.«

Nico antwortet mit dem verabredeten »Over and out!«.

Sobotta ist angekommen, jetzt wird es dauern, bis er sich planungsgemäß in der Zeitungsbox eingerichtet hat. Also Gerumpel, Geklapper und schließlich das hohe Summen eines Akkubohrers, mit dem zwei Löcher in die östliche Seitenwand gebohrt und mit einer mechanischen Fräse auf Spionageweite vergrößert werden. Das braucht seine Zeit, und Nico kann seine unterbrochene Erleichterung in der stillen Ecke vollenden.

Endlich vibriert sein Handy wieder, dann Sobottas erlösendes: »All okay!« Nico testet den Motor der Drohne. Nun heißt es warten … Unter Umständen sogar bis übermorgen, denn laut Bea werden die stinkenden Lieferungen immer zwischen dem 25. und 27. eines Monats abgelegt.

Plötzlich scheppernde Marschmusik aus dem Handy. Sobotta hat einen falschen Knopf gedrückt. Kein Wunder, in der Kiste ist es bestimmt stockdunkel, und Sobotta hat sich vorgenommen, die Taschenlampe des Handys nur in Notfällen einzuschalten, um den Handyakku zu schonen.

Es kehrt wieder Ruhe ein. Nico schaltet die Drohne an – klingt fast wie der Smoothie-Maker seiner Schwester – und wieder aus. Der Kopf wird ihm schwer, er setzt sich auf den gepolsterten Drohnenkarton, platziert die Ellbogen auf die Knie, stützt den Kopf in die Hände.

»Schnarch nicht so laut«, flüstert Sobotta aus Nicos Handy, wirkungslos.

Im Halbschlaf hört Nico, dass es bei Sobotta zu regnen anfängt, einzelne Tropfen erst, fein, spitz und unaufdringlich. Dann aggressiver und in schneller Folge. Peng, peng, peng, dröhnt es aus dem Handy. Plötzlich ist Nico hellwach. Das können unmöglich Regentropfen sein, viel zu laut! Außerdem … bei ihm regnet's nicht. Das sind … Hammerschläge!

»Hilfe!«, zischt Sobotta. Noch einmal nachdrücklich: »Hilfe!«

Nico nimmt das Handy in die Hand. »Was ist denn los bei dir?«

»Ich werde eingesargt! Jemand treibt Nägel in den Deckel der Kiste! Ich habe Angst! Jetzt wird die Kiste auf die Seite gelegt. Ich kann nichts mehr sehen. Mir geht der Arsch auf Grundeis! Komm bitte sofort! Bestimmt will man mich verbuddeln oder ertränken. Oh Gott! Oder sie zertrümmern die Kiste samt meinem Körper …«

In Nicos Handy dröhnen erneut Hammerschläge. Er kapiert, dass Sobotta nicht scherzt und sein Eingreifen erforderlich ist. »Ich komme!« Nico packt die Drohne mit fahrigen Händen in den Karton, versteckt den Karton unter einem Busch neben der Eingangstür und sprintet los.

Er hat Beas Büdchen fast erreicht, da wird er von einem zurücksetzenden roten Kleintransporter beinahe über den Haufen gefahren. Hoffentlich wird Sobotta damit nicht gerade zu seinem endgültigen Bestimmungsort abtransportiert! Nico legt noch einen Zahn zu. Gott sei Dank, die Kiste steht noch an ihrem angestammten Platz, allerdings umgestürzt und schräg zur Außenwand des Büdchens.

»Hallo, Sobotta, hallo, hallo!« Nico trommelt auf die Kiste.

Keine Reaktion.

Da meldet sich Nicos Handy: »Wenn du weiter auf mich eindrischst, platzt mir der Kopf! Lass dir was einfallen, wie ich hier rauskomme. Ich ersticke!«

»Soll ich die Feuerwehr alarmieren?«

»Untersteh dich!«

Nico schaut sich um. Einen metallenen Gegenstand, mit dem man ein Brett aufhebeln könnte, findet er nicht.

Vielleicht mit einem Stein aufschlagen? Und dabei Sobottas Knochen treffen? Das wäre gefährliche Körperverletzung und würde ... »Kommst du mit den Füßen an ein Seitenteil der Kiste?«

»Moment, ich muss erst einmal überlegen, das ist bei der augenblicklichen Schlacke im Kopf gar nicht so einfach. Ja, es klappt, ich versuche, ein Seitenteil herauszubrechen.«

Nico würde ihn gerne unterstützen. Aber womit? Anfeuerungsrufe sind kaum hilfreich.

Sobotta scheint wieder zu Kraft gekommen zu sein. Er tritt mit seinen schweren Schuhen gegen das Holz. Beim vierten und fünften Versuch ein Splittern und Krachen, endlich gewinnt die menschliche Kraft Oberhand über die stupide Materie.

Mit Schieben, Ruckeln und Kippeln unter vereinten Kräften schaffen sie es schließlich, die Zeitungsbox so hinzustellen, dass die Seite nach oben zeigt, in die Sobotta ein Loch getreten hat. Nico zieht, Sobotta drückt in der Kiste liegend, bis die restlichen Bretter der Seite entfernt sind und Sobotta rauskommen kann. Doch noch sitzt er in der Kiste wie in einem alten Badebottich, lehnt beide Arme über den Rand und staunt, dass alles ohne größere Blessuren abgegangen ist.

»Hast du den Verbrecher, der sich diesen üblen Scherz mit mir erlaubt hat, noch gesehen?«

»Direkt begegnet bin ich niemandem.« Nico überlegt. »Aber als ich hier ankam, hätte mich ein roter Kleintransporter beinahe –«

»Entschuldige, dass ich dich unterbreche.« Sobotta ächzt sich aus seinem Sarg hoch. »Stand da etwas auf dem Transporter?«

»Ich ...«

»Vielleicht ›Metzgerei Buck‹?«

»Hmm, Buck ... Könnte sein.«

»›Metzgerei Buck – Pferd-, Lamm- und Wildspezialitäten‹?«

»Stimmt, an das Wort ›Wild‹ kann ich mich erinnern.«

»Wir haben eine heiße Spur! Deshalb Schluss für heute, ich muss mich mit Bea besprechen. Wenn etwas Wichtiges dabei herauskommt, informiere ich dich später.«

»Da helfe ich dir aus der Lebensgefahr und dann werde ich ausgeschlossen?«

»Nur zu deinem Schutz! Manchmal ist Wissen gefährlich. Du verstehen?«

»Du willst Beas Bewunderung alleine einheimsen. Aber nicht mit mir!« Nico ist stinkig. »Die Drohne steht im Gebüsch neben der Schultür, du wirst schon mit dem Flieger zurechtkommen!«

»Aber Nico, ohne dich ...«

Doch Nico geht ungerührt davon.

*

Bea träumt mit offenen Augen. Von Sonne, Strand, Palmen und dem Waschbrettbauch von Marin, dem Maurerpolier.

Das Handy meldet sich mit »Schöne Nacht, du Liebesnacht – o stille mein Verlangen«. Als könnte es Gedanken lesen ...

Meta ruft an. Atemlos. »Tut mir leid, alles mein Fehler, sollte so schnell gehen und jetzt das Dilemma: Die Lieferung erfolgt heute zwischen halb drei und drei.«

»Langsam, komm mal erst wieder zu Atem.« Bea legt eine kleine Pause ein. »Wenn ich zwischendurch fragen darf: Welche Lieferung?«

»Ach so, ja, unsere nachgemachte Operntorte.«

»So, jetzt sind wir doch ein schönes Stück weiter. Ruf den Konditor an und verschiebe die Lieferung auf einen anderen Tag. Vielleicht auf nächsten Samstag? Bis dahin bin ich wahrscheinlich noch nicht eingezogen, aber ich hätte genügend Zeit, unseren Kommissar einzuweihen. Hast du die Einladungskarte schon fertig?«

»Ähm, ja, und auch schon im Kommissariat abgegeben. Zufällig mit nächstem Samstag als Termin. Ich hab ganz vergessen, das mit dir abzustimmen. Aber daraus wird nichts. Auf die Idee, den Liefertermin zu verschieben, bin ich auch schon gekommen und habe den Konditor angerufen. Doch der liefert nur frische Ware, jetzt oder nie. Also: Die Torte kommt heute Nachmittag, und in einem von Joops Kühlgeräten möchte ich sie nicht lagern, die sind alle vom Strom getrennt.«

»Wenn du Schymanczek den Termin schon durchgegeben hast, warum hast du die Torte dann auf heute bestellt?«, fragt Bea ärgerlich.

»Ich sag doch, es ist mein Fehler. Auf dem Bestellformular habe ich wohl ›schnellstmöglich‹ statt ›nach Vereinbarung‹ angekreuzt. Das hat seinen Grund, ich bin nämlich total durcheinander. Stell dir vor, Joop hat angerufen und ein Versöhnungstreffen angeregt. Du musst so schnell wie möglich einziehen, damit ich nicht wieder schwach werde.«

»Ich packe schon die Umzugskartons. Aber was machen wir jetzt mit der Torte? Wir könnten eine zweite zum passenden Termin bestellen und die heutige –«

»Liebe Bea, ich bin kein Geizhals, aber ein Krösus bin ich auch nicht.«

»Wenn schon, dann ›Krösa‹, keinen Fingerbreit dürfen wir Frauen den Machos überlassen.«

»Sprechen wir morgen über Ideologie, heute musst du den Kommissar zu einem spontanen Käffchen überreden.«

»Wie stellst du dir –«

»Ich glaube, der Postbote hat geklingelt«, und zack, ist das Gespräch beendet.

Für Bea heißt es jetzt: den Kommissar anrufen. Zum Glück hat er ihr seine private Handynummer gegeben. Sie hätte nie vermutet, sie zu bemühen.

Nach dem dritten Klingelzeichen meldet sich Schymanczek mürrisch. »Wie kommen Sie dazu, mich privat –«

Bea sagt noch einmal laut und deutlich ihren Namen. »Sie haben mir erlaubt, Sie jederzeit und mit jedem Problem behelligen zu dürfen.«

»Tut mir leid, Bea. Ich bin mit den Gedanken noch in der letzten Lagebesprechung. Einfach stressig. Natürlich bin ich für dich immer erreichbar.«

Stimmt, wir waren ja schon beim Du, sagt sich Bea. Egal, für ihr Vorhaben ist es gut, so wenig Distanz wie möglich zwischen sich und dem Kommissar zu haben. Den Grund für die Einladung zu Kaffee und Operntorte bei Meta kennt Schymanczek bereits, weshalb Bea sich nicht lang erklären muss. Jetzt kommt der heikle Punkt: die Terminänderung. Bea lässt die Ankündigung von heute 16 Uhr möglichst beiläufig einfließen. Doch der Kommissar ist auf das Heraushören von Details geschult. »Hast du heute um 16 Uhr gesagt?«

»Meta und ich können nicht länger warten.« Bea kichert anzüglich, das klappt bei allen Männern. Fast allen. »Bitte«, haucht sie hinterher.

»Aussichtslos. Mein Terminkalender lässt mir keine Chance.«

»Schau doch noch mal genau. Meta würde sich auch sehr freuen.«

»Moment.« Kurz Stille, Papierrascheln. »Also gut. Wenn mich zwei so charmante Frauen zu einem Rendezvous bitten, kann ich nicht ablehnen. Allerdings geht es nicht vor 17, 17.30 Uhr.«

»Das fördert die Vorfreude.« Kicher, kicher – Bea verdreht die Augen.

»Und ich werde mich nicht mehr umziehen können und komme in meinen normalen Dienstklamotten.«

»Das macht doch nichts«, säuselt Bea, und in ihrem Kopf hämmert es wieder »Feinripp – Feinripp«.

Schnell beendet sie das Gespräch mit Andreas, schüttelt sich, steht auf, richtet ihre Kleidung und schließt das Büdchen heute schon um 15 Uhr.

*

Eine Viertelstunde nach der Torte kommt Bea bei Meta an. Natürlich will sie die Torte sehen. Notenlinien und bunte Noten zeigen im Kühlschrank bereits einen bedenklichen Perlmuttglanz. Bea bezweifelt, ob sie das Eintreffen des Kommissars erleben.

Die Damen richten ihre Dekolletés, ziehen die Strumpfhosen straff und überprüfen alle zehn Minuten Make-up und Lippenstift im Badezimmerspiegel.

Der Kommissar lässt sich Zeit. Sicher arbeitsbedingt. Meta greift zur Cognacflasche und lädt Bea zur Beruhigung der Nerven auf ein Gläschen ein. Und noch eins und noch eins.

Um kurz nach sechs erscheint Andreas Schymanczek, frischt gekämmt und deodoriert, verlegen lächelnd, mit zwei schmalen Blumensträußchen, die den Hautgout von Aral oder Shell verströmen. Er weiß nicht, wem er das breitere Lächeln schenken soll, und entscheidet sich verwirrt für die Kobra.

Bea drängt zur Tischrunde, und Meta nimmt die angematschte Torte aus dem Kühlschrank. Die Dekoration zeigt traurige Tränenverläufe. Opernkundig behauptet Bea, die Torte beziehe sich auf »La Traviata«, die sehr tragische Oper von Verdi, doch der Kaffee sei frisch gebrüht.

Der Kommissar scheint keine Verbindung zur Konditoreiware aufbauen zu können, nimmt nur nebenbei ein, zwei Häppchen mit der Kuchengabel, konzentriert sich ansonsten auf den Doppelflirt mit Bea und Meta.

Bea denkt an Marshmallows in Menschengröße und Meta an das viele Geld für die klebrige Matsche.

Man kommt auf die Neugründung der WG zu sprechen. Der Kommissar wird schläfrig, gähnt sogar mehrmals dezent, bis Meta zufällig die freie Wohnung im Obergeschoss erwähnt. Sofort ist Schymanczek hellwach. Er berichtet über das traurige Ende seiner Ehe knapp vor der silbernen Hochzeit und seinen dringlichen Wunsch, die eheliche Häuslichkeit so schnell wie möglich verlassen zu können. Aber bisher keine Chance in dem überhitzten Wohnungsmarkt.

Meta zwinkert Bea zu und tritt ihr mit den Pumps gegens Schienbein. Bea funkelt sie böse an, bestimmt musste die Strumpfhose dran glauben. Die Strumpfhosen mit hochwertigem Glas-Strass sind schweineteuer.

Ob er sich in den nächsten Tagen die Wohnung einmal anschauen könne, fragt der Kommissar.

Man könne die Besichtigung auch gleich vornehmen, schlägt Meta vor. »Und anschließend setzen wir uns mit einem Gläschen Wein in der Couchecke zusammen und plaudern noch ein wenig.« Siedend heiß fällt ihr ein kleines Manko in der überstürzten Planung des Nachmittags auf: Zwischen Operntorte und Weinverkostung fehlt etwas Deftiges zur Beruhigung des Magens. Nicht dass der Kommissar schlapp macht, bevor er richtig gefordert wird. Doch Meta hat eine Idee: Sie hat immer Bologneser Soße auf Vorrat eingefroren, dazu gibt es Spaghetti und frisch geriebenen Parmesan.

Die Wohnungsbesichtigung verläuft zur vollsten Zufriedenheit des Kommissars. Er lobt alles, was ihm vor Augen kommt, den entspannten Ausblick aus dem Dachfenster in die Wolken, die gemütlichen Fenstervorhänge, in der Toilette die nostalgische Wasserspülung mit Kettenzug und Porzellangriff. Schließlich fragt er mit seinem gewinnendsten Lächeln nach der Miete.

Meta schlägt die Augen zur Decke, scheint zu rechnen … Richtet ihre Augen wieder auf den Kommissar, sagt einen Preis, der Bea nach der Türzarge tasten lässt, und der Kommissar streckt mit einem strahlenden Lächeln die Hand aus.

»Abgemacht!«

Meta schlägt ein. »Ich hoffe, wir vertragen uns!«

»Davon geh ich aus. Lassen wir doch das Sie, ich bin Andreas und du bist Meta, wie ich als findiger Kriminalist inzwischen mitbekommen habe.« Natürlich mit Küsschen rechts und links, nur angedeutet, aber mit intensivem Körperkontakt.

Man zieht sich in die vier Wände der zukünftigen Wohngemeinschaft Meta und Bea zurück. Meta begibt sich in die Küche, um die Bologneser Soße aufzutauen. Bea bleibt bei Andreas im Wohnzimmer. Das Spiel kann beginnen.

Bea seufzt, Andreas grinst, freut sich wohl nachhaltig über seinen neuen Mietvertrag. Bea seufzt tiefer und lauter.

Endlich wird Andreas aufmerksam. »Findest du es denn nicht gut, dass wir bald Nachbarn sind?« Er wirkt betroffen.

»Doch, doch.«

»Jetzt können wir all die schönen Ereignisse feiern, wie sie fallen.«

Bea stutzt für einen Moment. Ist er etwa ein verkappter Draufgänger?

Andreas lässt das linke Augenlid flattern. »Zum Beispiel bei einem Gläschen Sekt das Neujahrskonzert der Wiener Philharmoniker ansehen oder ›Last Night of the Proms‹ von der BBC aus London. Warst du schon mal in London?«

Bea, lass ihn von seinem Englandtrip berichten, das überbrückt die Zeit, bis Meta das Essen aufträgt. »Ich habe es mir seit Langem vorgenommen, aber alleine …«

»London ist großartig, überraschend und sehenswert – wenn man die richtigen Ecken kennt.«

So ein alter Schlickenfänger, denkt Bea.

»Zum Beispiel japanisch essen im ›Tenshi‹ oder ein Besuch auf dem ›Old Spitalfields‹-Flohmarkt. Wer's mag, geht zum Jazz in ›The Gibson‹. Oder ›Romeo und Julia‹ im Royal Opera House.«

Bea wäre im Moment ein Bettenkino lieber.

Meta erscheint mit einem Tablett in der Tür. »Ich bitte zu Tisch! Wenn der Herr den Wein entkorken würde …«

»Natürlich, als Kommissar bin ich geübt im Öffnen von Flaschen.«

Es dauert eine Weile, bis alle den Hintersinn der Aussage bemerkt und begriffen haben.

Es schmeckt köstlich, findet Bea, auch Andreas ist voll des Lobes. Dem ersten Teller Spaghetti folgt ein zweiter, und als Andreas den Hals reckt, um in die Soßenschüssel zu linsen, fragt Bea, ob es einen Nachschlag an Soße gäbe.

Die Kapazität ihres Gefrierfachs sei sehr, sehr begrenzt, meint Meta. Sie habe aber die Telefonnummer eines bewährten Lieferdienstes.

Da sind ihre Gäste freundlicherweise pappsatt.

Wer nichts mehr zwischen die Zähne bekommt, verwöhnt die Zunge. Metas Ex-Liebhaber hat vor Monaten seine Vorliebe für einen Weißwein mit Pfirsichnote entdeckt, dann jedoch einen Rotwein mit samtigem Abgang bevorzugt. Bei seinem Auszug hat er ihr als Ausgleich für die nicht besenreine Übergabe fünfeinhalb Kisten vom Weißwein überlassen.

Bea schmeckt er, ob mit oder ohne pelzigem Abgang. Der Kommissar spricht von einer Weinverkostung in Südfrankreich, und Meta mundet der Wein des Verflossenen von Schluck zu Schluck besser.

Man redet viel, lacht viel und trinkt viel.

Der Kommissar ist begeistert von seiner neuen Entdeckung: Wenn er Meta etwas ins Ohr flüstert, kann er seinen Augen gleichzeitig einen tiefen Einblick ins Nest der Kobra gewähren.

Man stößt immer häufiger miteinander an, erhöht die Frequenz der körperlichen Kontakte und kann über alles lachen, was nicht niet- und nagelfest ist.

Die Wangen röten sich, Meta wird es warm, sie öffnet einen weiteren Knopf an ihrer Bluse. Bea hält sich zurück, stößt zwar mit an, nippt aber nur an ihrem Glas. Gelegentlich berichtet sie über eine ulkige Begebenheit aus ihrer Büdchenperspektive und muss herzlich mitlachen, als Meta erzählt, wie sie statt einer Operntorte eine Opfertorte bestellt hat.

Die Lachsalven des Kommissars stocken kurz, ihm fällt die Ungereimtheit zwischen bestellt und selbst gebacken auf. Doch er ist seit Stunden nicht mehr im Dienst, und Meta schenkt ihm nach.

Als sich bei Schymanczek ein Schluckauf meldet und er den aufgedrehten Plausch mit Meta unterbrechen muss, sieht Bea ihre Chance gekommen, Aufmerksamkeit für ihr spezielles Thema zu gewinnen. Theatralisch fällt sie in ein seelisches Loch, schließt die Augen, massiert sich die Stirn, atmet schwer.

Der Kommissar schaut sie erschrocken an: »Brauchst du eine Herzmassage? Ich bin in Erster Hilfe ausgebildet.«

Bea wehrt gestisch alle Hilfeleistungen ab. »Es ist nichts. Mir kommen nur immer wieder diese schrecklichen Bilder in den Kopf, die ich lieber nicht gesehen hätte.«

Schymanczek versucht trotz Schluckbeschwerden, eine respektable Sitzhaltung im Sessel einzunehmen.

»Du erinnerst dich an den Toten in meiner Zeitungsbox?« Damit ist sie mittendrin in ihrem Thema.

»Nein«, sagt der Kommissar.

»Nein?«, fragt Bea erstaunt.

»Ich will mich nicht erinnern.« Der Schluckauf scheint überwunden und der Kopf des Kommissars aufnahmebereit. »Ich bin im Präsidium als skeptischer Ermittler bekannt, den man nicht so leicht austrickst. Aber der Tote in der Zeitungskiste … So bin ich noch nie hinters Licht geführt worden. Der Körper, den wir der Gerichtsmedizin überstellt haben, war nicht derjenige des Delfintrainers.«

»Nicht?«, kommt es von Bea und Meta wie aus einem Mund.

»Das war eine Schaufensterpuppe aus billigem Material, in Fachkreisen Joghurtbecher-Dummy genannt. Auf dilettantische Weise hat man ihm mit Kinderknete die Gesichtszüge des Delfintrainers gegeben. Alles Betrug! Und noch viel schlimmer: Keiner von uns hat es bemerkt, erst der Gerichtsmediziner. Was für eine Blamage! Zum Glück ist die Presse nicht aufmerksam …« Die Beichte war wohl zu anstrengend für den Kommissar. Das Wort bleibt ihm im Hals stecken, mit offenem Mund sinkt er in sich zusammen, dann mit dem Oberkörper über die linke Sessellehne.

»Der schläft«, stellt Bea fest.

»Ich bin total durcheinander«, sagt Meta. »Muss mich erst einmal im Bad frisch machen, bevor ich überhaupt etwas verstehe.«

Plötzlich ist es sehr still im Zimmer. Der Kommissar röchelt leicht, draußen schimpft eine Amsel, die Glocken von St. Joseph rufen zu Andacht und Gebet.

Mangels interessanter Perspektive lässt Bea ihre Augen nicht von Schymanczek. Der arme Kerl sinkt immer mehr in sich zusammen. Mit zunehmender Seitwärtsneigung schwindet die Stabilität seiner Sitzhaltung. Gleich fällt er aus dem Sessel. Im Bad rauscht das Wasser, Meta hat wohl vergessen, die Tür zu schließen. Bea seufzt, geht zum Sessel mit dem Kommissar, richtet ihn halbwegs auf, setzt sich auf die Sessellehne und gibt ihm Halt und Stütze.

Es dauert eine ganze Weile, bis Meta in weißem Flauschbademantel und lose geschlungenem Turban zurückkommt. Als sie Bea anspricht, muss die sich erst einmal sortieren, ihr sind wohl auch die Augen zugefallen.

»Ich verstehe gar nichts mehr«, sagt Meta.

»Hast du ein Mundspray? Mit Pfefferminzessenz wäre sehr hilfreich.«

Meta atmet in die hohle Hand und schnüffelt an der Handfläche. »Ich hab mir extra zweimal die Zähne geputzt.«

»Nach dem vierten Mal darfst du dich wieder blicken lassen. Und nimm beim nächsten Mal nicht so viel Knoblauch in die Bologneser Soße!«

»Sei nicht so empfindlich«, mosert Meta. »Da muss ordentlich Knoblauch rein, sonst schmeckt es nicht.« Sie schlurft zurück ins Bad.

»Beeil dich!«, zischt Bea gequält. »Ich spüre Arme und Hintern schon nicht mehr.« Bei »Hintern« scheint der Kommissar zu schmunzeln.

Trotz Beas eindringlicher Bitte dauert es eine Weile, bevor Meta wieder erscheint. Sie hilft Bea, sich unter dem Kommissar hervorzuschieben, ohne dass der Mann dabei auf den Boden plumpst.

Mit schmerzverzerrtem Gesicht tritt Bea auf den Teppich, bringt ihre krumme Haltung in eine senkrechte und massiert den linken Oberarm, der am heftigsten unter der Notabstützung gelitten hat.

»Und jetzt?«, fragt Meta eindringlich. Der Kommissar lastet nun auf ihrer Schulter, und eine Entspannungsübung für eine solche Situation gab es in ihrem VHS-Yogakurs nicht.

Bea schätzt den Kommissar mit einem Blick ab. Die beiden Frauen werden es nicht schaffen, ihn ohne Verletzungen in ein Bett zu bringen. »Wir legen ihn auf die Couch und decken ihn zu, dann kann er halbwegs bequem schlafen.«

Sie schleifen ihn mit vereinten Kräften vom Sessel auf die Couch. Meta hebt seine Beine an, zieht ihm die Schuhe aus, Bea deckt ihn mit Metas Kuscheldecke zu und schiebt ihm ein Kissen unter den Nacken. Dabei fährt sie ihm unbeabsichtigt durchs Haar, das ins Rutschen gerät, unkontrolliert durch die Luft fliegt und auf Metas Busen landet. Erst schreit Bea, dann Meta, dann beide. Der Kommissar schnarcht.

Das behaarte Etwas gerät auf abschüssige Bahn und plumpst den beiden Frauen vor die Füße.

»Was ist das denn?« Ekel spiegelt sich auf Metas Gesicht.

»Frag nicht«, meint Bea resolut, »schaff lieber Klarheit und besorg eine Gabel!«

»Irgendetwas läuft da schief in unserer Beziehung«, mault Meta, »total schief.«

Sie kommt mit einer Fleischgabel zurück, will sie Bea reichen. Ein Blick von Bea reicht, Meta seufzt, bückt sich und spießt den Puschel selbst auf. »Hast du ihn mit deinen Fingernägeln skalpiert?«

»Quatsch!« Bea nimmt ihr die Gabel aus der Hand und den strukturlosen, weichen Überraschungsgast in Augenschein. Betrachtet ihn auf der Gabel von allen Seiten, fängt an zu kichern, prustet so leise wie möglich los. Der Kommissar schnarcht weiterhin und tastet mit der linken nach einer Kissenecke.

»Der Herr trägt ein Toupet«, flüstert Bea, »beziehungsweise trug.«

Meta ist jetzt auch in die Betrachtung vertieft. »Sieht nach Ratte aus. Im Leben nicht würde ich mir so ein Teil auf den Kopf setzen.«

Vorsichtig streift Bea das Haarteil auf einer Sessellehne ab. »Und schon haben wir ein neues Problem.«

»Wir stecken es ihm zwischen die Finger. Wenn er aufwacht, kann er seine Platte schnell wieder bedecken.«

»Du unterschätzt die Eitelkeit der Männer. Er wird nicht begeistert sein, dass wir ihn mit Teilglatze gesehen haben. Er sieht seine Chancen schwinden, deiner Kobra den Platz streitig zu machen.«

»Dann setzen wir ihm das Teil wieder auf und fertig.«

»Und wenn er den Kopf hebt, rutscht ihm sein Fiffi vom Haupt und landet an unglücklicher Stelle. Womöglich fühlt er sich dadurch für alle Zeiten blamiert und zieht doch nicht ein.«

»Eine Lösung muss her. Ich bin so müde, ich kann mich nicht mehr lange auf den Beinen halten. Kleben wir ihm das Teil einfach auf die kahle Stelle.« Meta gähnt, dass die Mundwinkel beinahe die Ohrläppchen besuchen.

»Womit?«

»Womit was?«

»Kleben?«

»Weiß ich doch nicht. Ich bin zu müde.«

»Streng dich an!«

»Sekundenkleber, Alleskleber, doppelseitiges Klebeband.«

»Wenn er wieder bei Verstand ist, wird er uns auf Körperverletzung verklagen.«

»Hauptsache, ich kann bis dahin schlafen …«

Bea sucht nach einer Alternative, Meta auch, allerdings mit geschlossenen Augen. Schließlich von Bea ein erfreutes »Ich hab's!«.

»Du Glückliche«, murmelt Meta.

Bea lässt sich nicht stören, sie rüttelt Meta an der Schulter: »Hast du einen Klebestift? Der lässt sich schmerzlos auftragen und wieder entfernen. Man muss den Fiffi nur genau einpassen, und schon ist der Schaden behoben.«

Der Kommissar schnauft und lächelt selig.

»Klebestift«, murmelt Meta. »Im Besteckkasten oder in der Kristallvase oder …«

Bea rüttelt sie energisch, bis sie die Augen aufschlägt: »Xantippe!«

»Los, komm hoch. Je eher wir fertig sind, umso schneller können wir uns aufs Ohr legen.«

Meta rappelt sich auf, man sucht und sucht. Bea findet einen halb eingetrockneten Klebestift hinter den Fotoalben.

Die handwerkliche Arbeit ist schnell erledigt, bloß … das Toupet hat ein wenig Spiel auf der Glatze. Bea nimmt Metas Hand, drückt sie flach auf den Haarersatz und erhöht Metas Druck mit ihrer linken Hand. Als sie die Hand vorsichtig von Metas nimmt, wirkt die plötzlich hellwach und sagt: »Lass mich jetzt nicht allein!«

»Der Kleber braucht noch ein bisschen«, antwortet Bea mit leiser, aber intensiver Stimme. »Der muss noch abbinden.« Den Fachausdruck hat sie von Marin, ihrem Maurerpolier.

Meta schüttelt sich. »Nimm ein paar Gummibänder aus der Schale unter dem Fernseher. Die spannen wir ihm um Kinn und Dingsda …« Dann schläft sie im Stehen.

Bea beendet ihre Aktion, wirft einen letzten Blick auf den Kommissar, bevor sie sich Metas Arm über die Schulter legt und mit ihr im Schlafzimmer verschwindet. Hoffentlich sind wir vor ihm wach und können die Gummibänder entfernen, sonst war's das mit dem Untermieter und den gemeinsamen Opernabenden, denkt sie. Und er spricht nie wieder ein Wort mit uns, zumindest kein freundliches.

Sie lässt Meta auf das Doppelbett fallen, schlurft ins Badezimmer, putzt die Zähne … Alles andere erlebt sie nicht mehr bewusst.

SECHZEHN

Am nächsten Morgen werden Bea und Meta vom Kaffeeduft geweckt. »Aus den Federn«, weckt Bea das Laken-Bein-Knäuel neben sich, »es gibt Frühstück!«

Aus der Decke ein Brummeln und eine ruckartige Bewegung, die eher Zu- als Aufdecken suggeriert.

»Komm schon, Meta«, lockt Bea. »Solche Liebesbeweise sollte man nicht schnöde ignorieren. Der Kommissar …«

»Halt den Rand und lass mich schlafen. Das ist kein Kommissar, das ist die Zeitschaltuhr am Kaffeeautomaten. Auch so ein Spleen von …« Bevor sie weiterreden kann, hat der Schlaf sie wieder aus dem Spiel genommen.

Bea lauscht. Nur die üblichen Straßengeräusche: Quietschen, Hupen, piepende Lkws. Aus dem Wohnzimmer kein Laut. Bea legt sich extra auf die Seite, um besser hören zu können. Die Schlafzimmertür steht einen Spalt weit auf. Wenn er sich regen würde, schnarchen oder stöhnen, müsste sie ihn hören. Nichts. Sie erhebt sich möglichst rücksichtsvoll. Wie ist sie zu dem Herrenhemd gekommen, das von männlicher Größe, Stärke und Selbstbewusstsein nur so strotzt und auch ein wenig danach riecht?

So früh am Tag will sie nichts dazu wissen. Sie schleicht auf Zehenspitzen zur Tür, späht ins Wohnzimmer – hoffentlich hat er sich nicht an seinem Fiffi verschluckt. Sie sieht nur die Rückenlehne eines Sessels, schiebt die Tür sanft weiter auf. Der Zustand des Wohnzimmers überrascht sie mit jedem einsehbaren Zentimeter mehr und mehr, von der erwarteten Unordnung keine Spur. Schließlich landet ihr Blick bei der Couch. Vom Kommissar ist nichts zu sehen, die Kuscheldecke liegt sorgfältig zusammengefaltet über der Armlehne.

Bea pustet aus. Andreas arbeitet bestimmt seit Stunden an einem neuen Fall. Ein Kommissar muss Kondition haben, wenn er die Abmahnung seines Vorgesetzten vermeiden will. Was unterbezahlte Kommissare können, können hellwache Privatermittlerinnen schon lange.

»Meta, aufstehen! Das Badezimmer steht unter Wasser!«

Bea lauscht. Nichts.

»Knöcheltief. Die Klobürste schwimmt Richtung offenes Meer. Wenn du jetzt nicht aufstehst …«

»Was ist los?« Unerwartet steht Meta in der Tür. Sie schaut Bea an, reißt die Augen auf. »Zieh sofort das Hemd aus, das ist ein wertvolles Andenken an … Geht dich nichts an.«

Meta ist also wieder einsatzbereit.

Eine halbe Stunde später sitzen sie sich in der Küche mit einem Kaffee am kleinen Tisch gegenüber. Um den Kreislauf anzuregen, spendiert Meta ein Fläschchen Prosecco.

Nachdem beide ihre Gedanken sortiert und die kleinen Rülpser im Griff haben, erwacht Metas Neugier. »Hast du eine Ahnung, was da in deiner Zeitungsbox vorgegangen sein könnte?«

»Ich schätze, der Delfintrainer sollte darin zur letzten Ruhe gebettet werden.«

»Als Schaufensterpuppe?«

»Sicher nicht. Ich denke mir das so: Der Delfintrainer ist betäubt und in die Kiste gesteckt worden, als Drohung oder um ihm Angst zu machen. Jemand muss beobachtet haben, wie ich den Scheintoten gefunden habe. Dieser jemand hat daraus gefolgert, dass in kürzester Zeit die Polizei auftaucht.«

»Also muss der echte Delfintrainer schnellstens herausgeholt und eine Attrappe gefunden werden, damit es keine Mord- oder Vermisstenermittlung gibt.«

»Genau. Dass die Polizei die Attrappe nicht gleich erkannt und erste Ermittlungsschritte eingeleitet hat, ist blöd gelaufen. Aber im Endeffekt hat's funktioniert: Die polizeilichen Untersuchungen sind laut Schymanczek eingestellt.«

»Wenn alles eine exzellent inszenierte Täuschung war und der Delfintrainer gar nicht dran glauben musste, dann müsste er ja irgendwo sein. Vielleicht hat er die Schmierenkomödie selbst aufgeführt, um beispielsweise Nachstellungen der zwei Frauen zu entgehen.«

»Auch möglich. Ob er einen Komplizen hatte? Vielleicht treibt er sich mit dem unbehelligt rum und genießt sein Leben.«

»Oder mit einer Komplizin. Wer könnte das sein? Denk mal darüber nach. Du hast doch die bessere Orts- und Menschenkenntnis. Lass dir ruhig Zeit mit dem Nachdenken.«

Bea überlegt nur kurz. »Da kommt mir eine Idee für eine aussichtsreiche Spur.«

»Später, oder noch besser morgen, in Ordnung? Mein Kopf braucht etwas Ruhe. Soll ich uns noch ein Fläschchen Prosecco öffnen?«

»Überredet! Hast du auch etwas zu beißen?«

Meta grinst. »Kein Problem, ich lasse uns ein großes Frühstück mit allem Drum und Dran ans Bett liefern.«

Ein herrliches Gefühl, zwischen Naschen, Dahindösen, den Straßengeräuschen lauschen, Metas Atem an ihrem Hals zu spüren. Für Bea eine wunderbare Gelegenheit, ihre Gedanken laufen zu lassen. Was wäre wenn? Der Delfintrainer und Ramona Pundenz. Der leichtfüßige Frauenliebling und die verpeilte Nichtschwimmerin. Sie hatten sich sicher was zu sagen, wenn er nicht gerade im Wasser planschte und sie nicht auf den Friedhöfen umherirrte. Ihre Konkurrentin Melissa Maierling, Maibaum, Mai-irgendwas ist tough, bodenständig und organisiert. Zwei Frauen, ein Mann, ein unkontrollierbarer Mann. Da kann man als Verliebte schon auf merkwürdige Gedanken kommen. Eine von beiden könnte die Oberhand gewonnen haben. Womit? Müsste noch geklärt werden. Oder er hat sie beide ausgenutzt, und sie haben zusammen einen Plan ausgeheckt, um den Delfintrainer von der Bildfläche verschwinden zu lassen. Ramona Pundenz auf den Zahn zu fühlen, ist aus pietistischen Gründen ausgeschlossen. Also Melissa Maierhoff – Beas Gedächtnis funktioniert noch bestens.

Sie beugt sich über Meta, fischt nach ihrem Handy, die geblümte Decke verrutscht.

Meta murmelt: »Ich dich auch!«

Bea legt sich zurück und ordnet Metas Blümchendecke. Sie wird ihr zum Geburtstag eine einfarbige Decke schenken in einem lichten Himmelblau, oder zu Weihnachten. Vielleicht mit einem farblich abgestimmten Freudenspender. Blöder Begriff! Sie sucht in ihrer Kontaktliste, hat gerade »Ma« eingetippt, da ploppt schon der ganze Name auf: Maywald, Melissa. Sag ich doch.

Fünf neue Nachrichten meldet WhatsApp. Alle von Sobotta. Bea liest nur die letzte.

»Du solltest dich an deinen angestammten Geschäftsbereich erinnern. Kunden stocksauer. Wenn du heute nicht erscheinst, brauchst du gar nicht mehr zu öffnen.«

»Spaßbremse.«

»Wie meinst du das?«, murmelt Meta.

»Du bist und bleibst mein Sonnenschein.«

»Und du mein … Dickerchen.«

»Noch so eine Bemerkung und du verlierst den Welpenschutz!«

Gemurmel, wohliges Gebrumme, gleichmäßige Atemzüge.

Bea tippt Melissa Maywald eine WhatsApp: »Das Hühnerfutter wartet noch immer auf Abholung. Würde mich freuen, Sie zu sehen.«

Einen Augenblick lang betrachtet Bea Metas kleine Füße, dann ist der Entschluss gefasst – für die Arbeit und gegen das Vergnügen.

Bea schiebt sich seitlich aus dem Bett, trinkt den letzten Schluck Prosecco aus der Flasche, handwarm, schüttelt sich, drückt Meta einen Kuss auf die Lippen und ist schon unterwegs.

*

Sobotta bewacht das Büdchen, hat den Abfallbehälter geleert, umgedreht und benutzt ihn als Sitzgelegenheit. In unübersichtlichen Fällen könnte er auch auf das aufgelegte Brett steigen, um alles besser zu überblicken. An der hölzernen Büdchenblende hat er einen handgeschriebenen Zettel befestigt: »Bin gleich zurück.«

Das empfindet Bea nicht als Amtsanmaßung, sondern als Sehnsuchtsbeweis. Zur Begrüßung schenkt sie ihm ein Küsschen auf die Wange, was seine grimmigen Gesichtszüge glättet und ihm ein verlegenes Lächeln aufzwingt.

Bea öffnet das Büdchen, legt die aktuellen Zeitschriften aus. Sobotta schnappt sich seinen Straßenbesen und befreit den Platz vor Beas Büdchen von dem Ahornlaub.

Der aufgestaute Kundenandrang bringt Geschäftigkeit und Leben in Beas Grübelei. »Geht's gut?« ist die häufigste Frage des oberflächlichen Publikums. Origineller der Herr, der immer den »Cicero« kauft, aber ansonsten so unscheinbar ist, dass Bea bisher noch nicht versucht hat, Einzelheiten über seine Person oder Persönlichkeit herauszufinden. Der Graumelierte sagt mit einem feinen, wehmütigen Lächeln: »Beim nächsten Besuch würde ich Sie gern auf Ihre Schmetterlingsfarm begleiten.«

Bevor Bea den Flirtversuch und seinen Hintersinn erfassen kann, bestellt Roswitha bei ihr Bunte Tüten für die Enkel, Sven-Jörg muss sich in Abwesenheit seiner Mutter selbst versorgen und ordert zwei Dosen Thunfisch. Die will er seiner Freundin und sich mit Spaghetti zum mediterranen Candle-Light-Dinner servieren. Bea rät ihm zur Verfeinerung des Mahls zu Kapern und einem Schuss Olivenöl. Dankbar für den verständnisvollen Rat nimmt Sven-Jörg noch zwei Flaschen Prosecco mit. Dann verlassen hintereinander dreimal »Lina«, einmal »Sandra« und vier Marsriegel das Büdchen.

Gerade fallen Bea zum Graumeliertem und seinem Flirtversuch Schmetterlinge im Bauch ein. Charmant, aber ein bisschen weit hergeholt. Nichts für sie, ihr ist jung und ungeschliffen lieber als alt und lyrisch.

»Da bin ich!«

Bea muss ihre Gedanken sortieren, erkennt Melissa

und schenkt ihr zum »Hallo« ein Probierpäckchen neuer Gummibärchen – Waschbären mit Waldmeistergeschmack.

»Äh«, sagt Melissa, »ich komme wegen dem Hühnerfutter.«

»Ich weiß, ich weiß«, meint Bea und sammelt die Waschbären ein. »War nur als kostenloser Willkommensgruß gedacht.«

»Kostenlos?«

Schon hat ihr Melissa das Cellophantütchen wieder stibitzt. Lässt sich doch alles bestens an. Bea legt noch drei Tütchen nach. »Das Hühnerfutter gebe ich Ihnen hinten raus.« Bea wird ein wenig hektisch. Wenn bloß keine Kundschaft kommt, bis sie ihre Fragen an Melissa losgeworden ist. Als Melissa mit ihrem Blick vorbeifliegenden Vögeln folgt, macht Bea mit den Händen eine abwehrende Geste in Richtung Sobotta. Der versteht nicht gleich, blockiert dann aber mit der Gartenkarre die Gehwegplatten zum Büdchen.

Bea öffnet eine Flasche Cola, drückt Melissa das Getränk in die Hand und macht die Hintertür auf. Sie muss den Sack mit Hühnerfutter erst suchen. Im Hintergrund hört sie Sobotta mit jemandem diskutieren.

»Geht's gut?«, fragt Bea. So viel Zeit muss sein.

»Wie man's nimmt.«

Den Anknüpfungspunkt lässt sich Bea nicht entgehen. »Ärger?«

»Die Guten gehen und die Miesen gewinnen Oberwasser. Aber lassen wir das.«

Okay, dann also gleich zum Thema. »Mir geht der Tod Ihrer Kollegin nicht aus dem Kopf.«

Keine Reaktion.

»Ich meine Ramona Pundenz«, setzt Bea nach. »Sie war eine so außergewöhnliche Kundin, und dann dieses tragische Ende …«

Melissa trinkt einen Schluck Cola, schaut desinteressiert auf ihre Uhr.

Bea muss stärkere Geschütze auffahren, um Melissa Maywald aus der Reserve zu locken. »Sie waren doch Rivalinnen um die Gunst dieses Delfintrainers? Sein Name ist mir leider entfallen.«

»Gunst, Gunst! Wie kommen Sie bloß auf Gunst? Sie wollte ihn ins Bett locken, und dabei hat sie kein Mittel ausgelassen. Mal die Schutzlose, mal den Vamp markiert und einen neuen Reißverschluss in seine Jacke eingenäht – mit einem Totenkopf als Zipper. Über Monate ging das so. Aber Frechheit siegt nicht immer, manchmal gewinnen auch die ehrlichen Gefühle.«

»Sie haben sich wohl öfters von Ramona provoziert gefühlt?«

»Provoziert?« Melissa schüttet die Cola in die Kiesdrainage neben dem Büdchen. »Dieses finstere Gespenst konnte mir nicht das Wasser reichen, in keiner Hinsicht.« Melissa drückt Bea mit Nachdruck die leere Flasche in die Hand. »Aber natürlich, ihr Tod ist tragisch. Sie hätte nicht so viel kiffen sollen, dann wäre sie vielleicht auch nicht gestürzt. Sagen Sie mal, haben Sie mich herbeordert, um mich auszuhorchen und mir was anzuhängen? Sie können sich Ihr Vogelfutter sonst wohin schieben. Wenn Sie sich über mich beschweren wollen, bitte. Sie brauchen sich nur an die Zoogeschäftsführung zu wenden. Da werden Beschwerden über mich gern entgegengenommen.« Melissa dreht sich wütend zum Gehen. »Telefonnummer und E-Mail-Adresse stehen auf der Zoowebsite oben rechts. – Arschkrampe!«

Bea kommt zu keiner Erwiderung, so schnell ist Melissa Maywald verschwunden. Wen meinte sie mit »Arschkrampe«? Die Zooleitung vermutlich nicht …

Bea schließt die Hintertür und gibt Sobotta durchs Fenster ein Zeichen, die Zugangsblockade aufzuheben. Sie muss sich setzen, ihre Beine zittern.

Evelina Wohlgemuth klopft gegen das Fensterchen der Ausgabe, Bea erhebt sich mit einem Seufzer.

Evelina mit einem feinen Lächeln: »Ihr Bodyguard wollte mich nicht zu unserer Superdetektivin durchlassen. Als Nächstes kommt wohl Polizeischutz …«

Bea rollt ihr die »GartenFlora« zusammen, kassiert und schließt das Ausgabefenster. Sie setzt sich, ihre Knie haben sich beruhigt, das Geplänkel hat sie wieder geerdet.

Einen Augenblick überlegt sie, dann schreibt sie Schymanczek eine Nachricht über WhatsApp. Wären sein und ihr Umzug schon über die Bühne gegangen, hätte man heute Abend gemütlich zu dritt in Metas Wohnzimmer zusammensitzen können. Metas Kobra hätte dem Kommissar schöne Augen gemacht, und Bea hätte ihre Fragen und Vermutungen direkt an ihn richten können. Aber so … Sie muss sich gut überlegen, wie weit sie sich vorwagen kann, bevor der Kommissar mauert.

»Hallo, Andreas, ich kann und will mich nicht als Laie in deine versierten Ermittlungen einmischen. Doch vielleicht ist folgendes Gerücht, das seit Tagen rund um mein Büdchen schwirrt, für dich interessant: Die tödlich verunglückte Ramona Pundenz soll in nicht geringem Ausmaß gekifft haben. Verständlich, dass sie mit ihrem zugedröhnten Gehirn nicht mehr verkehrstauglich war und verunglückt ist. Ich freu mich auf unser nächstes Treffen, viele Grüße, Bea.«

Dazu ein Herzchen. Er wird sich geschmeichelt fühlen und zügig antworten. Warten hat Bea in den vergangenen Jahrzehnten ihres Lebens nicht gelernt.

Der Tag vergeht ohne aufregende Vorkommnisse. Auch von Schymanczek keine Reaktion.

Sobotta verabschiedet sich. »Feierabend! Ab sofort bin ich privat.«

Bea befürchtet schon eine seiner Schmachtattacken, doch seine Augen sind klar und schauen sie direkt an.

»Es geht voran. Wir haben mit unserer Drohne einen Auftrag des Discounters in Kaßlerfeld ergattert. Bringt 300 Euro plus Spesen. Wir sollen überprüfen, wer sich nachts an der Pfandflaschenrücknahme rumtreibt. Es bestehe seit Längerem eine Diskrepanz zwischen angenommenen Retourflaschen und ausgezahltem Pfandgeld.«

»Ach«, sagt Bea. Ihr Handy meldet den Eingang einer WhatsApp. Wird der Kommissar sein, denkt sie und nimmt das Handy in die Hand.

»Wenn es dich nicht interessiert …«, mault Sobotta beleidigt.

»Spiel nicht die beleidigte Mettwurst, sondern erzähl weiter.« Bea tut ihm den Gefallen, legt ihr Telefon beiseite und widmet ihm ihre volle Aufmerksamkeit.

»In drei Nächten hintereinander haben wir direkt vor dem Discounter einen auffälligen Wagen geortet, einen Mustang, und ein stadtbekannter Oldtimerfreak verschwand mit einer kleinen Plastiktüte in der spärlich erleuchteten Flaschenannahme. Es dauerte ziemlich lange, bis er wieder ins Freie trat. Er kickte einen Plastikbecher über den leeren Parkplatz und riss die Faust hoch wie bei einem eben erzielten Siegtreffer, stieg ohne Eile in den Mustang und gab Gas.«

Bei »Mustang« weiß Bea, um wen es sich handelt. Dass Bircan Özdemir ein stadtbekannter Oldtimerfreak ist, ist ihr jedoch neu. Verdächtig findet sie an Sobottas Schilderung aber gar nichts. »Der Mann hat seine Pfandflaschen abgegeben. Was soll daran auffällig sein? Dafür gibt's keine Beförderung.«

»Du stehst gerade auf dem Schlauch. Was macht jemand vier Stunden lang in der spärlich beleuchteten Flaschenannahme eines Discounters, der eine Plastiktüte hineingetragen hat, in der höchstens zwei, drei Flaschen Platz haben? Und die denselben Füllungsstand aufwies, als er herauskam. Zweiter verdächtiger Punkt war seine überaus gute Laune.«

»Und für die Erkenntnis hat euch der Discounter 300 Euro Honorar in Aussicht gestellt?«

»Nicht in Aussicht gestellt – im Voraus ausgezahlt.«

»An deinem Verdacht könnte was dran sein, das müsste genauer überprüft werden. Nur ... ich kann nicht zwei Fälle gleichzeitig bearbeiten. Dafür reicht meine Kapazität nicht.« Bea beginnt, das Büdchen feierabendfertig zu machen.

»Musst du aufs Klo, oder warum hast du es so eilig? Jedenfalls haben Nico und ich schon angefangen, den Verdacht zu überprüfen.«

»Lass uns morgen darüber reden.« Bea nimmt ihr Handy in die Hand.

»Wenn dir anderes wichtiger ist ...«, echauffiert sich das Mimöschen.

Der Kommissar hat geantwortet, kurz und knapp, wie es sich für einen Kripobeamten gehört: »In der Blutprobe von R. P. wurden keine Spuren von Drogen oder Aufputschmittel gefunden.«

Bea schaltet das Handy aus. »Sei mir nicht böse«, wendet sie sich mit einem gekünstelten Lächeln an Sobotta. »Ich bin müde und ausgelaugt, und deine Informationen sind zu wichtig, um sie nebenbei zu verarbeiten. Bitte!«

»Da musst du jetzt durch, ohne dich geht es nicht. Also, Nico und ich sind bei der Geschäftsleitung des Discounters aufgelaufen und haben auftragsgemäß über unsere Beobachtungen informiert. Plötzlich hatte Frau Goldbrille eine Eingebung. Sie überprüfte die Abrechnung des Flaschenautomaten, und genau zur der Zeit, als Oldtimer-Özdemir in die Rückgabestelle ging, fand sie die Buchung eines Auszahlungsgutscheins über …«

»Mach's nicht zu spannend, mir schlottern schon die Knie!«

»… über 1.480 Euro.«

»Hä? Das ist doch ein Joke. Wie kann jemand –«

»Darüber tauschen wir uns morgen aus, dann hast du die ganze Nacht Zeit, um die einzelnen Puzzleteile zusammenzufügen, denn genau dafür brauchen wir dich.«

»Puzzeln ist nichts für mich, macht mich nervös, und zum Schluss kommen die langweiligsten Motive raus, die keiner haben will, nicht mal im Seniorenheim. Sei so nett und stell die Blenden vor die Fenster.«

»Nur, wenn du ab heute Sherlock zu mir sagst.«

»Verschwinde!«

»Dir auch eine gute Nacht, Miss Marple!«

Nachdem Bea ein paar weitere Kartons aus ihrer Wohnung zu Meta geschleppt hat, ist sie so erledigt, dass sie beschließt, bei Meta zu schlafen. Nach der Hochzeitssuppe setzen sie sich aufs Sofa und zappen zwischen Färöerkrimi und Schlagerparade der 90er-Jahre hin und her. Zum Schluss dann einen Absacker mit Eierlikör.

»Na«, Bea gähnt und reckt sich, »mal wieder eine Rallye in Aussicht?«

»Nicht dass ich wüsste. Der Oldie hat die Lust verloren, ich war ihm nicht scharf genug. Außerdem steht er auf Blond.«

»Kein Hindernis, Blond ist diese Woche im Drogeriemarkt im Angebot.«

»Ich versau mir doch nicht die Haare für so einen Ladenhüter auf dem Männermarkt. Erst säuseln und protzen, dann spärliche SMS-Nachrichten und schließlich Funkstille, weil ich ihm keine freizügigen Fotos schicken wollte.«

»Wieder so ein Nassauer!« Bea lacht.

»Allerdings. Ganz wollte er den Faden aber nicht abreißen lassen und hat an jedem ersten Donnerstag im Monat einen Blumenstrauß vor die Tür gelegt. Erst üppige Rosen vom Gärtner, zuletzt Gerbera und viel Grün aus dem Supermarkt. Soll er sich doch ein Video ausleihen oder eine Zeitschrift bei dir kaufen.«

»Pornozeitschriften gehen äußerst schlecht. Ein Nachbar könnte ja mitbekommen, worauf man steht – wenn er noch steht.«

»Wenn ich es mir richtig überlege, haben die Blumensträuße in letzter Zeit wieder zugelegt, mehr Blüten und weniger Grün.«

»Vielleicht sollten wir uns selbst ein Auto mieten und an einer Rallye teilnehmen. Dann könnten wir lässig unter den Verehrern wählen. Ich geh mir schon mal die Zähne putzen.«

»Ich komm gleich nach.«

SIEBZEHN

Zu früh aufs Bett gefreut! Es klingelt an der Haustür, erst zaghaft, dann energischer.

»Ich kann gerade nicht«, ruft Meta aus dem Wohnzimmer.

»Ich mache nicht auf«, blubbert Bea durch den Zahnpastaschaum.

»Dann lass es!«

»Warum ich?«, mault Bea, zieht Metas Bademantel über und zurrt den Gürtel fest. Noch ein Klingeln, dann steht Bea an der Haustür und öffnet sie abrupt. Draußen ein Schatten, ein Aufschrei, plötzlich ein Lachanfall.

»Was soll das, Sobotta?«

»Du siehst aus, als wärst du gerade dabei, dir die Haare von den Zähnen zu rasieren.«

»Idiot!«, schimpft Bea, erkennt die Ursache seines Spotts und wischt sich die Zahnpasta mit dem Ärmel des Bademantels aus dem Gesicht. »Willst du zu Meta?«

»Quatsch, natürlich zu dir!«

»Woher weißt du, dass ich hier bin?«

»Wo solltest du sonst sein um diese Uhrzeit, wenn du nicht in deiner Wohnung bist? Da komm ich nämlich gerade her.«

Das sitzt. Traut Sobotta ihr etwa keine spontanen Liebschaften mehr zu? Gut, er weiß von Beas Umzugsaktivitäten, aber trotzdem. Das will sie nicht auf sich beruhen lassen, das schreit nach einem scharfen Konter. »Warst du schon bei Marin und Andreas?«

Sobotta pariert gekonnt: »Nein, aber in meinem Bett habe ich nachgesehen …«

Bea schüttelt den Kopf. »Hab ich dir schon gesagt, dass du ein … Komm rein.«

Im Flur schnappt sich Sobotta einen Bügel für seine Jacke von der Garderobe.

»Ich hoffe, es ist nichts mit dem Büdchen?«, fragt Bea erschrocken. Das fällt ihr erst jetzt ein.

»Ich wüsste nicht, und Sirenen habe ich nicht gehört.«

Bea nimmt Sobotta mit in die Küche, öffnet eine Bierflasche und stellt sie einladend auf den Küchentisch. »Setz dich und pack aus. Was hast du auf dem Herzen? Erstgespräch: 50 Euro, jede weitere Beratung 60, Schriftkram geht extra.«

»Wohin?« Sobotta nimmt einen Schluck aus der Bierflasche.

Meta erscheint, und Sobotta verschluckt sich.

»Zieh dir was über«, sagt Bea zu Meta, »deine Kobra muss jetzt schlafen.«

Meta schaut an sich hinunter, betrachtet die Stenoversion von Bekleidung in hellem Violett, die ihre Rundungen ziert, lacht und verschwindet wieder.

»Du gönnst einem aber auch nichts.« Sobotta nimmt noch einen Schluck.

»Gib nicht so an! Dein Stehvermögen lässt doch die Hand erlahmen, bevor der große Schauer kommt.«

»Was gibt's Neues?« Meta ist zurück, eingehüllt in einen großen Männerbademantel. »Ist noch etwas Sekt für mich da? Worüber habt ihr gerade gesprochen?«

Sobotta grinst. »Wir waren bei den kleinen blauen …«

»Deshalb bist du gekommen?«

Sobottas Flirtlust scheint zu schwinden, es war ein

anstrengender Tag. »Ich bin vorhin kurz bei meinem Taxifahrerfreund vorbeigefahren und hab ihm von unserem Drohneneinsatz erzählt. War schließlich alles offiziell und vom Grundstückseigentümer genehmigt.« Ein Gähner reißt ihm fast den Kiefer aus den Angeln, er sackt auf seinem Stuhl zusammen und greift nach der Bierflasche. Leer. Bittend schaut er Bea an.

Bea schüttelt den Kopf. »Mach's kurz, Sobotta, es ist für alle spät.«

Sobotta rappelt sich auf. »Ich will die Sache mit dem Mustang-Mann aus dem Kopf haben. Weiß nicht, ob ich sie morgen noch zusammenkriege.«

»Mustang-Mann?« Meta zurrt den Männerbademantel bis unters Kinn zusammen.

»Den Aufschneider mit dem Oldtimertick. Kennst du ihn?«

Bea grinst in sich hinein.

Meta geht nur indirekt auf Sobottas Frage ein. »Für eine außergewöhnliche Geschichte bin ich zu jeder Tages- und Nachtzeit zu haben. Lass hören!«

»Moment, ich muss mir den Ablauf der Ereignisse ins Gedächtnis rufen.« Sobotta schluckt trocken.

»Ich geh schon«, sagt Bea und tappt zum Kühlschrank, um Sobotta ein weiteres Bier zu holen. »Es gibt nur noch Dosenbier, Flaschenbier ist alle.«

Sobotta trinkt auch Bier aus der Dose. »Dann also frisch ans Werk!« Er fasst das, was er vor wenigen Stunden Bea erzählt hat, kurz für Meta zusammen und endet mit: »Nach Rücksprache mit der Geschäftsleitung des Discounters war die grundsätzliche Frage: Wie kommt man mit ein paar Pfandflaschen zu einem Guthaben von 1.480 Euro?«

Das Revers von Metas Bademantel hat sich geöffnet, und ihre Kobra schaut neugierig in die Runde, was Sobotta ablenkt. Ein strafender Blick von Bea genügt, und Meta richtet ihre Kleidung.

»Und?«, wendet sich Bea an Sobotta, »was hast du in Erfahrung gebracht?«

»Ich nichts, aber mein Taxifahrerfreund liest alles, was ihm in die Finger kommt. Ein Zeitungsbericht über Pfandflaschenbetrug ist ihm in Erinnerung geblieben. Besonders verbreitet sei laut Polizei die Methode, die Einweg-Pfandflasche mit einer Angelschnur zu versehen. Hat der Automat die Flasche erkannt und akzeptiert, zieht sie der Flaschenangler blitzschnell aus dem Gerät, bevor sie geschreddert wird. So kann der Pfandautomat immer wieder mit derselben Flasche gefüttert werden. Bei 25-Cent-Leergut kommt da schnell einiges zusammen.«

»Genial«, sagt Meta.

»Kriminell«, urteilt Bea.

»In Köln wurde ein Betrügertrio zu zehn Monaten auf Bewährung verurteilt. Die drei haben ein und dieselbe Flasche knapp 200.000 Mal in verschiedene Automaten gesteckt und damit insgesamt fast 50.000 Euro Gewinn gemacht. Mein Freund hat sich die Geschichte gemerkt, weil er sie so komisch fand. Die Betrüger sind das Ganze im Schichtbetrieb rund um die Uhr angegangen. Tagsüber haben sie jede halbe Stunde den Automaten und den Mann gewechselt, damit es nicht so auffällt. Nachts gingen sie gleichzeitig für sechs Stunden an drei Automaten ans Werk. Nach zwei Wochen hatten sie die 50.000 zusammen.« Sobotta unterdrückt einen Rülpser, vor Damen weiß er sich zu benehmen. Er steht auf. »So, die Messe ist gesungen. Morgen habe ich den Tathergang bestimmt schon vergessen. So eigenartig arbeitet mein Gedächtnis. Es behält nur, was es behalten soll. Ich bin dann mal weg.«

Einen Augenblick ist es still in der Küche. Meta und Bea lauschen, dann fällt die Haustür ins Schloss.

*

Meta hat am nächsten Tag einen Entschluss gefasst. Sie wird Bircan nicht verpfeifen, schließlich hatten sie schöne Stunden miteinander. Doch was kriminell ist, bleibt kriminell. Man kann sich vieles schönreden – seine Nase, seinen Johannes –, aber rechtswidrige Machenschaften verderben den Charakter!

Sie stellt ihre Handtasche in Beas Büdchen ab, geht wie zufällig zu Sobotta hinüber und unterstützt ihn mit munteren Reden bei der Arbeit. Als Sobotta seine Karre zum nächsten Einsatzort schieben will, stellt sie sich ihm todesmutig in den Weg. »Ich möchte dich nicht vom Arbeiten abhalten, aber …«

»Meta, jedes Gespräch mit dir ist für mich wie ein Jungbrunnen.«

Meta schielt zum Büdchen hinüber. »Darüber reden wir ein andermal.«

Sobottas Lächeln verfliegt, er sieht aus wie sein Pausenbrot mit Schmierkäse.

»Ich bin dir sehr dankbar«, sagt Meta, »dass du mir mit deinen Informationen die Augen geöffnet hast.«

Sobotta wartet mit dem nächsten Lächeln, er ist sich unsicher, was kommt.

»Es ist ungesetzlich, was sich dieser Bircan Özdemir geleistet hat. Und von dem ergaunerten Geld hat er mir gelegentlich einen Blumenstrauß gekauft. Hehlerware sozusagen. Damit komm ich nicht klar! In den schlaflosen Stunden heute Nacht habe ich mir überlegt, dass wir ihn nicht ausliefern werden, sondern er den Schaden wiedergutmachen muss.«

»Das hätte ich nicht von dir gedacht!« Sobotta schaut gekränkt. »Nico und ich müssen unserem Auftraggeber die Einzelheiten der Gaunerei mitteilen. Schließlich hat er uns dafür bezahlt.«

»Natürlich hast du recht, bloß ... Was ist für deinen Auftraggeber wichtiger: die Verurteilung des Übeltäters zu drei Wochen Haft auf Bewährung oder –«

»Mit drei Wochen wird es nicht getan sein!«

»Von mir aus auch vier, aber das bringt deinem Auftraggeber sein Geld auch nicht zurück. Oder hast du eine Idee, wie das ergaunerte Geld den Weg zurück in die Kasse des Discounters finden soll?«

»Das gehört nicht zu unserem Auftrag.«

»Mir ist etwas eingefallen, wie alle halbwegs ungeschoren aus der Sache herauskommen können. Bitte.« Meta lässt die Augen klimpern. »Ich habe gerade damit begonnen, dich sympathisch zu finden, und jetzt setzt du alles aufs Spiel.« Ein kurzer Blick hinüber zum Büdchen. Bea hat ihr Fenster geöffnet, schaut herüber. Viel Zeit hat Meta nicht mehr. Sie muss ihre Aufmerksamkeit baldmöglichst Bea widmen, um keine Missstimmung zu riskieren.

»Mit ein bisschen Entgegenkommen ...«

»Später!«, bestimmt Meta. »Frag deinen Auftraggeber, ob er bei Ausgleich der anderthalbtausend Pfandschulden auf eine Anzeige verzichtet. Ich würde mich – das bleibt aber unter uns – persönlich für den Ausgleich einsetzen.«

»So eindeutig ist die Trennung von diesem Ganoven wohl doch noch nicht?«

»Du hast ihn auf meiner Herzensskala fast eingeholt. Bei einer Beilegung der Angelegenheit könntest du glatt drei Sprossen Vorsprung vor ihm gewinnen.«

»Wenn Nico einverstanden ist, mache ich mich unverzüglich auf den Weg, um die nächste Sprosse zu erklimmen.«

Meta geht beschwingt zum Büdchen hinüber, hat aber ein bisschen Angst vor Beas Kommentar.

Doch Bea grinst und sagt: »Bin mal gespannt, wann du Sobotta in Boxershorts zum Sirtaki-Tanzen bringst.«

»Das war rein geschäftlich.«

»Rein geschäftlich?«, höhnt Bea.

»Du kannst manchmal so gemein sein. Ich habe dem armen Kerl ein wenig Lebensmut zugesprochen, er hat nur seine Karre und uns. Und du bist nicht immer freundlich zu ihm. – Kann ich an deinen Laptop? Ich muss mich dringend mit jemandem austauschen. Dich will ich da nicht mit hineinziehen.«

»Natürlich. Schreib aber etwas Spannendes, sonst merkt der Laptop sofort, dass fremde Finger auf ihm herumhacken.«

»Du bist anstrengend!«

Meta geht zum Hintereingang, Bea schließt die Tür auf. Den Laptop hat sie schon bereitgelegt und so platziert, dass sie in den spiegelnden Fensterscheiben ein paar entscheidende Worte mitlesen kann.

Doch Meta nimmt den Laptop, verzieht sich in die hinteren Regionen des Büdchens, knipst das Leselicht über den Bierkästen an, setzt sich und konzentriert sich auf den bunten Bildschirm.

»Hallo, muss dringend etwas mit dir besprechen«, schreibt sie per E-Mail.

Sofort folgt die Antwort: »Bin in Eile, melde mich.«

Melde mich? Der Fisch hat angebissen. Meta überlegt kurz, ein bisschen Senf muss sein, sonst wird ihm die Sülze nicht schmecken. Sie tippt: »Abgesehen von den Trennungsgründen haben wir doch eine gute Zeit gehabt?«

»Haben wir!«

»Deshalb will ich dich nicht ins offene Messer laufen lassen.«

»Wie nett von dir. Wie gesagt, bin in Eile. Könnten wir das persönlich besprechen und uns dabei in die Augen schauen?«

»Können wir nicht!«, schreibt Meta eisern und sagt sich: Meta, lass dich nicht auf Abwege locken! Du hast eine Mission, und die ist zu heikel, um sie unter die Bettlaken zu wühlen.

»Warum denn nicht?«

»Weil ich nicht will! Also, entweder jetzt oder nie. Sonst beende ich den Chat auf der Stelle.«

Keine Reaktion.

»Verstanden?«

»Natürlich, ist nicht misszuverstehen.«

»Mir ist zugetragen worden, dass du ziemlich in der Patsche sitzt.«

Nichts.

»Bist du noch da?«

»Wo sollte ich sonst sein?«

»Deine Gegenspieler wollen dich bei der Justiz verpfeifen. Ich hab es nicht fertiggebracht, mich da rauszuhalten. Wenn du also den angerichteten Schaden wiedergutmachst, bist du raus aus der Sache.«

»Schicken dich die Triaden?«

»Deine Bekannten sind nicht meine Bekannten! Ich will zum Ende kommen. Verkauf deinen Mustang, bezahl davon deine Schulden und verdrück dich möglichst schnell aus dem Blickfeld deiner Gläubiger.«

»Was soll ich? Meinen Mustang verkaufen?«

»Genau!«

»Entschuldige, ich hatte nie einen Mustang und habe auch aktuell keinen.«

»Deine Lügen bringen dich nicht weiter.« Metas Blick fällt auf den Namen ihres Chatpartners. Sie hat statt des Mustang-Manns Bircan ihren ehemaligen Klotschengalan angeschrieben. Was für ein Schlamassel! Meta ist mit ihren Überlegungen am Ende. Keine Ausrede, keine neue Wendung, kein Ablenkungsmanöver fällt ihr ein, gerade jetzt, wo sie es am dringendsten braucht. Vielleicht die Sache doch unter vier Augen klären? Nein, Angriff ist die beste Verteidigung. »Ich habe dich gewarnt. Was du daraus machst, musst du selber entscheiden. Das war's!«

So eine Pleite! Erst jetzt merkt Meta, wie ihr der Chat zugesetzt hat: zitternde Knie, Schweißperlen auf dem Handrücken, Schweißausbruch unter den Armen – ob echt oder eingebildet. Damit traut sie sich nicht auf den Heimweg. »Kannst du mir mal deinen Deoroller leihen?«

»Kann ich nicht.« Bea reicht ihr einen neuen, noch eingeschweißt, Duftrichtung Natur – kann man so oder so verstehen –, und sagt: »Jetzt, wo du in deiner Duftwolke gefangen bist, will ich dich was Wichtiges fragen.«

»Heute Abend. Erst muss ich meinen verirrten Chat auf den richtigen Weg bringen – von zu Hause aus.«

»Dann mach das sofort und hier! Unsere Zeit ist kostbar«, regt sich Bea auf. Zur Unterstützung läuten die Glocken von St. Joseph.

Bei so viel göttlichem Beistand gibt Meta auf. Sie beugt sich über den Laptop und achtet dieses Mal sehr genau darauf, dass sie die richtige Adresse wählt. Der Text wird kurz und knackig: »Rallye-Rancher, deine Tricks sind durchschaut. Hausdurchsuchung und Untersuchungshaft drohen. Wie ich aus zuverlässigen Justizkreisen erfahren habe, wollen dir ein paar unangenehme Gegenspieler an den Kragen. Ich lasse dich nicht hängen und habe für dich vermittelt. Du musst den Schaden unverzüglich wiedergutmachen! Verkauf deinen Mustang, bezahl deine Schulden und verdrück dich auf Nimmerwiedersehen.«

Die E-Mail ist kaum raus, da kommt Bircan Özdemirs Antwort: »Wieviel Zeit habe ich? Tage oder Wochen?«

»Stunden!«, antwortet Meta.

»Werde den Schadensersatz über einen befreundeten Rechtsanwalt (Cousin) anbieten und bin dann weg. الله
يكون معك«

»Halt, was bedeuten die letzten Zeichen?«

»Gott sei mit dir!«

»Deiner oder meiner?«

»Unser aller.«

Meta beendet ihren Internet-Schriftwechsel und sieht Bea an.

»Alles gut?«, fragt Bea.

»Alles gut!«

»Dann ist ja gut!«

»Wollen wir einen kleinen Mariacron?«, fragt Meta mit einem Lächeln zwischen tieftraurig und hoffnungsvoll.

»Ich besteh darauf!« Bea greift zum scharfen Tropfen. »Wir sind doch unser Leben lang Flaschenkinder.«

»Hat schon der Millowitsch gesungen: ›Wir sind alle kleine Sünderlein, 's war immer so, 's war immer so …‹ Prost!«

»Was ich dich fragen wollte …« Bea gießt noch einmal nach, stellt die Flasche dann aber außer Reichweite. »Als du dir die Unfallstelle von Ramona Pundenz angesehen hast, ist dir doch aufgefallen, dass die Straße nicht gepflastert, sondern geteert ist.«

»Wie kommst du darauf? Das Einzige, was mir aufgefallen ist, war Joop mit der Chinesin!«

»Hmm, dann war es wohl doch nur ein Traum. Also ist die Straße gepflastert?«

»Woher soll ich das wissen?«

»Weil du dort warst!«

»Denkst du, ich bin zu blöd, um die Augen aufzumachen?«

»Schon gut«, lenkt Bea ein. Vielleicht warst du einfach abgelenkt, als dein Ex-Liebhaber aufgetaucht ist und mit einer neuen Frau geturtelt hat.«

»Ich hätte mir denken können, dass du einen Hintergedanken ausbrütest, wenn du mir so großherzig einen Schnaps anbietest.«

»Reg dich wieder ab. Mich lassen bloß das Kuddelmuddel um den Delfintrainer, Joops Hexenküche, Melissas Aggression bei der Erwähnung von Ramona Pundenz' Namen und die Aktenschließung durch die Polizei nicht los.«

»Boah ey, hast du dich für einen Online-Masterstudiengang in Kriminologie angemeldet? Pass auf, dass du dich dabei nicht verhebst. Vielleicht wurde Schymanczek dein persönliches Entwicklungsprojekt zugetragen, der meldet sich nämlich nicht mehr. Bestimmt fürchtet er die Konkurrenz für seine Karriere.«

»Schätzchen, du spinnst!«

Von draußen ein Summen, das sich verstärkt, ein Brummen wird und schließlich zu einem Lärm wie von einem Düsenjäger anschwillt.

»Es ist wieder so weit, Sobotta in Aktion: Gehörschutz auf, Laubbläser an, Leute ärgern und Igel vertreiben«, weiß Meta nach einem Blick aus dem Fensterchen.

»Er hat einen Praktikanten«, sagt Bea. »Nico hat die Radaumaschine übernommen und fühlt sich wie ein Ghostbuster.«

»Ruf mich, wenn die rohen Eier und faulen Tomaten fliegen.«

Bea schließt das Fenster, was den Lärmpegel nur unerheblich verringert.

Meta sortiert die Comics für den Thekenspender. Ob dieses chinesische Spitzmündchen ihrem Verflossenen mehr zu bieten hat als sie? Ob Asiatinnen in Liebestechniken genetisch bessere Ausgangspositionen haben? Sie hat das Kamasutra aufmerksam gelesen, aber Technik ist im Liebesspiel nicht alles, Herz gehört dazu und Küsschen hier und Küsschen …

»Lass uns der Sache auf den Grund gehen«, unterbricht Bea Metas Gedankengang.

»Jetzt – gleich hier?«, fragt Meta irritiert.

Bea geht auf die Frotzelei nicht ein. »Lass uns zusammen zum Kantpark fahren, zur Sicherheit und nur ganz kurz. Dann sind wir beide beruhigt …«

»Wenn es sein muss«, bemerkt Meta angeödet.

»Auf dem Rückweg bringen wir uns ein paar Berliner zum Kaffee mit.«

»Du hast mich überredet!«

Bea öffnet das Fensterchen und wartet auf eine Atempause des Laubläsers, in der sie mit der Lautstärke eines Schleppermaschinisten auf sich aufmerksam macht.

Sobotta und Nico unterbrechen ihre Arbeit und kommen zum Büdchen.

Bea öffnet eine Flasche Bier, reicht sie Sobotta. »Könnt ihr ein halbes Stündchen die Augen offen halten? Wir haben etwas Dringendes zu erledigen.«

»Natürlich«, meint Sobotta.

»Ich weiß nicht«, windet sich Nico. »Ich muss noch Hausaufgaben …«

»Eis oder Cola?«, kürzt Bea die Diskussion ab.

»Ein Nogger wär nicht schlecht.« Nico gibt sich geschlagen.

Bea reckt sich zu ihrem Aushang am Saughaken, dreht das Schild auf »Bin gleich zurück«, zieht ihre Jacke an, legt den Schal um den Hals und fordert Meta wortlos auf, sich ihr anzuschließen.

ACHTZEHN

Sobotta und Nico holen sich ein stabiles Brett aus der Zeitungsbox, legen es über zwei mal zwei Bierkästen, seufzen auf, gähnen, atmen tief durch, je nach Laune und Alter. Sobotta trinkt sein Bier, Nico beißt ein Stück von seinem Nogger-Eis ab und lässt es sich auf der Zunge zergehen.

»Arbeit lohnt sich«, sagt Sobotta.

»Es darf nur nicht mehr werden«, ergänzt Nico. »Sonst bleibt nicht genügend Zeit für die wichtigen Dinge im Leben.«

Ganz allmählich verfärbt sich der Himmel von hellgrau zu dunkelgrau, eine anthrazitfarbene Wolke zieht gemächlich über St. Joseph auf. Oder ist das schon der Abend?

»Und was sind die wichtigen Dinge im Leben?«, sinniert Sobotta.

Eine längere Pause zur Verinnerlichung der existenziellen Lebensfrage entsteht.

»Ich habe neulich etwas darüber im Internet gelesen«, sagt Nico. »Das ist so verrückt, dass man es nicht glauben mag. Ist aber von Wissenschaftlern bestätigt.«

»Wissenschaftler sind auch nur Menschen.«

»Wusstest du, dass sich Menschen selbst entzünden können?«

»Das liest man gelegentlich. Kanister Benzin, Packung Streichhölzer und paff.«

»Da stand etwas von einer Selbstentzündung, völlig ohne Hilfsmittel.«

Die schwarze Wolkenfront über der Kirche quillt auf wie eine Ruhrpott-Kopie des weißen Alpenkamms.

»Pass auf, von Fake News kann man abhängig werden.«

»Was? Ach so. Nä, in echt: In Mailand soll im Mittelalter der Ritter Polonus Vorstius nach dem Genuss von ein paar Flaschen Schnaps plötzlich in Flammen aufgegangen sein.«

»Mittelalter! Da gab es noch kein Internet, kein Telefon, und die Erde war eine Scheibe. Da konnte man den Menschen alles Mögliche erzählen. Mit ein paar Münzen konnte man sich angeblich sogar vom Höllenfeuer freikaufen.«

»Hab ich auch gedacht, aber der Bericht über den abgefackelten Ritter war keine Eintagsfliege. Eine britische Tageszeitung hat 2011 geschrieben, dass ein Gerichtmediziner bei einem Rentner spontane Selbstentzündung als Todesursache festgestellt hat. Brandspuren waren nur an der Decke und an den Dielen zu erkennen. Sogar die BBC hat darüber berichtet, und die ist staatlich, haben wir in Medienkunde erfahren.«

»Tja, es gibt wohl Dinge zwischen Himmel und Erde, von denen sich eure Schulweisheit nichts träumen lässt. Hat Goethe gesagt oder Schiller. Oder war's Shakespeare?«

Die Laternen am Dellplatz beginnen ihren anerkennenswerten Kampf gegen die Dunkelheit.

Sobotta klopft seine Jacke ab, durchsucht die Taschen und zieht den zerfledderten Stadtplan von Duisburg heraus, den er vor einer Weile gefunden hat. »Ich würde gern deine Meinung zu etwas hören, was mir aufgefallen ist.« Er entfaltet den brüchigen Stadtplan auf seinen Knien, knipst die Taschenlampe des Handys an und rutscht zu Nico hinüber. Die Gleichgewichtsverlagerung fällt zu heftig aus, und das Brett, auf dem die beiden sitzen, gerät ins Kippeln.

Nico rückt Sobotta entgegen und stellt so das Gleichgewicht wieder halbwegs her. Gemeinsam starren sie auf die ausgebreitete Karte. Grüne Waldflächen, blaue Wasserwege, dezent graue Straßenführungen.

»Fällt dir etwas auf?«, fragt Sobotta.

»Nicht direkt. Außer dass alles irgendwie unübersichtlich ist.«

»Eben!«

»Eben was?«

»Duisburg ist die Highway-Hauptstadt des Reviers. Über 60 Kilometer Autobahnen führen durch das Stadtgebiet. Ohne Navi geht da gar nichts.«

»Die meisten Leute fahren doch sowieso immer dieselben Strecken«, sagt Nico.

»Eben! Erkundige dich mal unter deinen Verwandten und Bekannten. Keiner wird wissen, woher die ganzen Straßen kommen und wohin sie führen. Einen Grund für das Gewirr muss es aber geben, es ist sicher nicht sinnlos.«

Nico erschrickt. »Mein Gott, da fällt mir etwas ein ... Du darfst mich aber nicht auslachen!«

»Großes Kumpelehrenwort!«

Nico geht zum Flüstern über. »Ich habe neulich was im Netz gelesen: Es könnte gut sein, dass eine fremde Macht ihre Finger nach uns ausstreckt.«

»Du meinst die Zeugen Jehovas, Scientologen oder Vegetarier?«

»Ich meine Außerirdische, Fremdlinge, Aliens.«

»Ich hab noch keine gesehen, obwohl ... Was sich da am Kantpark manchmal rumtreibt ...«

»Gehen wir davon aus, dass es Außerirdische gibt und dass *sie* das planmäßige Straßengewusel angelegt haben.«

»Wenn du das sagst.«

»Dann lautet die nächste Frage: warum und wozu?«

»Ich glaube nicht an Außerirdische und frage mich das deshalb nicht.«

»Das sollte sich jeder fragen, dem sein Leben und das seiner Nachkommen lieb ist.«

»Haben sie dich auch schon umgedreht? Du sprichst wie ein Wanderprediger.«

»Lass doch den Blödsinn. Natürlich ist das alles utopisch. Aber angenommen, irgendwelche Wesen würden eine geheime Landung auf der Erde vorbereiten. Da wäre es naheliegend, die vielen Autobahnen, Zubringer und Schnellstraßen als Grundlage für ihre Ufos zu nutzen.«

»Schön und gut. Sie landen also. Und was wollen sie hier? Uns auffressen?«

»So einfach ist das nicht. Vor dem großen Zugriff kommt die ausgeklügelte Logistik.«

»Ich sehe schon den ersten Alien an Beas Büdchen aufkreuzen und sich eine Bunte Tüte bestellen«, witzelt Sobotta.

»Mach dich nur lustig, oder schau mal nach Ruhrort. Am Endpunkt der Neuen Seidenstraße kommen im Duisburger Hafen wöchentlich 60 Züge mit Produkten aus Asien an.«

»Ich hab nichts dagegen, aber langsam Durst. Die beiden Frauen müssten längst zurück sein.«

»Noch eine einzige Überlegung, dann kannst du dein Gehirn wieder in die Hängematte legen: Es könnte doch sein, dass die Außerirdischen den Chinesen überlegen sind, deren Logistik übernehmen und …«

»Ich glaub, sie kommen.«

»Die Außerirdischen?«

»Hört sich eher nach Bea und Meta an. An den beiden kommt kein Alien vorbei.«

»Jedenfalls sollten wir die außerirdische Gefahr im Auge behalten. Das könnte ein sensationelles Einsatzgebiet für unsere Drohne werden.«

»Wir sollten sie ›Dellek‹ nennen.«

»Warum ausgerechnet Dellek?«

»Mir ist gerade so nach Dellek.«

»Warum zieh ich bloß immer die Loserkarte?« – »Das bildest du dir nur ein!« Die Stimmen der beiden Ankommenden lassen sich auch ohne Sichtkontakt leicht unterscheiden. Bea mit ihrer durchsetzungsstarken Kraft und rustikalen Ausdruckweise, Metas Stimme eher zurückgenommen im schmeichelnden Singsang.

Jetzt sind sie schemenhaft zu erkennen. Wie auf Verabredung erlöschen die Handylichter, Sobotta schnappt sich das Sitzbrett und trägt es zur Zeitungsbox, Nico stellt die leeren Bierkästen wieder neben die Büdchentür.

»Das habe ich nun von meiner Gutmütigkeit. Erst lasse ich von unserem Alleskönner mein Fahrrad reparieren – mit dem letzten Rest von meinem Pannenspray, dann tausche ich mit dir das Rad, weil mir der Sattelschoner an deinem Fahrrad besser gefällt. Weil angeblich meine Bremse nicht funktioniert, gibst du mir mein Rad zurück. Und jetzt hab ich schon wieder einen Platten. Aber du beschwerst dich, dass du laufen musst.«

Fast hätten es Sobotta und Nico geschafft, sich zu verdrücken, bevor sie entdeckt werden. Doch Bea steuert sie direkt an.

»Sobotta, hiergeblieben!« Sie meint es ernst, ihr Zeigefinger kommt seinem Brustkorb ziemlich nahe. »Ich will ein neues Pannenspray für mein Fahrrad! Aber damit ist es dieses Mal nicht getan, ein neuer Schlauch muss her!«

Beiläufig mischt sich Nico ein. »Für alle vier Räder?«

»Selbstverständlich für alle –«, abrupt bricht Bea ab. »Wir sprechen uns morgen.«

Kehle, Lippen und Zunge brauchen auch mal eine Pause. So wird es für Bea und Meta ein schweigsamer Heimweg vom Büdchen nach Hause. Inzwischen hat Bea das meiste ihres Hausstands zu Meta gebracht. Das Bett steht zwar noch in ihrer Wohnung, aber darin schlafen will sie nicht mehr. Zu sehr hat sie sich an die traute Zweisamkeit in Metas Bett gewöhnt.

Erst als sie nebeneinanderliegen, fordert die Situation einen weiteren Stimmeinsatz. »Hast du meine Lesebrille gesehen?«, fragt Bea.

»Ich sehe überhaupt nichts.«

»Warum nicht? Bist du erblindet?«

»Du weißt doch, dass ich mit Schlafmaske schlafe.«

»Dann mach ich das Licht jetzt aus.« Nach einer Weile: »Wollen wir morgen über unseren Trip sprechen?«

»Ja, bitte.«

»Hoffentlich bekommen wir dann noch alles zusammen!« Hartnäckigkeit ist eine von Beas überragenden, aber auch gefürchteten Eigenschaften.

»Sprich bitte etwas leiser.«

»Sorry!« Das war keinen Deut leiser. »Sag einfach Bescheid, wenn dir nach einem Gespräch ist.«

Abrupt richtet sich Meta auf, stapelt ihre Kopfkissen gegen das Rückteil des Bettes und lehnt sich an. »Du hast es mal wieder geschafft, deinen Willen durchzusetzen. Zufrieden?«

»Ich will dich nicht ärgern, aber meine Gedanken lassen mir keine Ruhe.«

»Mir jetzt auch nicht mehr!«

»Du brauchst dich nicht einzubringen, hör einfach zu und sag Bescheid, wenn du eingeschlafen bist.«

»Haha.«

»Siehst du? Schon bist du munter.«

»Manchmal hasse ich dich!«

»So richtig?«

»Nur manchmal.«

Bea rutscht zu Meta, gibt ihr einen Kuss. »Wir kommen mit unserer Geschäftserweiterung noch immer nicht vorwärts. Bisher sind keine Aufträge in Sicht. Wir müssen uns einen Namen machen, und darum brauchen wir Erfolge, Erfolge, Erfolge.«

»Ich brauche Schlaf, Schlaf, Schlaf!« Meta lässt den Kopf an Beas Kopf sinken, schnüffelt an ihren Haaren.

»Jetzt nicht!«, bestimmt Bea. »Beim Unfall von Ramona Pundenz hatte ich das dumpfe Brummeln im Bauch, dass schlampig ermittelt und schnell zu den Akten gelegt wurde. Das Brummeln war wohl ein Fehlalarm. Wie wir heute gesehen haben, lag an der Unglücksstelle ein ganzer Haufen Pflastersteine. Im Geiste muss ich Schymanczek wohl Abbitte tun. Aber dass dir der Haufen nicht aufgefallen ist … Okay, du warst abgelenkt durch deinen Ex und seine chinesische Liaison, kann ich verstehen.«

»Dir fehlen nur noch Ärmelschoner und Tintenfass, dann könntest du Assistentin von Schymanczek werden.«

»Dumme Kuh!« Bea streichelt mit einer Hand Metas Busen, nichts regt sich. »Deine Reaktion war auch schon eindrucksvoller …«

»Nicht bei deinen Themen!«

»Wir wollen nicht streiten. Erst die Arbeit, dann das Vergnügen. Konzentrieren wir uns auf Melissa Maywald. Ramona Pundenz hat ihr den Delfintrainer angeblich abspenstig gemacht. Dafür, dass sie ihn so sehr geliebt hat, sogar von Verlobung gesprochen hat, war die Trauer um sein Verschwinden aber ziemlich kurzfristig und eher beiläufig. Sie soll sogar – hört man aus Zookreisen – mehrmals mit dem Sohn eines Metzgers, Hendrik heiße er, in freundschaftlichem Umgang gesehen worden sein.«

»Ach nee. Und was sagt uns das?«

»Es könnte bedeuten, dass sie froh ist um das Verschwinden des Delfintrainers, um mit diesem Hendrik durchzustarten. Es könnte aber auch ein ausgeklügeltes Ablenkungsmanöver sein.«

»Komm endlich zum Ende, Nachtarbeit ist schädlich für den Teint!«

»Vielleicht hält sie den Trainer irgendwo gefangen. Damit hätte sie alle Asse in der Hand. Niemand könnte ihr die Rolle an seiner Seite mehr streitig machen.«

»Und wie finden wir das heraus?«

Bea antwortet nicht.

»Hallo, Miss Marple?«

Gleichmäßiges Atmen an Metas Schulter, ein leichtes Schnorcheln.

»Na prima, du ratzt und ich bin hellwach.« Meta trennt sich vorsichtig von Bea. »Du hast dich in Morpheus' Arme verdrückt. Und ich?« Meta rutscht in eine bequeme Schlafposition, deckt Bea zu, greift blindlings in ihre Nachttischschublade und gönnt sich ihren kleinen Freudenspender. Allzeit bereit! Da sind noch so viele Bilder aus der Zeit mit und vor Joop in ihrem Kopf, in verschiedenen Schubladen von »schnell« bis »ergiebig« abgelegt. Meta entscheidet sich für den Bademeister auf dem Fünfmeterturm.

*

»Sobotta!«, schallt es am nächsten Morgen über den Dellplatz.

Sobotta merkt sofort auf, Erlösung von seiner erniedrigenden Tätigkeit naht. In der absteigenden Beliebtheitsskala seiner Arbeitsbeschreibung folgt hinter Pizzakartons aufsammeln und festgetretenem Kaugummi entfernen mit erheblichem Abstand Hundekacke aus dem Weg räumen. Sei sie verpackt oder lose.

Er parkt seine Karre vorschriftsmäßig und gesichert zwischen zwei Ahörnern, geht gemessenen Schritts zum Büdchen hinüber, hebt auf seinem Weg eine leere Zigarettenschachtel auf, übersieht einen aufgequollenen Tampon, entdeckt eine bunte Strickmütze und hängt sie an die Rücklehne einer Bank.

»Hallo!«, grüßt er Bea. »Dein Fahrrad nehme ich nach Feierabend mit in meine Werkstatt.«

»Eilt nicht«, sagt Bea. »Ich hab heute Morgen kräftig aufgepumpt.« Sie stellt Sobotta ein Gratisbier und einen Kümmerling neben den Zahlteller. »Ich möchte etwas Wichtiges mit dir besprechen.« Sie stockt ihr Angebot um zwei weitere Kümmerlinge und ein Bier auf. »Geht aufs Haus!«

»Ist schon wieder Vatertag?«

Bea geht nicht auf das Geplänkel ein. »Ich brauche deine Hilfe.«

»Mal was Neues!«, murmelt Sobotta in die Bartstoppeln.

»Du kennst doch Melissa Maywald?«

»Die mit dem Hühnerfutter?«

»Genau! Ich bin einem Verdacht auf der Spur, könnte eine spannende Geschichte werden. Aber für die Aufklärung fehlen mir die technischen Fähigkeiten.«

Sobotta lässt den Verschluss des Kümmerling-Fläschchens knacken und gönnt sich einen Schluck.

»Besagte Melissa war an dem allseits beliebten und mittlerweile verschwundenen Delfintrainer dran. Der hat sich unsichtbar gemacht. Die Polizei sieht keine Veranlassung für eine Fahndung, weil er offiziell nicht vermisst wird. Im Zoo hat er sich angeblich unbezahlten Urlaub genommen, um seine erkrankte Tante in den USA zu besuchen und notfalls zu pflegen. Über ortsansässige Verwandtschaft sei nichts bekannt – sagt Schymanczek.«

Sobotta genießt den Rest aus dem angebrochenen Fläschchen. »Hab gar nicht gewusst, dass du etwas mit ihm hast. Aber Exotik zählt wohl mehr als Verlässlichkeit.«

»Fang nicht schon wieder an, du weißt, dass ich dich mag.«

»Kannst du ruhig zwischendurch mal sagen, nicht nur, wenn du mit deinen Krimispielen nicht weiterkommst.«

»Krimispielen? Ich glaube wohl …«

»Ich dir auch!« Der zweite Kümmerling ist fällig. Vorbeugend.

»Lass uns nicht streiten, das verdirbt die Atmosphäre. Meiner Vermutung nach ist der Delfintrainer verschwunden, aber nicht in die USA.«

»Einfach ausgedrückt: Du wüsstest gern, wo er sich herumtreibt, wenn er sich nicht bereits im Jenseits treiben lässt.«

»Du solltest der dichterischen Ader in dir nachgehen. Ein Lyrikpreis für Nachwuchsdichter wäre allemal drin.«

Sobotta schmunzelt. »Der Dellplatz-Kurier wollte mir ein Eckchen für meine philosophischen Gedanken freihalten. Aber ich habe genug zu tun mit platten Reifen, Hundekacke und Drohnenreparaturen.«

»Noch könntest du dich entscheiden zwischen Kunst und Brot.«

»Flüssigem Brot?«

»Verstanden. Ich spendiere heute Abend ein Feierabend-Sixpack, wenn du … Was wollte ich eigentlich?«

»Dass ich den verschwundenen Delfintrainer suche, damit du dich als findige Ermittlerin präsentieren kannst?«

»So ähnlich, wäre auf alle Fälle nicht geschäftsschädigend.«

»Wo kann ich anfangen? Letzter Aufenthaltsort?«

»In der Zeitungsbox hinter dem Büdchen, dann Verwandlung in eine ramponierte Schaufensterpuppe, danach unbekannt verzogen.«

»Ich soll also die Drohne starten und ihn suchen. Wo denn?«

»Das überlasse ich dir und deinem Co-Piloten. Als Ausgangspunkt eurer Beobachtung könnt ihr Melissa Maywald nehmen. Wenn ich mit meiner Vermutung richtigliege, wird sie einen Weg gefunden haben, sich irgendwo mit ihm zu treffen.«

»Hast du eine Ahnung, wie groß ›irgendwo‹ ist?«

»Wir können es einschränken: Ich habe in Erfahrung gebracht, dass Melissa kein Auto, nicht mal einen Führerschein besitzt. Wenn sie sich also mit ihrem Delfintrainer trifft, dann im Aktionsradius ihres Fahrrads. Melde dich, wenn ihr etwas herausgefunden habt. Ein Eintopf mit flüssiger Beilage und hochprozentigem Nachtisch erwartet euch. Wie wär's mit Schnibbelbohneneintopf mit Mettwurst?«

»Das passt, auch für meinen Compagnon, wenn der nicht gerade mit Jacqueline, Zara oder Ines verabredet ist.«

NEUNZEHN

»Eigentlich«, mault Nico, »habe ich mir das Drohnenfliegen spannender vorgestellt. So mit Dackel ärgern, Tauben scheuchen …«

»Wie bitte?«

»Tauben schützen und hübsche Mädchen im Gartenpool besuchen.«

»Bei sechs Grad?«

»Alles ist so maßlos traurig. Da ist selbst ein Blick auf die Dessous-Seiten im Internet kein Burner.«

»So schlimm mit der Pubertät?«, fragt Sobotta.

»Das hat nichts mit Pubertät zu tun, das sind ganz normale Männerwünsche.«

»Als Nächstes fragst du mich nach der Adresse für ein lohnendes Bordell?«

»Wie lange wollen wir hier noch hocken?« Nico hat Hummeln im Hintern. Auch Pubertät!

»Nicht mehr lange«, sagt Sobotta nach einem Blick auf seine Armbanduhr. »Bea meint, diese Melissa sei sehr akkurat und mache fast immer zur selben Zeit –«

»Halt, stopp!« Nico tippt auf einen orangen Knopf der Drohnenfernsteuerung mit integriertem Bildschirm zur Videoübertragung, die auf Sobottas Schoß liegt, und zoomt die Kamera näher an ein Objekt.

»Treffer!«, jubelt Sobotta mit zurückgehaltenem Stimmvolumen. »Das ist sie, jetzt müssen wir dranbleiben.«

Nico greift sich die Fernsteuerung von Sobottas Knien, erkennt auf dem milchig grauen Bildschirm ein Fahrrad mit einer Frau in Bewegung, bestätigt mit »Roger!«. Ihm dauert das alles zu lange, er ist in 28 Minuten verabredet. Wenn er bloß noch wüsste, wie sie heißt. Ella, Elli, Emi, Emu oder doch mit B?

Das verwaschene Kunstwerk von Frau auf Fahrrad hat es nicht eilig.

Plötzlich schlägt sich Nico die Hand vor den Mund. »Sie ist weg! Ah, nein, da ist sie wieder. Stellt ihr Fahrrad neben den weißen Caddy.«

»Ich hab meine Brille vergessen. Erzähl weiter, was du siehst«, sagt Sobotta.

»Hm … Sie schließt ihr Fahrrad ab und steigt in den Caddy.«

»Fahrer- oder Beifahrerseite?«

»Beifahrer. Auf der Fahrerseite sitzt jemand. Ich glaub, jetzt küssen sie sich.«

»Weiter!«

»Nichts weiter! Das Auto hat zurückgesetzt und ist losgefahren. Vielleicht zur Autobahn oder nach Mülheim.«

»Welche Autobahn?«

»Such dir eine aus. Das war's wohl mit der Beobachtung, in ein paar Minuten ist es dunkel. Außerdem muss ich los.« Nico holt die Drohne zurück und lässt sie mit einem halben Meter Abstand neben seinem rechten Fuß landen. Sobotta packt sie in den gepolsterten Karton. »Aufgefallen ist dir nichts?«

»Mir? Wobei?« Ein Blick auf die Armbanduhr. »Ich sag einfach, ich hätte einer alten Frau über die Straße geholfen. Dann kann sie wegen der Verspätung nicht beleidigt sein. Oder?«

»Nico! Hast du den Fahrer erkannt, oder ist dir an dem Caddy etwas aufgefallen?«

»Nein. Doch, an der Seite des Autos.«

»Lass dich nicht so bitten! Was hast du erkannt?«

»Unter Druck kann ich nicht denken. Deswegen verhau ich auch jede Latein…«

»Wir sollten es mit langsamem und bewusstem Atmen probieren. Ein … und aus … Ein …«

»Verar… ähm …äppeln kann ich mich selber. Da waren zwei Tiere abgebildet, zwei Hunde oder Schneeleoparden oder so was.«

»Und?«

»Ein Schriftzug, aber den konnte ich so schnell nicht entziffern. Und der Caddy hatte gelbe Kennzeichen, war wohl von jenseits der holländischen Grenze.«

»Du bist ein ziemlicher Gewinn für die Menschheit!«, lobt Sobotta.

»Das ›ziemlich‹ kannst du dir schenken. Ohne mich wärst du mit deiner Drohne verloren.«

»Einbildung ist auch eine Bildung.«

*

Bei Bea und Meta gibt es zum Abend Pils an Currywurst und Pommes, so war der Plan. Nun ist es Brühwurst, weil sie im Angebot war, und Milchreis, weil Meta die Kartoffelstäbchen beim Einkauf vergessen hat.

»Schmeckt auch«, sagt Bea in einem Ton, der Metas Stresslevel bis an die Selbstentzündung treibt.

»Das hat sich wohl so eingespielt, dass ich einkaufe und du anschließend meckerst.«

»Ich meckere nicht, ich sage nur die Wahrheit, um

unser Zusammenleben so effektiv wie möglich zu gestalten.«

»Weißt du, was du bist …«

Zum Glück meldet sich in diesem Augenblick Beas Handy. Das Display kündigt einen Anruf von Sobotta an.

»Kannst du bitte annehmen?« Bea schiebt Meta das Handy zu. »Ich muss mir was notieren, hab ich sonst bis morgen vergessen.«

»Ich muss die Reiskörner zählen«, giftet Meta zurück, und das Handy macht sich brummend auf den Weg zu Bea.

»Du kannst so nachtragend sein.«

Mitten auf dem Tisch gibt das Handy seine Wanderschaft auf. Meta seufzt, Bea schnauft, beide greifen gleichzeitig zum Handy, doch da ist es schon verstummt.

Meta sagt: »Gib schon her«, und schnappt sich das Telefon.

Bea schmunzelt in sich hinein.

Meta tätigt den Rückruf mit aktiviertem Lautsprecher.

Sobotta meldet sich mit »'n Abend« und fragt direkt im Anschluss: »Kannst du mir mal Bea geben?«

»Bitte?«

»Beea! Hörst du schlecht?«

»Dein galanter Freund«, sagt Meta und schiebt Bea das Handy zu.

»Ja?«, meldet sich Bea.

»Ich hab einen Zusatz zu unserer heutigen Drohnenbeobachtung. Von dem weißen Caddy weißt du ja schon.«

»Lass hören!«

»Nach dem Einparken unserer Drohne bin ich zu meinem Taxifahrerfreund Taha Yerlikaya, der hat ein tolles Angebot an Halbschuhen in Erfahrung gebracht, heruntergesetzt von 224 auf –«

»Kannst du bitte zur Sache kommen?«

Meta öffnet zwei Flaschen Bier und deutet mit einer Bewegung an, in ein imaginäres Glas einzuschenken, das sie mit der anderen Hand formt.

Bea schüttelt den Kopf, sie braucht kein Glas.

»Bei der Schuhanprobe«, fährt Sobotta fort, »sind wir auf den weißen Caddy gekommen.«

»Von dem du bereits ausführlich berichtet hast.«

»Man kann es dir einfach nicht recht machen.« Sobotta scheint kurz vor dem Auflegen zu sein, zögert dann aber. »Jedenfalls kennt Taha den Wagen. Er hat ihn schon öfters gesehen, auch die junge Frau, die einsteigt. Den Fahrer kann er nicht beschreiben, wohl aber den Aufdruck auf dem Caddy: zwei wunderschöne Huskys mit dem Schriftzug: ›Mells Husky-Ranch‹ und dazu eine Ortsbezeichnung, an die sich Taha nicht genau erinnert. Vandeck, Schandock, Sanddorn oder so. Mehr habe ich nicht aus ihm herausbekommen.«

»Das ist doch wunderbar!«, jubelt Bea. »Du bist ein Schatz!«

»Ich bin kurz davor, es dir zu glauben. Kannst du's mir beweisen?« Totenstille. Sein Mut hat Sobotta spontan den Atem verschlagen.

»Natürlich. Ich bring dir morgen zwei Frikadellen mit. Die sind zwar von gestern, aber mit viel Liebe handgerollt.«

Stille im Äther, Sobotta hat aufgelegt.

»Verstehst du das?«, fragt Bea ihre Freundin. »Andere würden sich die Finger nach deinen Frikadellen lecken. Dabei sind die noch gar nichts gegen deine Brühwürstchen im Milchreismantel.«

Meta lässt sich auf den Stuhl am Küchentisch fallen. »Du bist einfach umwerfend!«

»Dazu haben wir jetzt keine Zeit.« Bea stapft zwei Schritte bis zur Spüle, dann zweieinhalb hinüber zur Anrichte. »Wir sind dem Erfolg auf der Spur!«

»Ich wüsste nicht wie, aber du wirst es mir gleich erklären.«

»Fangen wir ausnahmsweise vorne an. ›Mells Husky-Ranch‹. Na, dämmert's dir?«

»Ich hol uns einen Eierlikör, der schmiert die Gedankengänge.«

»Könnte doch sein – Prost! –, dass sich hinter ›Mells Husky-Ranch‹ Melissas Husky-Ranch verbirgt.« Spüle, Anrichte, Spüle. »Über den Ort und eine eventuelle Internetseite fügt sich zusammen, was zusammengehört.« Finish an der Anrichte. »Also los, wo hast du den Autoatlas?«

»Gibt es so etwas überhaupt noch? Mein Ehemaliger – du weißt schon, wen ich meine – hat sich auf seinen Routenplaner und sein Näschen verlassen. Du glaubst gar nicht, wo wir manchmal gelandet sind. Da fällt mir ein, ich hab noch einen alten Diercke Weltatlas. Aber wo?«

»Meta, das war ein Spaß! Wir leben im 21. Jahrhundert, wir gehen ins Internet.«

Meta stellt ihren Laptop auf den Küchentisch, startet durch, und Bea robbt heran. Meta gibt »Mells Husky-Ranch« ein. Die Suchmaschine erschlägt die neugierigen Frauen mit einer Überzahl an Informationen von Alaska bis Zeckenhalsband. An 263. Stelle werden sie fündig.

Nachdem die Homepage aufgerufen ist, dauert es nur noch Sekundenbruchteile, bis Meta jubelt: »Das sind sie: Melissa und der Verschollene.« Die Startseite ziert ein ansprechendes Foto von zwei stolzen Hunden in den Armen von Melissa Maywald und …

Meta rückt fast bis zur Nasenspitze an den Bildschirm heran. »Ich kann verstehen, warum die Maywald den strammen Kerl versteckt hat.«

»Ach ja?«

»Sie will ihn für sich allein haben. Ganz – allein – für sich! So eine Egoistin!«

»Hätte beinahe geklappt, wenn nicht unsere pfiffigen Assistenten gewesen wären. Sobald der Laden läuft und sie nicht mehr auf das Zusatzeinkommen Melissas angewiesen sind, wird sie sich auch in die Niederlande absetzen.«

Meta spendiert noch ein Likörchen. »Eigentlich haben sie doch keine Straftat begangen. Vielleicht durch die Ablage der angeblichen Leiche in der Zeitungsbox. Aber beweis das mal.«

»Ich weiß von nichts. Ich mag Huskys!«

Es klingelt an der Haustür, beide stürzen zur Sprechanlage im Flur. Auf dem Videobild ein geschrumpfter Andreas Schymanczek. Er scheint inkognito unterwegs zu sein, so verhuscht und grau wie er aussieht – kaum wiederzuerkennen.

»Der braucht auch dringend einen Eierlikör«, meint Meta und öffnet die oberen Knöpfe an ihrer Holzfällerbluse bis zum Kobrakörbchen.

»Und nichts, was ihn aufregen könnte«, ergänzt Bea.

Meta verzieht das Gesicht und schließt den unteren der gerade geöffneten Knöpfe wieder. Dafür krempelt sie die Ärmel etwas zurück, sodass beide Handgelenke freiliegen. Das kann auch ganz schön sexy sein.

Bea kommt nicht mehr dazu, einen weiteren Verweis auszusprechen. Der graue Mann steht schon in der Wohnungstür.

»Bonsoir, Herr Kommissar!« Meta stürzt sich auf den verwirrten Schymanczek, Küsschen links, Küsschen rechts, weiß nicht mehr, ob das die richtige Reihenfolge ist und fügt noch ein Rechts-Links hinzu.

Bea schließt die Wohnungstür, bittet den Herrn Kommissar ins Wohnzimmer zu Eierlikör und Teegebäck – vom Discounter, aber schöne Dosenverpackung.

Allmählich taut Schymanczek auf, beichtet vom Stress im Kommissariat, seinem ungerechten Vorgesetzten und seinen nervenden Kollegen.

Meta verspürt Mitleid, sie hat ein großes Herz, das sie ihm unbedingt zeigen will, und öffnet den Blusenknopf unauffällig wieder. Kaffee gibt es natürlich auch, den schenkt Meta ein und beugt sich dazu tief, sehr tief über die Kaffeetasse des Kommissars.

Bea schüttelt den Kopf, gönnt Meta aber den kleinen Spaß und dem Kommissar dieses warme Gefühl unter den Rippen.

Nach einiger Zeit berichtet Bea von ihrem Rechercheerfolg in Sachen Melissa und Delfintrainer. Schymanczek sieht auch keine strafbare Handlung, selbst nach längerem Nachdenken nicht, und freut sich sogar ein wenig auf die Notiz im Ermittlungsprotokoll, die er morgen anfügen will. Doch die Aufmunterung ist rasch verflogen, er wirkt deprimiert und desinteressiert. Schließlich ein tiefer Seufzer. Schymanczek greift in die Innentasche seines Jacketts, zieht einen weißen Briefumschlag hervor, beschriftet mit »3x Monatsmiete« und schiebt Meta das Kuvert zu.

Unter Beas strengem Blick öffnet sie das Kuvert, prüft flüchtig den Inhalt und widmet sich den traurigen Augen des Kommissars.

»Schon seit Monaten spricht meine Frau kein Wort mehr mit mir.«

Nicht gut, gar nicht gut, findet Bea, solche Männer entwickeln sich zu Kletten und Stubenhockern. Filzpantoffeln, Kreuzworträtsel, Schonkost. Sie greift zur Likörflasche und gießt dem Kommissar nach. »Das renkt sich alles ein, Andreas. Alles! Bevor du dich umdrehst –«

»Wir verkehren nur noch über E-Mail.« Er zieht ein gefaltetes Blatt Papier aus der seitlichen Jackentasche, glättet es und legt es mitten auf den Tisch.

Meta ahnt nichts Gutes und will den Ausdruck nicht lesen. Bea muss sich erbarmen. Schreibschrift, oh Gott.

Es gehört sich nicht für einen Mann in deinem Alter, in eine WG mit zwei mannstollen Weibern zu ziehen, allein schon wegen dem guten Ruf und den Pensionsansprüchen. Solltest du das Arrangement nicht sofort beenden, werde ich umgehend bei deinem Vorgesetzten vorstellig werden. Überleg dir, ob du den Skandal bei deinem schwachen Herzen aushalten wirst.

Nach einer angemessenen Zeit des allgemeinen Schweigens holt der Kommissar tief Luft, und noch zweimal, und berichtet dann, dass er das »Arrangement« auf keinen Fall zu beenden gedenkt. Vielmehr hat er sich bereits nach einer kleinen Wohnung umgesehen, in die er pro forma einziehen wird. Seine Zusage für die Wohnung bei Meta Kowalewska werde er auf keinen Fall widerrufen. Er freue sich schon auf die weiteren Ermittlungsgespräche mit Bea und Meta in inspirierender Runde. Er bitte nur um absolute Diskretion in jeder Hinsicht.

»An uns soll es nicht liegen«, meint Bea, obwohl sie an der Durchsetzbarkeit des Vorhabens zweifelt.

*

Ein entspannter Morgen, leise Musik, warmes Bett, ein Kopfkissen zum Liebhaben. Plötzlich anhaltendes Klingeln an der Haustür, Pause, erneutes Klingeln.

Meta schrickt im Bett auf: »Wie spät ist es denn?«

Bea tippt schlaftrunken auf den Digitalwecker: »Erst halb sechs! Das können nur Idioten sein. Oder hast du mal wieder in fremden Revieren gewildert?«

»Quatsch! Ich bin dir treu wie mir mein Lippenherpes bei gekochter Speckschwarte.«

»Vielleicht wieder ein Bombenalarm?« Bea gähnt so gewaltig, dass sie nicht sicher ist, ob sich ihr Mund ohne Gewalteinwirkung wieder schließt.

Ein drittes Mal wird geklingelt, unterstützt von heftigem Pochen gegen das Holz der Tür.

Meta wird unruhig. »Hört sich dringend an.«

»Kann schon sein. Ob Lebensgefahr droht?«

»Mal den Teufel nicht an die Wand!«

»Und wenn es brennt? Ich habe neulich im Fernsehen gesehen –«

»Geh doch einfach an die Sprechanlage und schau, wer so früh schon munter ist. Ich jedenfalls nicht!«

Bea will sich auf die andere Seite rollen, aber Meta reißt ihr energisch die Bettdecke weg. »Okay, ich gehe. Und du gehst mit!«

»Ein Singleleben hat durchaus seine Vorteile!« Bea schwingt ihre Beine aus dem Bett, sie tippt erneut auf den Wecker. »Jetzt hat Sobotta die Tageszeitungen schon aus der Zeitungsbox geholt und griffbereit auf das Ausgabebrett gelegt. Die treue Seele! Das macht er hin und wieder seit der Sache mit dem Toten beziehungsweise Untoten. Vielleicht erbarme ich mich seiner doch mal. Irgendwann. Spätestens im Seniorenheim der Welker-Stiftung.«

Die Drohung verhallt ungehört. Meta steht bereits im Flur vor dem Bildschirm der Sprechanlage. Bea schlurft hinterher. Meta fordert Bea mit rudernden Armbewegungen auf, sich zu beeilen. »Hast du die bestellt?«

Bea schiebt Meta zur Seite und blinzelt, um sich einen Durchblick zu verschaffen. »Nö, obwohl die aussehen wie Umzugsleute. Vielleicht hat Schymanczek heute Nacht noch ernst gemacht?«

Fünf Leute in dunkler Kleidung. Eine Frau, vier Männer. Der Mann vorne rechts wirft seine Kippe auf die Waschbetonplatten, tritt sie aus. Klingeln, Poltern, die Tür knirscht. Der Mann ohne Kippe dreht sich halb zur Seite, hebt eine Ramme mit zwei roten Griffen in Gürtelhöhe.

Bea schreit hysterisch: »Mach auf, mach auf, die sind vom Zoll!«

»Und ich bin Schneewittchen.«

Es bleibt keine Zeit mehr zum Überlegen. Um Gröberes zu verhindern, drückt Bea auf den grünen Knopf der Sprechanlage.

»Na endlich«, hören sie von unten eine sonore Stimme.

»Jetzt werden sie stürmen«, flüstert Meta und klammert sich an Beas Arm.

Doch so eilig scheint es der Sturmtrupp nicht zu haben. Es dauert eine ganze Weile, bis die Gestalten hinter- und durcheinander vor der Wohnungstür erscheinen. Meta knipst das Licht im Flur an.

Der Wortführer stellt die Ramme ab, betrachtet die Frauen en détail, die Kobra entgeht ihm nicht. Die einzige Frau der Gruppe stößt ihm einen schmalen Ordner in die Seite. »Ist das alles, was du vom Seminar über feminine Wertschätzung in Alltag und Beruf gelernt hast?«

Der Wortführer nimmt Haltung an, wendet sich an Bea

und Meta. »Würden Sie sich bitte etwas anziehen? Wir führen eine Hausdurchsuchung und Befragung in einem Verdachtsfall zu mehreren möglichen Straftaten durch.«

Bea und Meta versuchen gleichzeitig, vom Flur ins Schlafzimmer zu kommen. Ein kleines Gerangel an der Tür, dann vor dem Kleiderschrank, aber schließlich die gütliche Einigung: Meta zuerst, sie braucht nicht viel.

Bea tippt derweil eine kurze Nachricht an Sobotta: »Kannst du das Büdchen öffnen und mich kurz vertreten? Erklärung später.«

Schon wird gegen die Schlafzimmertür gepoltert.

»Du willst doch in dieser Situation nicht die Pumps anziehen!«

»Eher die Stiefelchen?«, überlegt Meta.

»Mein Gott, einfach ein paar normale Schuhe!«

»Finde ich gerade nicht«, wehrt sich Meta. »Vielleicht sollten wir einen Anwalt anrufen, sonst sitzen wir in U-Haft, bevor wir uns versehen.«

»Wir sollten uns erst einmal anhören, was der Zoll von uns will.«

»Der Zoll?« Meta schaut überrascht. »Ich war eher auf dem Trip SKL oder so.«

Gepolter an der Tür. »Wird's bald? Wir haben nicht den ganzen Tag Zeit.«

»Du meinst SEK. Hast du keine Augen im Kopf? Auf den Jacken steht groß und breit ›Zoll‹.«

»Wozu brauchen sie dann beschusshemmende Westen?«

»Verfügst du über Spezialwissen? Dann sprich jetzt oder schweig für immer!«

»Mein ›Früchtchen‹ war Experte auf so manchem Gebiet. Hab ich dir schon die Geschichte mit den blockierten Handschellen …«

»Okay«, die Stimme des Oberzollers, »ich zähle bis drei, dann brechen wir auf.«

»Halt, wir sind sofort fertig.«

Der Oberzoller beginnt zu zählen, langsam, sehr langsam.

Bea hat Angst um ihre Knochen, sie hat einiges in den Zeitschriften gelesen, und reißt die Tür auf. »Sie hätten nur die Klinke herunterdrücken müssen, wir schließen nie ab.«

»Wo steckt er?« Jetzt wird der Oberzoller energisch.

»Müssten Sie uns nicht erst auf unsere Rechte hinweisen?«, bemängelt Meta, an den Füßen dicke Wollsocken. Schuhe hat sie so schnell nicht gefunden, und Pantoffeln sind für Auftritte mit Öffentlichkeit unterirdisch.

»Unser Haft- und Haussuchungsbefehl bezieht sich ausschließlich auf ...« Ein Wink zur Frau, die ihm den Aktenordner reicht. »Joop van Houten und seine Unterkunft. In die Vollstreckung können allerdings jederzeit Personen, die sich verdächtig machen, einbezogen werden.«

»Hier wohnt kein Joop van Houten! Was wird ihm denn zur Last gelegt?«

Der Oberzoller ist verstimmt. Sein Unwille verwüstet ihm die Gesichtszüge.

Meta setzt noch einen drauf. »Da könnte ja jeder kommen und ...«

Bea will nicht mehr mitspielen. Wenn das so weitergeht, liegen sie in kurzer Zeit auf harten Pritschen unter dunkelgrauen, muffelnden, kratzigen Wolldecken. Sie tritt Meta auf die Socken. »Mach mal halblang«, fährt sie Meta an und an den Oberzoller gewandt: »Wir können bestätigen, dass Joop van Houten bis vor zwei, drei Wochen hier gewohnt hat. Mit Sack und Pack ist er ausgezogen, ohne seine neue Adresse zu hinterlassen. Was wird ihm vorgeworfen?«

»Können wir die Haussuchung nun vornehmen, ohne dass Sie sich querstellen?«

»Natürlich«, sagt Bea, »wir haben nichts zu verbergen.«

Der Oberzoller nickt seinen Begleitern zu. Die schwärmen aus, fangen im Schlafzimmer mit ihren Untersuchungen an.

»Schafsköpfe«, murmelt die Zollbeamtin. Sie schlägt ihren Ordner auf, überfliegt ein Schriftstück und wendet sich dann an Bea, die ihr am einsichtigsten erscheint. »Vornehmlich wird ihm Steuerhinterziehung in nicht unbeträchtlicher Höhe vorgeworfen, außerdem Verstöße gegen nationale und internationale Exportverbote sowie gegen das Artenschutzabkommen.«

Bea gönnt ihr ein vorsichtiges Lächeln. »Sie haben sicher noch einen langen Tag vor sich.«

Die Beamtin schaut Bea abschätzend an, kann wohl nichts Verdächtiges in Beas Feststellung finden. »Von Dunkelheit zu Dunkelheit – zwölf Stunden Schicht. Das fängt mit Übermüdung an und endet mit Verlust der Selbstkontrolle noch vor der Tagesschau.«

»Die Durchsuchung wird vermutlich einige Zeit dauern?«, meldet sich Meta kleinlaut.

»Das kann man nicht vorhersagen, ist aber anzunehmen.«

»Ich könnte uns in der Küche einen Kaffee kochen.«

Die Zollbeamtin lächelt menschlich und entspannt. »Das wäre wunderbar, ich bin heute noch nicht zum Frühstücken gekommen.«

»Vielleicht auch ein Scheibchen Brot? Ich habe Toastbrot und Knäcke.«

»Gern von beidem.« In der Küche lehnt sie sich auf ihrem Stuhl zurück, fühlt sich ein bisschen wie zu Hause.

»Mit Wurst oder Marmelade?«, fragt Meta.

»Gern mit Marmelade, ich bin Vegetarierin.«

»Für mich darf es Lyoner oder Schmierwurst sein«, meldet sich Bea.

Nach den ersten Schlucken Kaffee wird die Stimmung am Küchentisch fast familiär.

»Entspannen Sie sich«, sagt die Beamtin, als Meta der Kaffeelöffel aus der Hand fällt und auf der Butter landet, eigentlich Kochmargarine. Doch wer erkennt das schon ohne Verpackung?

»Ich verkrafte dieses ›In-der-Luft-hängen‹ nicht. Ich hätte mich mehr für die Aktivitäten meines Untermieters interessieren sollen. Aber so … Ich weiß von nichts!«

»Wenn sich nichts Schwerwiegendes mehr ergibt, sind Sie aus dem Schneider. Die Urkunden des Geschäftsfeldes und das Wirrwarr der geschäftlichen Beziehungen haben uns eine Sonderermittlungsgruppe und dreieinhalb Monate Einarbeitung und Beobachtung gekostet. Ist die Lyoner vom Metzger hausgemacht? War als Kind meine Lieblingswurst, ich weiß schon gar nicht mehr, wie sie schmeckt.«

»Greifen Sie zu!« Metas Gesichtsfarbe hat sich von hochrot zu normal gesund heruntergedimmt. »Hier sieht es doch keiner.«

»Aber nur eine halbe Scheibe ohne Butter auf Knäckebrot. Meine Tochter würde mich unverzüglich bei der Gesundheitspolizei verpetzen.«

Meta schüttet Eierlikör in drei Eierbecher, zur Tarnung. »Gegen die Kälte!«

Das versteht die Beamtin sofort. »Das Hauptgeschäft wurde mit Naturheilmitteln ekelhaftester Herkunft erzielt, wobei …« Die Beamtin führt den Eierbecher an den Mund und lacht hintersinnig. »Wobei die Geschäftspartner sich gegenseitig übers Ohr gehauen haben, die Rohstoffe billigste Schlachtabfälle waren und die Wirkung von Doktoren und Professoren bescheinigt wurde, die nie eine Uni von innen gesehen haben. Vielleicht noch ein Eckchen von der Schmierwurst – aber wirklich nur ein Häppchen.«

Ein Poltern ist aus dem Treppenhaus zu hören, einen Augenblick Stille, dann erneutes Gepolter.

»Die Kollegen scheinen heute besonders gründlich vorzugehen«, sagt die Beamtin. »Na, mir soll's recht sein. Viel wird dabei nicht herauskommen. Den einzigen Kontakt, den wir bisher ermitteln konnten, war zu einer Frau – über ein chinesisches Elektroauto mit der schönen Bezeichnung Geometry EX3. Der Frau soll der Wagen gehören. Aber nichts Genaues weiß man nicht …«

Die Küchentür wird aufgestoßen, ein mürrischer Oberzoller erscheint, gefolgt von den drei anderen Männern. »Wir wären dann so weit. Haben Sie es sich in der Zwischenzeit überlegt?« Er lässt seinen Blick von Meta zu Bea und wieder zurückwandern. »Ob Sie uns den Aufenthaltsort von Joop van Houten mitteilen können und wollen?«

Schweigen.

Die Beamtin erhebt sich mit einem unterdrückten Seufzer, klemmt den Ordner unter den Arm. »Danke für den Kaffee.« Alles andere spricht sie nicht aus. Nun ist sie wieder ganz diensteifrige Kollegin.

»Je nach Sachlage melden wir uns erneut bei Ihnen. Abmarsch!«

Einzeln ziehen sie an Meta und Bea vorbei aus der Küche, wobei die Beamtin den heimgesuchten Hausbewohnerinnen im Vorübergehen ein feministisches Augenzwinkern schenkt.

ZWANZIG

Sobotta ist erleichtert, als die beiden endlich erscheinen. Obwohl – im Großen und Ganzen könnte er so ein Büdchen auch bewirtschaften. An revolutionären Ideen fehlt es ihm nicht, zum Beispiel hat er heute Morgen die Selbstbedienung und -bezahlung eingeführt. Er hat eine Dose Bier geleert, mit seinem Schweizer Messer einen Schlitz in den Boden der Dose gestochen und die Trinköffnung mit Klebeband verschlossen. Schon war die Kasse fertig. Die Dose hat er mit dem Schlitz nach oben zwischen die ausgelegten Zeitungen und Zeitschriften gestellt. Die eiligen Morgenkunden haben das Geschäftsmodell schnell verstanden, wenn auch mehrheitlich schroff abgelehnt.

Er hatte sich seinen Einstand als Geschäftsführer ein wenig anders vorgestellt, daher ist er heilfroh, als die beiden Damen auf ihren Rädern eintreffen.

Beas Dank für Sobottas Vertretung fällt kümmerlich aus. An »kümmerlich« ließe sich vielleicht anknüpfen, aber Bea steuert das Gespräch in ein wilderes Fahrwasser.

»Du hast doch einen Freund …«

»Einen? Ich habe jede Menge Freunde, aber keinen abzugeben.«

»Lass mich doch mal ausreden!«

»Bitteschön!« Die Unstimmigkeit ist auf unbestimmte Zeit verschoben.

Bea und Meta berichten abwechselnd, teilweise auch gleichzeitig, von dem überraschenden Besuch des Zollvereins und der beiläufigen Bemerkung der Beamtin über den einzigen Fahndungserfolg. »Gesucht wird also ein chinesisches E-Mobil Geometry EX3.«

»Ich habe vor gar nicht allzu langer Zeit einen Vergleichstest in einer deiner Autozeitschriften gelesen. Gesehen habe ich allerdings noch keinen, muss hier noch ziemlich selten sein.«

»Darum habe ich nach deinem Taxifahrerfreund gefragt.«

»Verstanden – wenn sich einer mit Autos auskennt, dann Taha Yerlikaya.«

»Schick ihm eine Nachricht, wir möchten ihn kurz sprechen. – Bitte.«

Obwohl Sobotta nicht eindeutig zuordnen kann, wem Beas »Bitte« gilt, ihm oder Taha, lässt er sich von ihrer Dynamik anstecken und greift zum Handy.

Taha Yerlikaya meldet sich umgehend, er wird in sieben Minuten eintreffen.

Bea pustet aus und gibt Meta einen Kuss. Sobotta bereut seine Gutmütigkeit fast.

Sechs Minuten und 34 Sekunden später taucht ein Mercedes in Hellelfenbein auf, Taxischild auf dem Dach, niemand am Steuer. Das erste autonom fahrende Auto am Dellplatz, in Duisburg, vielleicht in ganz Deutschland? Man wird einen Dokumentarfilm über diesen Schritt in eine unbekannte Zukunft drehen und ihn im Filmforum in Endlosschleife vorführen.

Der Wagen stoppt direkt vor Beas Büdchen. Die Fahrertür schwingt auf. Es könnte ein Überfall sein, ein Anschlag oder ein Fehler in der Programmierung.

Ein Paar hochglanzpolierter Halbschuhe kommt zum

Vorschein, gefolgt von einem kleinen Mann mit Schnauzbart und Glatze.

Sobotta ruft »Hallo«, der Ankömmling strahlt. Es beginnt ein Männerknutschen, das kein Ende nehmen will.

Bea greift ein. »Sie sind sicher Sobottas Freund, der sich bestens mit Autos auskennt?«

»Gnädige Frau«, der Taxifahrer nähert sich dem Fensterchen, »mein Freund Paul mit seinem guten Herzen übertreibt gelegentlich.«

»Nicht schon wieder so einer«, murmelt Bea, die Hand schon an den Griffen des Fensterchens.

»Pscht«, besänftigt Meta die aufsteigende Panik ihrer Freundin. »Manche Taxifahrer sind eben so. Das soll sich positiv aufs Trinkgeld auswirken. Wenn er sich erst akklimatisiert hat, spricht er bestimmt ganz normal.«

Bea muss den Eingewöhnungsprozess abkürzen. »Eventuell können Sie uns mit Ihrem Wissen und Ihrer Erfahrung …« Vorsicht, Bea, Vorsicht! »… aus der Patsche helfen?« Das war knapp!

»Mittelpunkt unseres Interesses ist ein weißes chinesisches E-Mobil der Marke Geometry EX3.« Bea hat sich den Namen auf einem abgerissenen Zeitschriftenrand notiert. »Es könnte sein, dass der Halter in Schwierigkeiten steckt.«

»Kein Halter, sondern eine überaus charmante Halterin«, antwortet der Schnauzbartmann prompt. »Frau Wang-Wang! Ich habe sie schon oft gefahren und mich sehr gerne mit ihr unterhalten. Sie sei die örtliche Vertreterin der multinationalen Handelsplattform Bricklebrit, hat sie mir erklärt. Bricklebrit sei ein weltweit agierender Vertrieb für chinesische Medizin, der Salben, Tinkturen und Stärkungsmittel gegen alles, auch Amulette gegen den bösen Blick, vermittle. Sie hat mir eins geschenkt, habe ich leider verloren.«

Bea atmet heftig, das muss die richtige Spur sein. Meta hält sich an ihrem Arm fest.

»Sie war noch nicht lange mit einem Mann liiert«, fährt Schnauzbart fort. »Ein blonder Typ mit blauen Augen und einem Namen, der sich nach Kakao, Käse und Tulpen anhört.«

»Das ist mit Sicherheit die Frau, mit der ich ihn im ›Cafe Museum‹ im Kantpark gesehen habe.« Metas Finger krallen sich in Beas Oberarm. »Dem armen Joop wird doch nichts passiert sein?«

Energisch befreit sich Bea aus Metas Klammergriff. »Du lernst es wohl nie. Wann haben Sie die beiden zuletzt gesehen?«

»Ich kann mir nicht alles merken!« Die Sohle des linken Schuhs attackiert das blanke Oberleder des rechten. Schnauzbart wird allmählich ungeduldig.

Für alle eine unbefriedigende Situation. Bea überlegt kurz, dann greift sie in die Kasse, nimmt einen Geldschein heraus, beugt sich aus dem Fenster und steckt dem Taxifahrer den Schein in die obere seitliche Einstecktasche. »Wir haben Ihre wertvolle Zeit übermäßig in Anspruch genommen. Sicher warten Ihre Kunden bereits auf Sie. Vielen Dank.«

»Sie sind eine sehr verständnisvolle Frau.« Die Augen des Taxifahrers blitzen über dem schwarzen Buschwerk oberhalb des Mundes auf. »Das Paar habe ich nur einmal zusammen gefahren. Sie haben sich nach Ruhrort zum Hafen bringen lassen. In die Nähe des Duisports, diesem riesigen Gelände für die Logistik der Neuen Seidenstraße. Sie haben auf den Cent genau bezahlt, wollten aber keine Quittung, obwohl man die Unkosten steuerlich absetzen kann.«

»Das war's?«, fragt Meta enttäuscht.

»Sie sind grußlos ausgestiegen und haben sich in Bewegung gesetzt, erst unentschlossen nach rechts, dann entschlossen nach links. Danach war Schicht im Schacht.«

»Schicht im Schacht?«, fragt Bea überrascht.

»Mein Vater war Steiger auf Zeche Diergardt. Er konnte das Steigerlied mit allen Strophen lauter singen als unser Nachbar ›Heia, heia, Safari‹ rülpsen.«

Nur zwei Sätze, diese zwei Sätze, und allen ist klar: Der gehört zu uns!

*

Früher Sonntagmorgen. Meta räkelt sich wohlig in ihrer Bettwäsche im Tigerdesign. »Männer sind doch so einfach zu berechnen.«

»Hast du schon wieder zugeschlagen?«

»Lass die Anzüglichkeiten. Ich meine unseren Kommissar. Er fühlt sich geschmeichelt, weil wir seine Kompetenz und Entscheidungsfreude anerkennen. Heute Nachmittag bringt er bestimmt Kuchen für eine Großfamilie mit.«

Die Zweier-WG hat den Kommissar zum Nachmittagskaffee eingeladen und ihn gebeten, auf dem Weg ein paar Teilchen vom Bäcker mitzubringen. In Sachen Auswahl würden sie ihm vertrauen, schließlich gehöre er schon so gut wie zur Familie, haben sie ihm mitgeteilt.

»Je mehr, desto besser, dann haben wir morgen noch was zum Frühstück«, sagt Bea.

»Was alles passieren kann, wenn man sich selbst überschätzt!« Meta muss lachen. Sie richtet sich auf und lehnt sich auf ihren linken Arm, um Bea besser in die Augen sehen zu können. »Ich hatte mal einen, den habe ich zu einem Handstand auf der Regenrinne provoziert. Eine Frau hätte die Herausforderung für das gehalten, was sie ist: Schwachsinn. Und was macht er? – Ich habe ihn immerhin im Krankenhaus besucht. Arme in Gips, das linke Bein angeknackst und den Rücken in einem Gipskorsett. Dann hat er sich noch bedankt, als ich ihn, na ja, mit meiner Mundfertigkeit beglückt habe.«

»Du bist ja ein richtiges Teufelsweib!« Bea rückt zu Meta hinüber, legt den Kopf auf ihren Oberschenkel und streichelt mit einem Finger über den zarten Flaum auf ihrem Unterarm.

Meta gibt die unbequeme Position auf und schiebt ihr Gesicht in Beas Augenhöhe. »Wollen wir?«

»Gleich. Ich möchte dich noch etwas fragen.« Eine leicht rote Färbung überzieht vor Aufregung Beas Wangen.

»Lass dich nicht abhalten!« Meta fährt mit den Fingerspitzen durch Beas Haar, verweilt im Nacken und krault dann den Haaransatz. Sie sollte bald einen Termin beim Frisör machen.

»Nur mal so gefragt …« Bea verliert sich in Metas Zärtlichkeit. »Würdest du mich heiraten?«

»Hm …« Meta gibt Bea einen Kuss. »Ich glaube, eher nicht«, sagt sie, ohne ihre Streicheleinheiten zu unterbrechen.

»Ist auch besser so!« Bea küsst Meta auf die Wange. »Hochzeiten sind heutzutage einfach zu teuer.«

»Du sagst es! Und jetzt?«

»Kaffee oder Kosen?«

»Beides – nur in umgekehrter Reihenfolge.« Mit einem Klick auf das Handy lädt Meta Ed Sheeran zu einem flotten Dreier.

Die Stunden schwinden dahin. Schmusen, frühstücken, schaumbaden, Klatschpresse schmökern, Fußnägel lackieren.

Als es viel zu schnell an der Haustür klingelt, sind beide Damen gerade mit den Verschönerungsarbeiten fertig. Meta wedelt noch hinter Beas Rücken ihre Finger zum Trocknen der Nägel.

Kommissar Schymanczek hat sich herausgeputzt, ausgehängtes Sakko, aufgebügelte Hosen und blitzblanke Schuhe. In der linken Hand trägt er eine große Reisetasche, die nicht allzu voll zu sein scheint.

»Nur ein paar Kleinigkeiten«, sagt der Kommissar mit einem Lächeln. »Eine Lampe, ein Internetradio und sechs Taschentücher, damit ich mich in meinem Zimmer jederzeit zu Hause fühle.«

Auf Lampe, Radio und Taschentücher hat Schymanczek ein großes, in weißes Seidenpapier eingeschlagenes Papptablett positioniert. »Damit den Windbeuteln nicht die Luft ausgeht, haha.«

Er darf eintreten. Kaffee wird gekocht, und die Windbeutel, ausreichend für einen Zug der Feuerwehr aus der Goldstraße, auf Porzellantabletts umgeschichtet. Der Kommissar darf sich als Erster ein Stück aussuchen. Ihm ist alles recht, er ist angekommen. Heimat, Wohlgefühl, Empathie und ein Kaffee, der Tote aufweckt. Dazu freundliche Augen, charmante Gastgeberinnen, eine fast volle Flasche Eierlikör auf dem Tisch und ein ständiges Kribbeln in der Magengegend.

»Lust auf ein Spielchen?«, fragt Bea nach den ersten beiden Runden Kaffee, Windbeutel und Konversation.

Meta erinnert sich mit leichtem Unbehagen an Dutzende entglittene Trinkspiele. Doch der Kommissar denkt eher an Halma, Rommé oder Fang den Hut.

Damit kann Meta nicht dienen. Für diese Spiele hatte in den letzten Jahren keiner Interesse, und somit hat sie die Spielkartons nach und nach entsorgt.

»Wir könnten Fangen spielen«, schlägt Bea vor.

»Oder Verstecken«, fügt der Kommissar grinsend hinzu.

Meta überlegt hastig, wie sie der polizeilichen Umarmung entgehen kann. »Auf dem Schlafzimmerschrank müsste noch das ›Mensch ärgere dich nicht‹ liegen.« Schon ist sie weg.

Jetzt könnte Bea den eigentlichen Grund für die Einladung des Kommissars antippen. Sie beginnt: »Hast du eine Ahnung, wie viele chinesische Autos …«

Da ist Meta wieder zurück. Der Tisch wird abgeräumt, nur Kaffeetassen und Eierlikör behalten ihre Plätze.

Schymanczek aalt sich in der Gemütlichkeit, zieht sogar sein Jackett aus und etwas später auch die Weste. Als dann, sicher unbeabsichtigt, Metas Bein Kontakt mit seiner Wade aufnimmt, ist der Nachmittag kaum noch zu überbieten.

»Ich habe schon viermal hintereinander gewonnen«, frohlockt der Kommissar. »Bei einem halben Dutzend Siegen erwarte ich von jeder der Damen einen Kuss.«

»Vorher brauche ich eine Pause, sonst falle ich bei einem Kuss von dir, Andreas, auf der Stelle in Ohnmacht.«

Metas Worte schmeicheln dem Kommissar, und er gewährt großzügig eine Spielunterbrechung. Man könne, nur als Vorschlag, die Siegerehrung auch vorziehen und nahtlos zum gemütlicheren Teil des angebrochenen Abends übergehen.

Beas Handy meldet sich mit einer WhatsApp. Frau Vogelsang vom Dellplatz-Kurier möchte morgen ein Interview mit den innovativen Frauen des Start-ups »WowStattZoff« führen. Über Geschäftsidee, Akzeptanz bei der Dellplatz-Community, Erfolge, Misserfolge – falls vorhanden – und die strategische Ausrichtung der Businessidee auf die kommenden Geschäftsjahre. Vielleicht könnte man auch gleich über ein Inserat im Kurier sprechen. Sie würde sich persönlich um eine augenfällige Platzierung direkt im Anschluss an den redaktionellen Teil kümmern.

Eigentlich müsste Bea sich freuen über die kostenlose Werbung. Aber was soll sie der Frau erzählen? Es gibt weder Erfolge noch Misserfolge, auch keine Akzeptanz aufgrund mangelnden Bekanntheitsgrades und erst recht kein durchdachtes Konzept. In Bea steigt schlechte Laune auf. Es ist schon Abend, und das Thema mit der Chinesin ist noch immer nicht geklärt. Noch ein Eierlikör.

Der Kommissar muss verzichten, er ist in Rufbereitschaft.

Bea tritt Meta gegen den nächsterreichbaren Fuß und erinnert sie damit an ihr Anliegen. Meta zieht ihre Beine unter den eigenen Stuhl zurück.

Alles muss man selber machen. Bea wendet sich mit eindringlichem Blickkontakt an den Kommissar. »Eine Frage lässt mir keine Ruhe: Ist euch bei den Ermittlungen zu Joop van Houten eine hübsche Chinesin mit Elektroauto aus dem Reich der Mitte aufgefallen?«

»Hübsche Chinesin mit einem Elektroauto aus dem Reich der Mitte?« Der Kommissar ziert sich mit seiner

Antwort. »Ich persönlich halte nichts von dieser neuartigen Antriebsform, aber mich fragt ja keiner.«

»Nein!«

»Wieso nein? – Ach so: Ihr interessiert euch wohl nicht für Elektroautos, sondern für die Ergebnisse der Zollfahndung?«

»Ja.« Bea könnte ihm an die Gurgel gehen.

»Die ganze Geschichte ist abgeschlossen und unterliegt daher auch nicht mehr der strikten Geheimhaltung. Der flexible Exporteur hat sich auf einem verminten Terrain bewegt, aber Beweismittel über illegale Handlungen konnten nicht sichergestellt werden. Übergroße Reinlichkeit ist manchmal Gift für unsere Ermittlungen.« Er sieht Meta eindringlich an. »Es ist, wie es ist: nur Vermutungen, aber keine belastbaren Beweise. Van Houten ist zwar verschwunden, aber er ist volljährig und niemand hat eine Vermisstenanzeige aufgegeben. Solange sich der Mann gesetzeskonform bewegt, war und ist er kein Fall für die Kripo. Amen.«

Die beiden Frauen wechseln einen Blick: vergiften oder ertränken?

»Was allerdings die hübsche Frau und ihren fahrbaren Untersetzer betrifft, da haben wir eine Anfrage an unsere chinesischen Kollegen gerichtet. Wir erhielten sachgerechte Auskunft: Frau Wang-Wang wurde von ihrem Arbeitgeber in die Volksrepublik China zurückgebeten. Ihre erfolgreiche Tätigkeit im Sinne der Völkerverständigung wurde ausdrücklich gelobt und mit einer Geldprämie ausgezeichnet. Das E-Mobil Geometry EX3 wurde ordnungsgemäß zurückgeführt und dem nächsten Aktivisten der Handelsplattform übergeben. Frau Wang-Wang ist ledig, wurde bei ihrer Rückkehr von keiner Person begleitet und eine Verbindung ist nicht bekannt.«

»Das war's dann wohl«, resigniert Meta.

»Lasst uns wieder erfreulichere Dinge ins Auge fassen. Wann steht der nächste gemeinsame Opernbesuch an?«, fragt Bea.

»Das Datum weiß ich nicht auswendig, aber wie ich mein augenblickliches Glück einschätze, gibt es bestimmt Puccinis ›Madama Butterfly‹«, scherzt Schymanczek.

Das Handy des Kommissars klingelt, er wird zu einer Messerattacke im Rotlichtviertel abberufen. Mein Gott, kann der Mann leiden! Er trinkt noch einen Schluck kalten Kaffee, umarmt seine beiden Damen wie vor dem Aufbruch zu einer Arktisexpedition, streift Weste, Jackett, Mantel über und ist weg.

Für einen Augenblick stehen Bea und Meta wie paralysiert hinter der Wohnungstür. Sprachlos, lautlos. Sie wollen sichergehen, dass die Haustür ins Schloss fällt. Dann geht es zurück in die Wohnung. Die restlichen Windbeutel werden im Gemüsefach deponiert, das Geschirr in die Spülmaschine gestellt. Abgekämpft lassen sie sich mit einigem Abstand auf die Couch fallen.

»Und jetzt?«, fragt Meta.

»Ganz einfach: Wir tun so, als wäre nichts gewesen, und starten vor dem Klingeln an der Haustür.«

»Ich öffne schon mal die Flasche Sekt, bring du die Gläser.«

Bea seufzt. »Was erzähle ich bloß morgen der Reporterin über unsere Erfolge?«

»Fang mit unseren Geschäftsbeziehungen zu China an. Alles andere ergibt sich.«

EINUNDZWANZIG

Die Tage werden kürzer, die Gesichter länger, der mentale Tiefpunkt des Jahres ist erreicht. Die ersten, wenn auch selbst erteilten und damit honorarlosen Aufträge für »WowStattZoff« sind abgeschlossen. Leider unspektakulär und deshalb nicht als Expertise heranzuziehen. Ramona Pundenz' Tod war tatsächlich ein tragischer Unfall, wie der Pflastersteinhaufen bewies. Das Verschwinden des Delfintrainers ist geklärt – er hat freiwillig sein hiesiges Leben abgebrochen, um Ramona zu entkommen, und mit Melissa die Husky Ranch gegründet. Und Joop van Houten kann nichts nachgewiesen werden, sagt der Kommissar. Vermutlich kaufte er Schlachtabfälle bei der Metzgerei Buck und verkaufte diese als exotische Tierprodukte für die Herstellung chinesischer Medizin weiter. Beweisen lässt sich das nicht – Metzger und Chinesen schweigen. Weil ihn niemand vermisst – auch Meta nicht –, wird er nicht länger gesucht. Bea wird sich hüten, dem weiter nachzugehen.

Für etwas Werbung sorgte der Bericht im Dellplatz-Kurier über die Geschäftserweiterung des Büdchens, die wohlwollend von Kunden und Nachbarn aufgenommen worden ist. Voranfragen zu vermissten Katzen (zwei), entwendeten Mülltonnen (eine) und verlorenen Eheringen (drei) sind bereits eingegangen.

Seit Tagen wird für den heutigen Abend ein besonderes Himmelsspektakel angekündigt, das sich Sobotta und Nico nicht entgehen lassen wollen.

Sie haben sich bestens vorbereitet und bei Bea die Erlaubnis eingeholt, sich auf dem Dach in zwei Liegestühlen niederzulassen, dick verpackt, kalte Luft ist klare Luft und die kann nur von Vorteil sein.

Obwohl Sobotta einen Schlüssel für das Büdchen hat, musste Bea nach Feierabend abschließen. Vorher haben die Sternenfreunde zwei große Cola und vier Tüten Chips käuflich erworben und bar bezahlt. Bea gab noch zwei Bunte Tüten kostenlos dazu.

Sobotta lehnt sich in seinem Liegestuhl zurück und seufzt wohlig. »Bald funkelt der Himmel extra für dich zu deinem Geburtstag. Ich habe den Tipp von meinem Taxifahrerfreund, und der hat ihn von einem Astronomen, den er gelegentlich fahren muss. Der klare Nachthimmel heute ist wie geschaffen für die großen Wunder.«

»Meinst du damit das Wunder meiner Geburt?«

»Größenwahnsinnig bist du gar nicht, oder? Ich spreche von dem fantastischen Himmelsphänomen, das heute Nacht zu sehen sein soll.«

»Bitte, bitte, lieber Gott, lass zumindest eine große, helle Sternschnuppe vom Himmel fallen, damit ich mir etwas wünschen kann!«

»Wart's ab …«

Nico öffnet die erste Tüte Chips – mit Chili, extrascharf.

Am Himmel rührt sich nichts, im Liegestuhl neben Nico auch nicht. Sobotta ist mit weit zurückgelegtem Kopf eingeschlafen.

Nico spürt die Langeweile wie einen Kloß im Hals. Da hätte er auch zu Hause bei seiner Schwester bleiben können. Vater hat Vereinsabend und Mutter Wettsticken im Kirchenkreis. Oder so. Was für eine Pleite!

»Ich muss dir noch etwas sagen, bevor das Spektakel losgeht!«

Ein Rütteln an Nicos Schulter und ein Raunen in seinem Ohr. Ist er etwa auch eingeschlafen? Er muss sich kurz orientieren, erkennt Sobotta neben sich – mit einer Flasche Bier in der Hand. Wie ist er da drangekommen?

»Ich habe etwas herausgefunden, was ich nicht für mich behalten, aber auch nicht an die große Glocke hängen will.«

Nico ist der linke Arm eingeschlafen, er ruckelt sich in eine bequemere Sitzposition und massiert den Arm.

»Habe ich dein Verschwiegenheitsversprechen?«

»Vater, Mutter, Kind – tot!«

»Das reicht! Also …« Sobotta lehnt sich näher Richtung Nico und flüstert: »Angeblich ist Joop van Houten spurlos verschwunden. Zum letzten Mal hat ihn Meta im Kantpark mit einer Chinesin gesehen. Seither kein Lebenszeichen mehr. Einfach so. Kannst du dir das bei dem Aufschneider vorstellen?«

»Wenn du so fragst …«

»Ich habe mich mit der ›Duisburger Allgemeinen‹ in Verbindung gesetzt und durfte uneingeschränkt das digitale Archiv einsehen. Alle Ausgaben rund um das Datum von Joops Verschwinden habe ich systematisch durchpflügt und bin fündig geworden. In einem Artikel hieß es, dass es auf dem Betriebsgelände im Duisburger Hafen zu einem tragischen Unglück gekommen sein könnte. Denn in Brest wurden bei einem betriebstechnischen Stopp eines Güterzuges von Duisburg nach Chongqing Leichenteile entdeckt. Die konnten jedoch keiner vermissten Person zugeordnet werden, weil keine Identifikationspapiere gefunden wurden. Man vermutet, dass der blinde Passagier beim Beladen des Güterzuges in Duisburg zwischen zwei Container geraten und bis zur Unkenntlichkeit zerquetscht worden ist.«

»Allein bei der Vorstellung wird mir ganz schlecht.« Nico verdreht angewidert die Augen.

»Stell dich nicht so an, du wirst in ein paar Minuten 17!«

»Lass mich mal einen Schluck von deinem Bier trinken. – Du meinst, der Tote könnte Joop van Irgendwas gewesen sein?«

»In seiner unmittelbaren Nähe wurde ein Kobrazahn an einem Goldkettchen gefunden. Allerdings konnte das Schmuckstück nicht in Verbindung mit dem Toten gebracht werden. Der Zug sollte wohl auch nicht allzu lange aufgehalten werden, internationale Verflechtungen und so. Ich könnte wetten, dass diese internationalen Verflechtungen auch hinter den Drohungen stecken. Du weißt schon: die Hundehaufen, die brennende Zeitungsbox und nicht zuletzt, als man mich darin einsargen wollte. Die wollten verhindern, dass wir den krummen Geschäften auf die Spur kommen.«

»Oh Mann! Hast du die WG schon informiert?«

»Ich werd mich hüten! Was hätten die beiden gewonnen? Nur Angst und Trübsinn. Wissen ist zwar Macht, aber Nichtwissen manchmal eine Gnade. Verquatsch dich bloß nicht!«

»Ich hoffe, du hast nicht noch mehr von diesen gruseligen Informationen.«

»Ich nicht.«

»Wer dann?«

»Wir werden sehen.«

»Und was machen wir bis dahin?«

»Wir trainieren unsere Gehirnzellen, damit wir auf das Außergewöhnliche vorbereitet sind.«

»Ich hab es befürchtet.« Nico greift in die Chipstüte, hat aber plötzlich keinen Appetit mehr und schiebt die Tüte in die Jacke.

Ein unwirklicher Abend, der langsam in die Nacht übergeht. Mit ihr kommt eine Müdigkeit, die sich auf den Geist legen will.

»Warum schaust du immer auf deine Uhr?«, fragt Nico. Er wollte eigentlich in seinen Geburtstag hineinfeiern. Sechs Gäste hatten zugesagt, daraus wurden vier. Eine Gästin war nicht darunter. Nur seine Schwester. Da hat er die Feier gecancelt. Geschenke gibt's sowieso keine, nur Gutscheine und ein Zwanzigerpack Batterien, wie jedes Jahr. »Erwartest du jemanden?«

»Man kann nie wissen.«

Nico zieht die Tüte mit den Chips wieder aus seiner Jacke.

»Noch eine Minute.« Sobotta sucht eine straffere Position im Liegestuhl.

Nico gähnt. »Müssen wir das denn so genau nehmen? Wir sind doch keine kleinen Kinder mehr. Sag einfach ›Herzlichen Glückwunsch‹, und ich kann endlich ins Bett. Morgen hab ich in der Ersten Mathe.«

»Jetzt!« Sobotta wird ganz hibbelig. »Es ist so weit.«

Nico nimmt sich eine Handvoll Chips aus der Tüte und lässt sie zwischen den Zähnen krachen.

»Schau doch wenigstens hin!«

Sobotta zuliebe riskiert Nico einen Blick und – lässt vor Staunen die Chipstüte fallen.

Tief im Westen erscheint am Himmel ein heller Punkt, dem viele weitere folgen und sich zu einer Perlenkette formieren, die dem Zenit entgegenwandert. Schließlich sind es genau 17 kleine leuchtende Punkte. 17! Heute, an seinem 17. Geburtstag. »Wahnsinn!«

»Ein kleiner Geburtstagsgruß von deinen außerirdischen Freunden.«

»Echt jetzt?«

Wie an einer unsichtbaren Schnur aufgereiht ziehen die Perlen ihre akkurate Bahn. Was für ein Schauspiel!

»Danke!«, flüstert Nico. »Wie hast du das hinbekommen?«

»Ich?«

»Wer sonst? Das ist wirklich das tollste Geburtstagsgeschenk, das ich jemals bekommen habe. Das lässt sich bestimmt nicht mehr toppen. 17 Sterne nur für mich. Ich fass es nicht!«

Nach und nach verschwinden die Punkte im Nichts.

»Unbeschreiblich!« Nico beugt sich im Liegestuhl vor, stützt den Kopf in beide Hände. »Einfach unglaublich!«

»Mit Glauben hat das nichts zu tun, du Schlaumeier.« Von irgendwoher zaubert Sobotta zwei Flaschen Bier zutage, lässt die Kronkorken mit seinem Schlüssel von den Flaschen fluppen, gibt Nico eine Flasche ab und stößt mit ihm an. »Dann also willkommen im neuen Lebensjahr.«

Nico trinkt, verschluckt sich, springt auf, muss husten. »Ein solches Himmelsschauspiel ist nicht von dieser Welt, da müssen Außerirdische ihre Finger im Spiel haben!«

»Meinst du?«

»Ganz klar. Jetzt durchschaue ich es! Du wusstest von diesem Spionagezug, und Informationen darüber waren sicher nur Eingeweihten zugänglich. Bist du vielleicht selber ein Außerirdischer?«

»Nun mach mal halblang! Das sind die ›Starlink‹-Satelliten von SpaceX, einem Projekt unseres unglaublich, unbeschreiblich reichen amerikanischen Freundes mit den utopischen Ideen. Mehr als 1.700 dieser Satelliten umkreisen mittlerweile die Erde.«

»Netter Versuch«, sagt Nico. »Das kann man glauben oder seinen eigenen Verstand einschalten. Es kann schon sein, dass die Satelliten von Menschenhand auf der Erde gestartet werden. Aber im Auftrag der Aliens, im Rahmen ihrer interstellaren Programme! Es passt alles zusammen! Du erinnerst dich an das Autobahnnetz? Kneif jetzt nicht! Die Eroberung unseres Heimatsterns ist angelaufen.«

»Auf der Erde weiß ich Bescheid, über den Wolken kenn ich mich nicht aus.« Sobotta wird es mulmig. Wie soll er den Spinner bloß vom Dach bekommen? Er könnte seine Freunde von der Feuerwehr anrufen …

»Vielleicht …«, Nicos Verschwörungsmaschinerie läuft auf vollen Touren, »vielleicht ist Metas Ex den Außerirdischen zufällig auf die Schliche gekommen. Da kannten sie nur eins: eliminieren!«

In diesem Augenblick erhellt eine exorbitante Sternschnuppe den Nachthimmel.

Nico schenkt dem Himmelszeichen seine ganze Energie. »Noch ist nichts verloren, Joop. Wir sind auf deiner Seite!«

Daniel Izquierdo-Hänni
MÖRDERISCHE HITZE
Alapont ermittelt in Valencia

ANDY NEUMANN
SPIEGEL Bestseller-Autor
ZEHN
GMEINER

DIE NEUEN Lieblings-plätze

ISBN 978-3-8392-0154-1

ISBN 978-3-8392-2730-5

ISBN 978-3-8392-0155-8

ISBN 978-3-8392-0158-9

ISBN 978-3-8392-0160-2

ISBN 978-3-8392-0159-6

ISBN 978-3-8392-0161-9

ISBN 978-3-8392-0163-3

ISBN 978-3-8392-0164-0

ISBN 978-3-8392-2626-1

ISBN 978-3-8392-0156-5

ISBN 978-3-8392-0157-2

ISBN 978-3-8392-0166-4

ISBN 978-3-8392-0166-4

ISBN 978-3-8392-2838-8

ISBN 978-3-8392-0168-8

GMEINER KULTUR

WWW.GMEINER-VERLAG.D

Mensch, Kultur, Regio